KB051488

운수 오진 날

운수 오진 날 Part 1

1판 1쇄 인쇄	2024년 3월 27일
1판 1쇄 발행	2024년 4월 24일
지은이	김민성 송한나
발행인	황민호
본부장	박정훈
책임편집	강경양
기획편집	김사라 이예린
마케팅	조안나 이유진 이나경
국제판권	이주은
제작	최택순
발행처	대원씨아이㈜
주소	서울특별시 용산구 한강대로15길 9-12
전화	(02)2071-2094
팩스	(02)749-2105
등록	제3-563호
등록일자	1992년 5월 11일
ISBN	979-11-7203-764-2 04810
	979-11-7203-763-5 (set)

ⓒ 2024 김민성, 송한나 / 대원씨아이

∘ 이 책은 대원씨아이㈜와 저작권자의 계약에 의해 출판된 것이므로 무단 전재 및 유포, 공유, 복제를 금합니다.
∘ 이 책 내용의 전부 또는 일부를 이용하려면 반드시 저작권자와 대원씨아이㈜의 서면 동의를 받아야 합니다.
∘ 잘못 만들어진 책은 판매처에서 교환해드립니다.

운수 오진 날

Part 1

나는 살인마를 태웠다

김민성
송한나
대본집

니들북

"응우 우리나 늘 우릴 응원하는 사람이..."

그 평범이

〈우수 우리 날들을 사랑해주셔서 감사합니다.

밤
이성민

〈우수 오리 날 수〉를 사랑해주신 모든 분들께 감사드립니다. 현수를 연기하는 맨유가 기대되고 설레고 재미있었습니다. 두려운
듯도 〈우수 오리 날 수〉의 맨유를 다시 한 번 느끼셨으면 좋겠습니다. 저희 작품 오래오래 기억해주세요. 감사합니다.

배우

유연석

짧막한 웹툰에서 소재를 얻어 긴 장편 드라마 대본을 만드는 일은 작가에게 엄청난 이고의 시간을 요구하고, 이렇게 만들어진 세상에 나온 작가의 작품은 입체적인 상상의 나래를 펼치게 하는 생생함으로 우리를 감동시킵니다. 마치 우리가 함께 겪고 있다는 착각이 들게 만들어버립니다. 김미성, 손하나 두 작가님이 <우수 오긴 남> 대본을 통해 독자들은 긴박하게 흘러가는 상황 속에서 어쩔 수 없는 선택을 하고 그 결과를 감내해야 하는 오태의 감정선을 따라가며, 세상의 이치에 관해 기를 기울이는 시간을 갖게 되셨 거라 여겨집니다. 저 역시 그랬으니까요. 대본집 받기를 진심으로 축하드리고 <우수 오긴 남>으로 함께할 수 있어서 감사했습니다. 다시 한 번 축하드립니다.

배우
이정은

작가의 말

"〈운수 오진 날〉이라는 원작이 있는데 작가님들이 잘 쓰실 거 같아요."

2020년 12월, 더그레이트쇼 오환민 대표의 제안으로 〈운수 오진 날〉과 처음 만났습니다. 하지만 원작을 읽고 나서는 정중히 고사하는 방향으로 의견을 모았습니다. 25화짜리 짧은 웹툰으로 어떻게 긴 호흡의 드라마를 구성해야 할지 막막했기 때문입니다.

그런데 자꾸만 떠오르는 잔상들이 있었습니다. 천진하게 살인을 고백하는 금혁수가 보여주는 인간 본연의 그림자.. 밀폐됐지만 창밖으론 오픈된 택시라는 아이러니한 공간에 갇힌 오택의 공포.. 두 사람이 나누는 대화의 편린들.. 끝내 오택이 마주하는 끔찍한 비극적 결말이 그것들이었습니다.

문득 '왜 죄 없는 자가 고통 받아야 하는가?'를 물었던 구약 성경 속 욥의 이야기가 떠올랐습니다. 선함이 곧 복으로 돌아오지 않는 세상에서 아무 죄 없이 참혹한 고통을 받게 된 오택이 어떻게 살아야 할지 궁금했습니다. 우리가 사는 세상에선 수많은 묻지 마 범죄가 일어나고, 죗값을 받지 않는 죄인들이 넘쳐납니다. 오택이 겪게 되는 부당한 고통의 이야기가 '불합리한 세상'을 살아가고 있는 평범한 우리에게도 유효하다는 생각이 들었습니다.

금혁수를 마치 인간을 가지고 신과 내기하는 '메피스토펠레스'처럼 그려보고 싶다는 생각도 들었습니다. 악마 같은 금혁수의 끊임없는 유혹과 고난 앞에서 오택은.. 그리고 우리 모두는.. 과연 끝까지 인간으로 남을 수 있을까? 이 질문이 드라마 〈운수 오진 날〉에 도전하게 된 시작점이었습니다.

주인공은 오택이어야 했습니다. 금혁수라는 괴물의 심연을 들여다보는 원작의 시선도 흥미로웠지만, 인간을 대변하는 오택의 고통에 더 관심이 갔기 때문입니다.

살인마 금혁수에게 오택을 악으로 물들이고 싶어 하는 악마성을 부여하고 보니, 금혁수의 고백이 진실이 아니게 느껴졌습니다. '묵포로 향하는 모든 여정이 오택에게 최악의 비극을 선사하기 위한 금혁수의 거짓 빌드업이라면?' 이라는 상상에 이르자 파트 1과 파트 2를 나눌 반전과 데칼코마니 구성이 떠올랐습니다.

막강한 괴물에 맞서다 파괴될 오택에게 두 번째 기회를 주기 위해 또 다른 '인간'이자 외로운 추격자인 황순규 캐릭터까지 설정하자 스릴러로서 장르적 요소들이 갖춰지기 시작했고, 10부작 드라마로 해볼 만하다는 자신이 생겼습니다.

타인의 고통도 자신의 고통도 느끼지 못하는 금혁수는 인간성을 포기하라며 지속적으로 오택을 유혹합니다.

'살인을 하면 강해진다는 악마와 대적하는 오택에게 진짜 승리란 무엇일까?'

'세상은 불합리하다는 금혁수와 인과응보는 존재한다는 오택 중 과연 진짜 세상은 누구의 손을 들어줄까?'

〈운수 오진 날〉을 집필하는 여정은 이러한 질문들에 대한 답을 찾아가는 과정이었던 것 같습니다.

돌이켜보면 〈운수 오진 날〉과 함께한 3년 가까운 시간 동안 많은 일이 있었습니다. 몇 달간 공들여 작업한 대본을 뒤엎기도 했고, 어두운 스릴러라는 장르적 제약 때문에 많은 걱정과 고민을 하기도 했습니다. 반신반의한 마음으로 대본을 드렸던 이성민 배우님, 유연석 배우님, 이정은 배우님이 흔쾌히 출연을 결정해주셨을 땐 저희야말로 더할 나위 없이 운수 좋은 작가들이라고 생각하며 행복했고, 본격적으로 제작이 진행되면서부터는 이상과 현실의 간극을 느끼며 울기도 하고 웃기도 했습니다.

그 시간 동안 함께하며 부족한 저희 대본을 온전하게 만들어주신 많은 분께 이렇게나마 인사를 드리고 싶습니다.

이성민 배우님. 철없는 오택으로 시작해서 악마가 열어둔 문 앞에 선 마지막 오택까지.. 변화하는 배우님의 얼굴은 모든 순간, 모든 장면마다 경이로웠습니다.

유연석 배우님. 금혁수의 수식어가 '연쇄 살인마'를 넘어 지금껏 본 적 없는 '순수악' 그 자체가 될 수 있게 해주셨습니다. 작가로서 너무 행복했습니다.

이정은 배우님. 분노와 모성애, 번민까지.. 스펙트럼이 큰 감정들이 배우님의 연기로 인하여 한순간에 느껴질 때 진심으로 감탄했고, 감사했습니다.

많은 시청자분께서 말씀하시듯 〈운수 오진 날〉을 '연기 차력쇼'로 만들어주신 김중민 역할의 정만식 배우님, 장미림 역할의 우미화 배우님, 고주환 역할의 최덕문 배우님을 비롯한 모든 배우님들께도 온 마음을 담아 감사드립니다. 일일이 지면에 담을 순 없지만 가슴 깊이 새기겠습니다.

또한 저희보다 저희를 더 잘 알고 작품을 제안해주신 더그레이트쇼의 오환민 대표님, 언제나 든든하고 믿음직한 후원자 김경태 대표님, 친밀함을 넘어 애증의 단계인 강보현 제작이사님, 아닌 걸 아니라고 얘기할 줄 아는 스마트함과 드라마를 사랑하는 진정성까지 지닌 정혜원 PD님께 감사드립니다.

영화계에서의 인연으로 저희를 응원해주신 스튜디오N의 권미경 대표님, 동에 번쩍 서에 번쩍 어딘가에서 〈운수 오진 날〉을 어떻게 하면 더 잘 만들 수 있을까 고민하시던 김민 PD님께 감사드립니다.

〈운수 오진 날〉이 만들어질 수 있도록 마중물을 길어주신 스튜디오드래곤의 김제현 대표님과 미소와 함께 묵묵히 지켜봐주신 유상원 본부장님, 해낼수 있다는 긍정의 에너지와 부러우리만큼 놀라운 실행력을 지니신 장신애 CP님, 양양까지 출퇴근을 불사하며 하얗게 열정을 불태우신 최순규 PD님, 현장에선 그림자처럼 무대 인사 때는 전문 MC처럼 팔색조 매력을 보여준 허재무 PD님께 감사드립니다.

〈운수 오진 날〉을 애정해주신 티빙의 최주희 대표님과 전혜린 팀장님 이하 티빙 담당자분들께도 감사드립니다.

밤 촬영과 로케이션이 많은 로드 무비 장르라서 피곤함이 이루 말하기 힘든 현장이었을 텐데 반드시 좋은 이미지를 만들어내겠다는 집념을 보여주신 이지훈 촬영감독님, 류시문 조명감독님, 김경호 미술감독님, 현장 방문 때마다 옆자리를 내주신 최지원 오디오감독님을 비롯해 무술, 의상, 분장, 헤어, 음악, 편집, 제작팀, 연출팀분들과 10년 전의 인연으로 작품에 참여해주신 조태희 대표님, 전건익 대표님께 감사드립니다.

아포리아 작가님, 필감성 감독님, 이승훈 감독님과 저희가 미처 인사드리지 못한 모든 관계자 및 스태프분들께 진심으로 수고하셨다는 말씀과 함께 감사 인사를 드립니다.

끝으로 대본집 출간의 기회를 주신 출판사와 대본집을 사주신 분들, 그리고 드라마 〈운수 오진 날〉을 시청해주신 모든 분들께 마음 깊이 감사드립니다.

드라마 〈운수 오진 날〉 작가

김민성·송한나

일러두기

- 이 책의 편집은 김민성·송한나 작가의 집필 방식을 따랐습니다.
- 대사는 글말이 아닌 입말임을 감안해 한글 맞춤법과 어긋나더라도 표현을 살렸습니다. 지문은 한글 맞춤법을 따르되 어감을 살리기 위해 고치지 않고 그대로 둔 경우도 있습니다.
- 대사에 은어나 비속어, 표준어가 아닌 말이 포함되어 있습니다.
- 대사와 지문에 등장하는 말줄임표, 쉼표, 느낌표, 마침표 같은 문장 부호는 작가의 집필 의도를 살리기 위해 그대로 실었습니다.
- 이 책은 작가의 최종 대본으로서 방영된 내용과 다를 수 있습니다.

차례

어느 운수 좋은 날,
하루하루 소박한 일상을 살던 한 평범한 택시운전사가
사이코패스 연쇄 살인마의 집착과 광기로
생존의 위기에 내몰리는 불행을 맞닥뜨린다.

택시운전사는 묻는다.
이러고도 니가 무사할 거 같냐고.

살인마는 답한다.
그럴 거라고. 왜냐면 세상은 원래 착하다고 복 받고 죄짓는다고 벌 받는 곳
이 아니니까.

그 어느 때보다 인과응보에 대한 믿음이 희박해지는 세상이다.
열심히 산다고 윤택한 삶을 약속 받지 못하고
착하게 산다고 복을 돌려받지 못한다.
이기적인 인간들이 사회의 꼭대기를 차지하는 게 당연해졌고
선행이 때로는 보복으로 되돌아오기도 하는 이 세상은 불합리로 가득하다.

인간의 탈을 과감히 벗어던진 살인마는
그래도 인간된 도리를 지켜야 한다고 말하는 택시운전사를 비웃는다.
이런 세상에서 왜 도덕과 윤리 따위를 지키고 살아야 하죠?

원인 모를 불행에 좌절한 죄 없는 택시운전사는
나약한 인간의 착한 가면을 벗고 강해지라는 살인마의 말에 흔들린다.
살아남기 위해선.. 승리하기 위해선.. 괴물이 되어야만 하는 것일까?

괴물에 맞서 싸우다 어두운 심연으로 끌려 들어가는
택시운전사의 여정을 통해 질문하고 싶다.
우리를 괴물의 길로 내모는 이 불합리한 세상을 어떻게 살아갈 것인가?
괴물이 될 것인가? 아니면 인간으로 남을 것인가?

오택

남, 50대, 택시운전사

"대부분의 사람들이 혁수씨처럼 살인 안 하고, 착하게 살려고 노력하는 건..
그래도 언젠가 착하게 살아온 대가가 따라올 거라고 믿기 때문입니다."

현실감각 없는 무한긍정주의자이며 남의 말을 잘 믿는 팔랑귀다.

평생 잘 다니던 공장에서 공장장 승진을 앞두고 있었는데 믿었던 후배놈 하나가 동업하자고 바람을 살랑살랑 집어넣었고 후배의 배신으로 뒤통수 앞통수 어퍼컷 쓰리콤보를 맞았다. 동업 사기로 빚더미에 오르고 구치소에 다녀오며 가족이 해체되는 등 그야말로 불운의 아이콘 같은 인생을 살아왔음에도 수다쟁이 오지라퍼에 나잇값 못하는 철부지 오택은 여전히 해맑다.

택시운전사로 일하는 현재 오택의 목표는 오로지 가족의 재결합이다. 하지만 아내는 재결합의 여지를 주지 않고 냉랭하며, 오택이 떠안은 빚더미로 꿈이 좌절되었던 큰딸 승미와는 대학생이 된 지금도 서먹하다. 그럼에도 오택은 인과응보를 믿는다. 열심히 착하게 살다 보면 언젠가 복이 올 거고, 가족의 행복도 되찾을 거라는 강한 믿음이 오택에겐 있었다. 그날이 오기 전까지는.

돼지꿈을 꾸고 손님이 끊이지 않던 어느 운수 좋은 날.. 오택은 승미의 등록금을 위해 마지막 손님의 미심쩍은 묵포행 제안을 받아들인다. 하지만 손님의 정체는 인간의 탈을 벗어던진 살인마였고, 예기치 못한 불행과 마주한 오택은 삶을 위한 강렬한 투쟁을 시작하게 된다.

금혁수

남, 20대, 연쇄 살인마

"세상은 원래 불합리한 곳이라구요.
죄짓는다고 벌 받는 세상이 아닌데
왜 도덕과 윤리 따위를 지키고 살아야 하죠?"

몸에 밴 예의, 기품 있는 몸놀림. 금혁수를 한마디로 표현하자면 '우아한 괴물'이다.

고교 시절.. 첫사랑 윤세나에게 배신당하고 바다를 보러 가기 위해 고속버스에 탔다가 교통사고로 뇌 편도체 손상을 입은 후 두려움이 사라졌다. 또한 그때 사고로 신기한 일이 생겼는데 고통을 느낄 수 없게 되었다는 것이다. 치료 중 수련의가 실수로 떨어뜨린 메스가 자신의 허벅지에 박혔음에도 아무 통증이 느껴지지 않자 금혁수는 생각했다. '우와! 나한테 슈퍼파워가 생겼구나.'

두려움과 고통을 모르는 능력은 금혁수를 최상위 포식자로 군림하게 했고, 살인이라는 행위를 통해 자신의 우월함을 확인한 금혁수는 죽더라도 범인 잡아달라고 쫓아다닐 가족 하나 없는 잉여 인간들을 살해한다. 하지만 잉여 인간 사냥이 지겨워져 선택한 대학생 남윤호 살인을 시작으로 완벽하게 이어왔던 살인이 삐걱거리기 시작하자, 금혁수는 밀항하기 위해 오택의 택시에 올라타 목포로 향하게 되는데..

금혁수는 몰랐다. 약자라고 무시했던 오택의 생존을 위한 투쟁이 자신의 계획을 꼬이게 할 줄은..

오택 역시 몰랐다. 오택의 꼴같잖게 알량한 인간성을 무너뜨리기 위한 금혁수의 또 다른 계획이 목포행에 숨겨져 있단 사실을..

황순규

여, 50대, 아들을 잃은 엄마, 외로운 추격자

"대체 어떻게 해야 수사해주는 건데요?
그놈 지금 묵포 가고 있다고요!
배 타고 사라져버리면 영영 못 잡는다구요!!"

화훼농원 주인이다. 툭툭 내뱉는 말투에선 강인함과 고집이 느껴지고 겉으론 단단해 보이지만 그 속엔 모성의 따뜻함을 지닌 외강내유형 인물.

원래는 여린 사람이었다. 하지만 좋은 사람이 아니었던 남편 탓에 고생을 많이 했고, 외동아들 남윤호가 여섯 살이 되던 해 남편과 헤어진 후 세상에 맞서 싸우는 전투 모드로 홀로 아들을 키우며 살아왔다.

그런 그녀에게 윤호의 부고는 세상이 무너지는 소식이었다. 빛나던 아들 윤호의 자살을 받아들일 수 없었던 순규는 수소문 끝에 윤호에게 자살을 속삭인 '그 남자'의 존재에 대해 알아내는데..

금혁수가 오택의 택시에 올라타 묵포로 향한 그 시각. 순규는 수상한 고시원 화재 사고로 입원한 윤호후배를 찾아 병원에 갔다가 '그 남자'가 병원 레지던트 금혁수임을 알아차린다. 하지만 증거를 들먹이며 그녀를 외면하는 경찰.

'그 남자'를 찾아야 하는 건 오로지 자신의 몫임을 깨달은 순규는 외로운 추격자가 되어 오택의 택시를 뒤쫓기 시작한다.

김중민

남, 40대, 서문 경찰서 형사2팀 형사

"어머니. 저 윤호군 사건만 몇 달을 팠어요.

어머니 마음속에 응어리 안 남게 하려고 싹싹 뒤졌다고요.

결론은 아시죠? 타살 정황도.. 증거도.. 목격자도.. 아무것도 안 나왔잖아요."

현실과 이상 사이에서 갈등하는 형사다.

누구보다 열심히 일하는 그는 수많은 사건과 업무들에 치여 항상 힘들어 보인다. 그래서 누군가는 무정한 공무원이라고 할지 모르지만 사실 진심을 다해 남윤호 사건을 열심히 팠다. 마음속 깊은 곳에 정과 연민이 가득하기 때문이다.

상명하복에 충실하지만, 흔히 말하는 권력욕이나 출세욕이 있는 것은 아니다. 까라면 까는 게 조직 생활이니까.. 꿈꾸는 열혈 형사는 이상일 뿐, 자기가 몸담은 곳은 현실이니까.. 책임감을 가지고 조직에 최선을 다하는 충실한 순응자일 뿐이다. 마음 가는 대로 꿈만 꾸며 살 수 없는 우리들 모습과 똑같다.

이런 김중민이기에 재수사를 해달라며 찾아온 황순규를 내칠 수밖에 없다. 형사가 한 개인의 청만 계속 들어줄 수 없는 노릇이기 때문에도 그렇지만, 황순규가 이제 그만 아들이 자살했다는 현실을 받아들이길 바라는 마음이 크다. 언제까지 허상만 좇으며 살 수는 없으니까.

그랬던 김중민이 금혁수가 진짜 남윤호를 죽인 범인일지도 모를 단서를 발견한다. 김중민의 머릿속에 처음 떠오르는 건 자신이 부러 매정하게 내쳤던 황순규다.

오택의 가족

장미림 (오택의 아내)

연애 때는 매력으로 느껴졌던 오택의 순진함이 남편과 가장으로서 문제를 일으키기 시작하더니 급기야 빚쟁이들이 아이들까지 괴롭히는 지경에 이르자 결국 이혼했다. 오택이 구치소 수감 생활을 하는 동안 아이들과 고향 안동에서 꽈배기집을 하며 가정을 꾸려온 미림은 여전히 현실감 없는 오택이 밉긴 하지만 홀로 서울에서 택시운전을 하며 착실히 빚을 갚아가는 오택의 모습에 조금씩 마음이 누그러지는 중이다.

오승미 (오택의 큰딸)

동업 사기를 당한 오택 때문에 미술에 대한 꿈을 접고 안동으로 내려갔던 아픔이 있다. 대학에 진학하며 다시 서울로 올라왔지만, 오택의 바람과 달리 따로 살며 살갑게 대하지 않는다. 그래서 오택은 승미가 자기를 미워한다고 생각하지만, 사실 승미는 아빠를 원망했던 자신의 과거가 미안해서 다가가지 못하는 것이다. 오택을 닮아 공감 능력이 큰 승미는 남의 일에 관심이 많고 뭐든지 도우려 애쓰는 편인데, 그런 승미의 성격이 의도치 않게 비극의 시작점이 된다.

오승현 (오택의 아들)

오택의 해맑은 면을 닮았다. 승미와 달리 철없던 초등학생 때 안동으로 내려가서 아빠에 대한 나쁜 감정이나 힘들었던 과거에 대한 원망 같은 것도 없다. 현재는 고등학교 1학년. 돈 벌어서 엄마 돕겠다는 철딱서니 없는 생각에 엄마가 누나 등록금으로 어렵게 마련한 4백만 원을 온라인 도박으로 몽땅 날려먹은 장본인. 오택이 금혁수의 묵포행 제안을 받아들이게 만드는 데 일조한다.

오택의 주변 인물

고주환 (오택의 친구)

사람 말 잘 믿는 오택을 물가에 내놓은 애처럼 언제나 걱정하고 챙기는 오택의 죽마고우. 동업 사기를 당한 후 갈 곳 없던 오택을 자기가 정비팀장으로 있는 택시회사에 소개해 취업시켜주었다. 오택이 살면서 만난 사람 중 유일하게 오택을 이용해먹지 않은 좋은 사람으로 오택이 슬플 때나 기쁠 때나 묵묵히 함께한다.

고채리 (주환의 외동딸)

엄마 아빠 말을 죽어라 듣지 않는 귀여운 반항아.

양기사 (야간조 택시기사)

모두가 같은 조 되기를 싫어하는 비호감의 무뢰한. 목포 조폭 출신, 도박 중독자. 오택만 유일하게 양기사를 편견 없이 대하고 같은 조가 되지만 양기사는 매번 지각에 차내 흡연을 일삼으며 오택을 거짓말로 속여 넘긴다. 겉으론 툴툴거리지만 실은 오택을 큰형처럼 좋아하고 의지한다.

금혁수의 주변 인물

윤세나 (금혁수의 첫사랑)

금혁수를 연극반으로 이끈 뮤즈. 부모에 대한 반항심을 자해로 해소하던 중 금혁수를 만나 일탈하며 해방감을 느꼈고, 금혁수의 소울메이트가 되었다. 하지만 이내 공천석을 사귀며 금혁수에게 큰 배신감을 안긴다.

공천석 (윤세나의 새 남친)

윤세나가 금혁수와 헤어진 후 사귄 남자친구. 체육 특기생. 금혁수에게 회복하기 힘든 자존심의 상처를 안겨주게 되는데, 그 후 고통과 두려움이 사라지는 슈퍼파워를 얻고 다시 나타난 금혁수에 의해 죽음을 맞이한다.

황순규의 주변 인물

남윤호 (황순규의 아들)

밝고 쾌활하고 따뜻한 인싸 중의 인싸. 항상 주위 사람을 웃게 만드는 에너지를 지녔다. 우연히 출연한 TV 프로그램에서 엄마에 대한 사랑을 드러냈다가 금혁수의 타깃이 된다. 총학생회장 후보에 나섰던 윤호는 금혁수에 의해 혐오의 대상, 루머의 희생양이 되지만 살기 위해 끝까지 버틴다. 그러나 그림자처럼 따라붙어 죽음을 속삭이는 금혁수를 끝내 버티지 못하고 죽음으로 내몰린다.

정이든 (남윤호의 후배)

남윤호와 가장 친하게 지냈던 후배. 바르고 편견이 없다. 윤호의 죽음에 대해 말할 게 있다며 황순규와 만나기로 한 날 새벽, 고시원 화재 사건의 참혹한 현장에서 혼수상태로 발견된다.

백 사장 (황순규의 조력자)

프리랜서. 사람 찾아주는 일을 전문으로 한다. 물어물어 자신을 찾아온 황순규의 이야기를 듣고 그녀의 조력자가 된다. 금혁수가 귀를 만지며 사라지는 모습이 촬영된 블랙박스 영상을 찾아낸 장본인.

서문 경찰서 형사2팀

이지은 형사

30대 중반. 또박또박 맡은 바 임무를 해내며 팀 내 허리 역할을 담당하는 문무 겸비 실력파. 김중민이 금혁수를 잡으러 묵포로 향한 사이, 사라진 승미를 찾아 나선 장미림과 그날 밤 여정을 함께하게 된다.

박성일 형사

30대 초반. 김중민과 팀장 분위기를 잘 맞추는 사회생활 만렙 빠꼼이. 새벽에도 백화점 납품용 고급 과일 선물 세트를 구해올 수 있는 마당발. 김중민과 함께 금혁수를 쫓아 묵포로 향한다.

최준호 형사

20대. 우직한 막내. 형사2팀에서 김중민과 박형사가 일단 뛰는 행동가 스타일이라면 이형사와 최형사는 데스크잡 먼저 움직이는 지능캐다. 하지만 뛰어야 할 땐 뛰는 젊은 형사로 승미의 실종을 알고 파주로 달려가 수색 작전을 진두지휘한다.

23

용어 정리

#	장면Scene. 같은 장소와 시간 안에서 이루어지는 일련의 행동이나 대사가 한 '신'을 구성한다.
D	낮Day.
N	밤Night.
E	효과음Effect. 보통 등장인물은 보이지 않고 소리만 나는 경우에 쓰인다.
F	필터Filter. 전화를 통해 들리는 소리.
POV	시점Point Of View. 특정 인물의 시점에서 보여지는 장면.
SLOW MOTION	슬로 모션. 긴장 효과를 주기 위해 영상을 느리게 처리하는 기법.
TIME LAPSE	타임 랩스(미속 촬영). 시간을 건너뛰면서 일련의 진행 과정을 촬영하는 기법.
INS.	인서트Insert. 특정 동작이나 상황을 강조하기 위해 삽입된 화면. 인서트가 없어도 장면을 이해하는 데 큰 지장은 없지만, 인서트가 들어가면 상황이 명확해지고 스토리가 강조된다.
플래시백	화면과 화면 사이에 들어가는 순간적인 장면. 주로 회상을 나타낼 때 쓰이며, 사건의 인과나 인물의 성격을 설명하기 위해 쓰이기도 한다.
CUT TO	같은 장소에서의 시간 경과를 표현하기 위해 장면을 끊어서 표현하는 기법

몽타주	따로따로 편집된 장면들을 짧게 끊어 붙여서 하나의 긴 밀하고 새로운 장면을 만드는 기법.
DISSOLVE TO	앞뒤 장면을 겹쳐가며 화면을 전환시키는 기법.
CUT TO BLACK	검정색 화면으로 장면 전환.
FADE IN	화면이 차츰 밝아지는 효과.
FADE OUT	화면이 차츰 어두워지는 효과.

1화

택시
드라이버

1. 프롤로그

높은 파도가 바위에 부딪쳐 하얀 가루로 부서지고..

꺄르르르 - 웃음소리와 함께 중학생 정도의 여자아이와 초등학생 남자아이가 밀려오는 파도 사이를 팔짝팔짝 사이좋게 뛰놀고 있다.

햇살 아래 다정히 앉아 두 아이를 보는 중년의 남자 **오택**과 아내 **장미림**.

오택   결혼한 지 15년 만에 가족 다 같이 처음 왔네. 바다.

감격에 겨워 뛰노는 두 아이를 바라보는 오택의 눈에 그렁그렁 눈물이 맺힌다.

장미림   (어이없다는 듯) 지금.. 울어?

오택   (눈물 감추며) 아냐..

장미림   진짜.. 청승맞다.

오택   애들이 너무 좋아하잖아.

장미림   (미소) 좋긴 좋네.

오택   앞으론 계속 좋은 일만 있을 거야. 우리 그렇게 살 자격 있어. 지금껏 정말 열심히 살아왔잖아.

장미림   그러니 이제 복 받을 거다?

오택   당연하지. 내년엔 꼭 집도 사자.

장미림   보면.. 참.. 대책 없이 긍정적이야. 세상 사는 게 그렇게 만만한가?

오택   저번에 사주 봤을 때 올해 대운 들어온다고 했다니깐. 걱정을 마시고~ (지나가는 사람을 발견하곤) 우리 다 같이 사진 찍을까?

행인에게 달려가 사진을 부탁하는 오택. 행인이 디지털카메라를 받아 들면..

오택   (뛰놀던 두 아이에게) 승미야~ 승현아~ 같이 사진 찍자~

CUT TO

하나 둘 셋- 행인의 목소리와 함께 바닷가를 배경으로 찰칵-

오택   (디카 건네받으며) 감사합니다.
오승미   아빠. 나도 볼래. 사진 보여줘.
오승현   나 먼저 볼 거야. 나. 나.
오택   알았어. 잠깐만.

사진을 보면, 파란 하늘 아래 환하게 웃고 있는 네 가족의 행복한 모습.
승미와 승현은 급한지 오택 손에 든 디카를 빼앗아 사진을 보는데.. 표정이 굳
는다.

오승미   아빠.. 사진이 왜 이래?
오택   뭐가? 왜?

오택, 다시 사진을 보면.. 파란 바다는 온데간데없이 어두컴컴한 하늘 아래서
사진을 찍은 네 가족의 모습. 이마저도 흐릿해 잘 보이지 않는다.
당황해 눈을 껌뻑껌뻑하다.. 돌아보면-
철썩- 순간 오택을 덮치는 커다란 파도..
흠뻑 젖어 정신없는 오택의 모습 위로 삐뽀삐뽀 사이렌 소리 오버랩되고..
어느새 자신의 두 손에 채워져 있는 수갑을 발견하는 오택,
밤거리를 달리는 경찰차 뒷좌석에 타 있다.

오택   제가 왜 여기 있습니까? 지금 어디 가는 거예요?
경찰   (대꾸 없다) ...
오택   저 집에 가야 됩니다. (수갑 내밀며) 이거 풀어주세요.
경찰   ...

오택	풀어요! 풀어달라고요!
목소리E	피고 오택이 위반한 법률은 다음과 같다.

들려오는 목소리에 당황한 오택이 두리번거리면, 어느새 법정으로 바뀐 공간.
목소리의 주인공인 판사가 무미건조한 톤으로 오택에게 판결 내린다.

판사	형법 제347조 사기. 제355조 횡령 배임. 제225조 공문서 등의 위조 변조. 위 건에 대하여 피고의 범죄 혐의가 상당 부분 소명되었으며-
오택	(놀라, 혼잣말하듯) 사기에 횡령이라뇨.. 아니에요..
판사	지금까지의 수사 경과에 비춰 증거 인멸의 염려가 있고, 구속의 필요성이 인정된다. 그러므로-
오택	네?! 구속이요? 안 됩니다!!!
오승미, 승현E	아빠.. 아빠!

오택, 목소리에 놀라 방청석을 돌아보면 텅- 비어 있는 방청석..
승미와 승현을 끌고 문밖으로 나가고 있는 장미림의 뒷모습이 보인다.

오택	승미야!! 승현아!!! 여보!!!
판사	(판사봉으로 탕탕-) 피고인! 정숙하세요!

가족들을 잡겠다며 달려가려는 오택을 보안관리요원들이 붙잡아 휙 던져버리면-
공간 바뀌어.. 어두운 구치소 방 안.. 굳게 닫힌 철문.. 오택은 철문을 마구 내려친다.

오택	내보내주세요. 애들 엄마랑 애들이 기다려요. 저 가야 돼요. 저기요!!

세차게 문을 두들겨보지만 미동 없는 문..

지친 오택은 구치소 방구석에 쪼그리고 앉아 무릎에 얼굴을 묻는다.

웅크린 오택의 어깨가 가늘게 떨리는데..

잠시 후.. **철컹**- 열리는 철문.

오택, 고개 들어 문을 보면.. 아무 반응이 없고.. 의아해하며 잠시 보는 오택..

열린 문 사이로 길게 기괴한 그림자가 다가오는 것이 보인다.

두려움을 느끼는 오택.. 일어서며 침을 꿀꺽 삼키면..

서서히 오택을 향해 다가오는 그림자.. 점점 가까워지는데..

까꿍~ 하듯 문 사이로 들어서는 그림자의 주인은.. 예쁜 핑크 돼지!

어두웠던 방 안으로 빛이 **쫘악**- 비쳐 들어오더니

뒤이어 수많은 핑크 돼지들이 꿀꿀거리며 들어와 오택을 감싼다.

신기한 상황에 두리번거리는 오택의 다리에 돼지 한 마리가 부딪친다.

오택이 휘청거리며 넘어지자 그런 오택 위로 올라타는 핑크 돼지 무리들.. 꿀
꿀. 꿀꿀.

오택　　　　(돼지들 사이에서 힘겹게 손을 뻗으며) 무거워.. 도와줘..

2. 고시원, 오택 방 / D

띠띠띠띠- 알람 소리. 크헉-!! 번쩍 눈뜨는 오택. 모든 게 꿈이었다.

오택이 눈을 뜬 곳은 홀아비의 단출한 살림살이가 놓인 좁아터진 고시원 방.

쾅쾅! 주먹으로 벽을 치며 짜증 내는 옆방청년의 목소리.

옆방청년E　　아저씨! 알람!

오택　　　　(알람 끄며) 앗. 미안미안. 더 자. (정신 못 차리고 눈을 껌뻑이다 문

득) 아…. 돼지꿈!!

3. 주택가 골목 / D

슬리퍼 대충 걸쳐 신은 오택이 헐레벌떡 이른 새벽 골목길을 내달린다.

4. 편의점 / D

로또 기계에서 번호가 프린트된 종이가 출력되어 나온다.
점원에게 로또를 받는 오택, 기분 좋은 듯 씨익- 웃으며..

오택   오늘은 날씨가 엄청 좋을 것 같네요. 그죠?

1화
택시 드라이버

5. 택시회사 / D

분주한 아침 택시회사의 풍경.
야간 운행을 마친 택시들이 속속 들어오고 주간조 기사들이 출근하는 교대
타임이다.

택시를 손보고 있는 정비팀장 **고주환**. 오택이 바짝 다가가 귓속말한다.

오택	나 오늘 돼지꿈 꿨다.
고주환	엄마! 깜짝이야! 야 이 자식아. 나이가 몇인데 아직도 이런 장난이야?
오택	돼지가 완전 수십 마리.. 아주 그냥 떼거지로 나왔어.
고주환	그래서 뭐?
오택	나 다음 주부터 일 안 나오면 로또 1등 됐나 보다 해라. 부럽지~
고주환	그래. 내 친구 참 희망적이고 밝아서 좋다. 꿈을 잃지 않지. 그럼.
오택	(주먹 불끈) 이야압~~ 로또 1등!!! 할 수 있다!
고주환	(쯧쯧거리다가) 근데 너 운행 안 나가냐? 주간조 다들 나갔는데?
오택	양기사가 아직 안 들어왔어.
고주환	교대 시간 한참 지났잖아? 양기사 또 늦는 거야?
오택	돈 되는 장거리라도 잡았나 보지. 양육비 때문에 한 푼이라도 더 벌겠다고 열심히 사는데 몇 분 차이라고 내가 좀 양보하면 되지 뭐.
고주환	양기사가 그래? 매달 양육비 보내느라 힘들다고?
오택	그래. 사연 들어보니깐 딱하더라고.
고주환	으이구 순진한 놈아. 양기사가 지 편한 대로 너 이용해먹으려고 거짓말한 거 아냐! 맨날 이렇게 교대 시간 늦잖아? 다른 기사들 같았음 벌써 개새끼 소새끼 싸우고 난리 났어.
오택	아냐~ 나한테 저번에 애기 사진도 보여줬어.
고주환	정신 차려 임마. 양기사 그 자식 요즘 도박에 빠져가지고 돈에 환장한 거 회사 사람들 다 알아. 너만 모르는 거야.
오택	이씨~ 진짜야?! 나 당한 거야?
고주환	으이구 세상을 쫌 알아라. 아직도 그렇게 사람들 말 다 믿고 순진하게 굴면 어떡하나~
오택	(들어오는 택시 발견) 저기 오네. 양기사 내가 오늘 아주 가만 안 둬!

고주환	(비웃는) 행여나. 양기사 조폭 출신이란 소문 있던데. 그건 아는 거지?
오택	그게 뭐? 할 말은 해야지.

오택, 정차한 양기사 택시를 향해 주먹 불끈 쥐고 힘주어 걸어간다. 문을 벌컥 열며-

오택	양기사! 또 이렇게 늦게 오면 어떻게 해?! 쿵쿵- 뭐야? 택시에서 담배 폈어? 몇 번을 말해 손님들이 싫어한다고.

우락부락 인상의 30대 양기사, 인상을 확- 찡그린 채

양기사	내가 핀 거 아니에요. 술 취한 손님이 꼴라돼서 막무가내로 핀 거지.
오택	아.. 아냐? (눈치) 그건 그렇고. 양기사 나한테 거짓말했어? 내가 지금까지 양기사 사정 봐서 맨날 교대 시간 늦어도 화 안 내고 참아준 건데 말야. 나도 이제 안 참아! 오늘도 지금이 벌써 몇 시-
양기사	(말 자르며) 죄송함다! 됐죠?
오택	아니 사과한다고 넘어갈 문제가 아니라..
양기사	(언성 높이며) 그럼 뭐요? 어쩌라고!
오택	(살짝 움찔) 아니 그게...
양기사	(택시 밖으로 나오다 허리 붙잡고) 아, 허리야.
오택	왜 또 허리 아퍼?
양기사	아.. 좀 쉬어야겠는데.. 뭐 또 할 얘기 있어요?
오택	쩝... 아냐 됐어 아픈데. (양기사 뒷모습 향해) 가서 뜨뜻하게 찜질해.

양기사는 휴게실로 향하고, 꼬리 내린 오택 보며 멀리서 쯧쯧거리는 고주환. 오택은 뭘 어쩌냐는 듯 어깨를 으쓱- 하고 택시에 타는데.. 운전석에 떨어져

있는 약봉지 발견.

오택	양기사. 이거 가져가야지.
양기사	(뒷주머니 확인) 아!
오택	그 병원.. 아직도 다니는 거야? 차도가 없어?
양기사	(주변 사람들 눈치 보며) 좀 조용히 말해요. 다 떠벌리지 왜?
오택	아.. 미안.. (화내고 가는 양기사 보며) 쩝-

CUT TO

오택, 택시 면허증을 꽂고.. 차 외관과 내부를 깨끗이 닦으며 탈취제 칙칙-
택시 콜을 받는 단말기를 세팅하고, 핸드폰을 꺼내면 바탕 화면에 프롤로그 바
닷가에서 찍은 가족사진이 깔려 있다. 잠시 사진을 바라보다 핸드폰을 거치대
에 위치시킨 후 내비게이션을 작동시키고.. **'빈차'** 표시등을 켠 후 기어를 D
에 두고 출발하는 택시. 회사를 빠져나간다.

6. 도로 / D

오택	(멜로디 붙여 흥얼흥얼) 오늘은 손님이 좀 있을까요~~ 어제처럼 또 공칠까요~ 오늘은 사납금 좀 채울 수 있을까요~~

오택의 택시는 오전의 분주한 차량 행렬 사이로 진입하고,
오택, 택시 옆을 달리는 택배 트럭의 돼지고기 광고를 본다.
귀엽게 웃으며 파이팅! 하고 있는 핑크 돼지 마스코트에 잊고 있던 꿈이 번뜩-

INS.

꿈. 핑크 돼지들에게 파묻히는 오택.

오택   맞다~ 돼지꿈. (다시 멜로디 붙여) 오늘은 돼지꿈빨 좀 받을랑가
                요~~

하는데.. 저 멀리 택시 향해 전력 질주로 달려오는 여학생 발견. 오택, 속도 줄
이면

여학생   (급하게 올라타, 숨넘어가며) 세양대학교요!
오택   아이고~ 세양대 학생이에요? 우리 딸도 거기 다니는데~
여학생   제가 시간이 없어서요. 빨리 좀 가주세요!
오택   엄청 급하신가 보네요~ 출발하겠습니다.

7. 도로 - 세양대학교 정문 앞 / D

서행 중인 도로 위 택시 안. 여학생은 초조해하며 친구랑 통화 중이다.

여학생   알람 소리가 안 들렸어. 너 알지? 내가 교환 학생 얼마나 가고 싶
             어 했는지. 면접 준비 완전 열심히 했단 말야. 몰라. 차 완전 막혀.
             다 끝났어.

오택, 룸미러로 학생을 슬금 보다가는 핸들을 확 꺾어 골목길로-

여학생   (놀라) 지금 어디 가세요?
오택   학생. 날 믿어봐요. 면접은 봐야지. 몇 분 남았어요?

여학생	10분이요.

오택의 택시가 골목길을 삭삭- 달린다. 막혀 있는 골목길에선 후진하고, 좌회전 우회전을 자유자재로 골목을 달리더니.. 끼익- 드디어 세양대학교 앞 도착.

여학생	진짜 복 받으실 거예요. 기사님! (현금 내밀며) 잔돈은 괜찮습니다!
오택	아니. 여기 잔돈.

이미 사라진 여학생. 오택은 쏠쏠하게 남은 잔돈에 기분 좋아 씨익- 웃고.. 세양대학교 정문을 잠시 보더니 핸드폰으로 '**보물1호 오승미♡**'를 찾는다. 전화를 걸려다가 왠지 머뭇.. 하는데, 또 다른 손님이 다가와 뒷문을 연다.

오택	(돌아보고 놀라) !!!! 아니.. 국민..엠..씨..?!!
국민MC	기사님 저희가 상암동 가는데요. 혹시 촬영 좀 해도 될까요?
오택	예! 예! 됩니다!

8. 도로 - 상암동 / D

오택은 조수석에서 촬영 중인 카메라에 긴장하면서도 신이 나 자꾸 웃는다.

국민MC	기분 좋으신가 봐요.
오택	제가 어제 돼지꿈을 꿨거든요. 그래서 그런가 요새 거진 손님 못 태우고 빈차로 돌아다녔는데 오늘은 개시하자마자 손님이 타서는 거스름돈도 안 받고 내리질 않나 이렇게 유~명하신 분이 제 택시에 타질 않나. 이런 운수 좋은 날이 또 있겠습니까?

국민MC	하하하. 제가 뭘 또~
오택	아이구. 영광이죠.
국민MC	근데 돼지꿈 꾸셨으면 좋은 일 생기시겠네요?
오택	택시기사야 손님만 많으면 그게 좋은 일이죠.
국민MC	그래도 로또도 사고 하셔야 되는 거 아니에요?
오택	그거야 일어나자마자 달려가서 샀죠.
국민MC	하하하. 1등 되시겠는데요?
오택	느낌이 팍 오는 게~ 그렇게 될 것 같습니다. 하하.
국민MC	당첨되시면 뭐 하고 싶으세요?
오택	...
국민MC	기사님?
오택	가족들이 저 때문에 고생을 많이 했거든요. 지금은 같이 못 살고 애들 엄마는 고향 내려갔는데.. 일단 빚부터 싹 갚고 서울에 집 하나 마련해서 가족들이랑 다 같이 모여 살고 싶네요.
국민MC	아이구. 기사님 눈가가 촉촉해지셨는데..
오택	예능 촬영 중인데 제가 분위기를 너무 무겁게 했네요. 어쩌죠?
국민MC	괜찮습니다. 돼지꿈도 꾸셨으니까 기사님 원하시는 대로 잘~ 될 겁니다. 제가 응원해드릴게요. 으쌰라으쌰~ 으쌰라으쌰~ 같이하시죠.
오택	하하. 으쌰라으쌰~ 으쌰라으쌰~

어색하게 국민MC를 따라 하는 오택의 모습이 VJ의 카메라에 잡힌다.

CUT TO

상암동 도착. 택시 멈춰 서고, 결제하며

오택	저기 혹시 폐가 안 된다면 제 딸이랑 영상통화 한번 부탁드려도

되겠습니까? 중학교 때부터 아주 팬이었거든요.

국민MC   예. 예. 그럼요. 따님이 학생이세요?

오택   세양대학교 신방과 다녀요. 방송국 피디가 꿈이어서.

오택, 승미에게 영상통화를 거는데 신호가 오랫동안 가지만 받지 않는다.

오택   (머쓱해서) 아.. 죄송합니다.

국민MC   괜찮습니다. 다시 한 번 해보세요.

오택   그래도 되겠습니까?

다시 한 번 영상통화 거는 오택. 긴장.. 한참을 울리는 벨소리.. 포기하려는데..

오승미F   (받자마자) 전화 못 받아요. (뚝 끊기고-)

오택   승미야.. 승미야..

국민MC   아.. 바쁘신가 보네요. 따님 이름이 승미씨세요? (VJ 카메라에 대고) 승미씨! 꼭 피디 되셔서 방송국에서 봐요~ 파이팅!

오택, 택시에서 내린 국민MC가 VJ 카메라와 함께 달려가는 모습을 잠시 보는데..

손님   (또 올라타는 손님) 삼성역 가주세요~

오택   아이고. 오늘 정말 손님이 끊이지 않네요. 삼성역요? 출발합니다~

9. 몽타주 : 운수 좋은 날

- 삑- 택시 요금 카드 결제하는 오택. **"고맙습니다. 좋은 하루 되세요~"**

- 손님이 내리자마자 콜이 딱 맞춰 떨어진다. **"아싸~"**

- 손님이 올라타고 또 올라탄다. **"콜 부르셨죠?"** **"출발하겠습니다"**

- 삑- 삑- 삑- 카드 결제 이어지고.. 결제가 완료되었다는 음성이 계속된다.

- 오택, 택시에서 삼각김밥 까먹으며 택시회사의 주환과 통화.

오택	진짜로 국민엠씨가 택시 탔다니깐. 그래. 나 방송 탄다! 출세했지~?
고주환	사진은 같이 찍었고?
오택	아! 사진. 제일 중요한 걸 깜빡했네! 영상통화 부탁하느라..
고주환	놓쳤네 놓쳤어. 니 평생 연예인이랑 사진 찍을 기회가 또 올 것 같냐?
오택	아까비.. (그사이 또 손님) 주환아. 손님이다. 끊어.

- **"감사합니다~"** **"도착했습니다~"** 끊이지 않는 손님에 기분 좋은 오택.

- 외국인 손님이 사양하는 오택에게 두둑하게 팁을 챙겨주고 내린다. **"Keep the change."** **"킵 더 체인.... 아이구~ 이렇게나 많이.. 땡큐 땡큐 땡큐 베리 머치"**

- **"23,800원 나왔습니다~"** **"16,000원입니다~"** **"9,800원입니다~"**

- **TIME LAPSE** : 서울의 풍경이 빠르게 지나가며 시간 경과..

- 오택의 꿈, 오택을 파묻은 핑크 돼지들의 세찬 울음소리 **꿰이~ 꿰이~ 꿰이~**

10. 대학가 디저트 카페 / D

시끄러운 대학생들로 북적이는 밝은 분위기의 카페 안.
계산대 앞에.. 무채색 카고 팬츠 차림, 어딘가 메마르고 적막한 인상의 중년 여성 **황순규**가 커피 만드는 알바생(**남윤호**)을 얼이 빠진 표정으로 뚫어져라 보고 있다.
치이이익- 에스프레소 머신의 수증기가 가득 차올랐다가 사라지면..
알바생은 남윤호가 아니라 남윤호와 닮은 바른 인상의 청년이었고..

알바생   (다가오며) 손님? 주문 뭘로 하시겠습니까?
황순규   (정신 차리고) 예.. 뭐.. 커피 아무거나 주세요.

11. (어제) 화훼농원 / D

투박한 온실에 그득한 나무와 분재들..
온실과 연결된 안마당 한쪽에 폐기된 우물이 자리 잡은 화훼농원의 전경..
작업복 차림의 황순규가 20kg 비료 포대를 마당으로 이고 와서 커다란 비료 배합 기계에 털어 넣고 기계를 작동시킨다. 우웅.. 돌아가는 믹싱용 스크루를 묵묵히 바라보는 순규.. 전화벨이 울린다. '**윤호후배 정이든**' 보고 전화 받는 순규.

황순규	어. 이든아. 오랜만이네..
정이든F	네. 저.. 어머니. 언제 시간 괜찮으세요? 말씀드리고 싶은 게 있어서요.
황순규	윤호 관련된 얘기니?
정이든F	예.
황순규	혹시.. 그 남자 누군지 알아낸 거야?
정이든F	아뇨.. 그건 아닌데요..
황순규	이든아. 뭐라도 알아낸 거면 알려줘. 아주 작은 단서라도 좋아.
정이든F	아직 확실한 게 아니라서요.. 전화론 좀 그렇고 뵙고 말씀드릴게요.

12. 대학가 디저트 카페 / D

커피 2잔 든 트레이 들고 자리에 앉는 황순규,
핸드폰을 열고 영상 하나를 플레이하면, 호프집에서 노는 대학생들이 담긴
영상이다.

13. (과거) 호프집 내, 외부 / N

- 생일파티 중인 대학생들.. 그중 한 친구가 신난 친구들의 모습을 핸드폰 영상으로 담고 있다(#12의 영상). 업된 친구들과는 다르게 생일자와 조금 떨어진 자리에 앉아 다크서클 짙은 몰골로 어색하게 웃고 있는 대학생 **남윤호**.. 힘없이 박수 치던 남윤호는 문득 창밖을 보는데.. 호프집 안을 지그시 응시하고 있는 캡모자를 눌러쓴 남자!!! 순간 **"으아아아악!!!"** 윤호가 경

기하듯 발광하기 시작하면 **"왜왜? 윤호 왜 저래?"** 친구들 놀라 달려가고..

- 촬영된 핸드폰 영상으로 위의 상황 이어지면, 촬영 중이던 친구가 크게 당황했는지 화면 마구 흔들리는데.. 흔들리는 화면 속.. 창밖에서 호프집 안을 응시하고 있는 흐릿한 캡모자 쓴 남자의 실루엣이 스친다!

- 그리고 같은 시각. 호프집 외부에서 호프집 방향으로 녹화된 차량용 블랙박스 영상이 플레이되면, 캡모자를 쓴 남자는 호프집 창문 너머 윤호의 난동을 미동 없이 바라보더니.. 뒤돌아 귀를 만지작거리며 유유히 골목길을 걸어가는데... 영상 STOP-

14. 대학가 디저트 카페 / D

블랙박스 영상 속 남자의 정확한 얼굴은 그림자에 가려 알 수 없지만, 남자의 윤곽은 마치 미소 짓는 듯 보이고.. 영상 속 남자를 응시하는 황순규. 잠시 노려보다가 참기 어려운 듯 핸드폰 화면을 엎어버리고 감정을 추스른다.

15. 공공 화장실 + 안동, 돼배기집 / D

오택, 공공 화장실에서 나오는데 전화가 울린다. 보면 '**내 심장 오승현♡**'

오택　　　아들! 웬일이야? 먼저 전화를 다 주고?

교복 차림의 **오승현(고1)**이 안동 시내 꽈배기집 카운터에서 뾰로통한 표정으로 통화 중.

오승현	아빠. 혹시 돈 모아둔 거 있어?
오택	돈? 얼마나?
오승현	400.
오택	뭐?! 400?! 없지~ 아빠 돈 버는 족족 빚 갚잖아.
오승현	그지? 끊을게.
오택	아들. 뭔 일인데? 말을 해줘야지.
오승현	아냐. 아빠가 해결해줄 수 없는 일이야.
오택	뭔데? 말해봐.
오승현	알았어. 근데.. 내 얘기 들으면 화가 많이 날 거야. 그러니깐 미리 마음의 준비 단단히 해야 돼.
오택	뜸 그만 들이고-
오승현	내 친구 중에 사다리로 300을 번 친구가 있어.
오택	뭔 소리지 그게?
오승현	그 얘길 들으니깐 나도 크게 돈 벌어서 엄마 돕고 싶더라고. 진짜야.
오택	느낌이 아주 쎄- 하네. 사다리가 뭔데?
오승현	요즘 고딩들 다 하는 온라인 게임인데..
오택	너.. 너.. (버럭) 도박했어?!!!
오승현	처음엔 진짜 많이 땄어.
오택	니가 돈이 어딨어서 그런 걸 해?
오승현	사실은.. 엄마가 누나 2학기 등록금 모아둔 게 있거든.. 그게 400만 원인데..
오택	설마.. 너.. 그 400을 홀라당?!
오승현	(울먹) 아빠.. 나 누나랑 엄마한테 미안해서 어떻게 살아? 400이면 꽈배기 만이천 개 팔아야 되는데..

오택	(땅 꺼지는 한숨) 하아....... 엄마는?
오승현	나한테 아빠 똑 닮아서 맨날 사고 친다고 집 나가래.
오택	(뜨끔) ..
오승현	(맞은 등짝을 어루만지며 엄살) 아빠 나 엄마한테 개맞았어. 아포..
오택	야 이 자식아! 지금 아프단 소리가 나와?! 그래서 지금 엄마 상태 어떠냐고?
오승현	나 꼴 보기 싫다고 서울 갔어. 누나랑 며칠 있을 거래.
오택	몇 시에?
오승현	아까 2시 반 기차 탔으니깐 4시 반쯤 도착일걸. 청량리역.
오택	4시 반? (시계 확인) 알았어. 아빠가 엄마 만나서 해결할게.
오승현	어떻게 할 건데? 아빠 돈 없다며?
오택	넌 조용히 반성이나 하고 있어! 끊어.

오택의 택시가 쏜살같이 달려가면..

16. 청량리역 외부 광장 / D

시계 확인하며 청량리역 건물을 향해 달리는 오택. 길가의 꽃 가게가 눈에 들어온다.

17. 청량리역 / D

음식 싸온 보냉백을 양손 가득 들고 청량리역에 등장하는 장미림.

기차역에서 연결된 지하철 방향으로 향하고, 개찰구에 교통 카드 찍으려는 순간.. 달려와 세이프하듯 막아서는 오택의 손.

오택	남편이 택시기산데 왜 힘들게 지하철을 타?
장미림	(힐긋 보고) 남편?? 갈라선 지가 언젠데 아직도 남편 소리야?
오택	저기.. (장미 내민다) 이거.
장미림	장난쳐? 우리 사이에 웬 꽃?
오택	아니. 사은 행사한다고 공짜로 나눠주더라고. 싫음 됐어. 내가 가질게. (장미는 일단 바지 주머니에 쑤셔 넣고, 미림의 보냉백을 뺏으며) 승미 주려고 가져온 거지? 가자.
장미림	(보냉백 안 뺏긴다) 냐. 당신 택시 안 타. 오승현 그놈새끼가 전화했어?
오택	어. 택시 타고 가면서 얘기 좀 해.
장미림	됐어. 애들 일은 내가 알아서 하니깐 신경 꺼. 후.. 또 열 오르네.
오택	알았어. 알았으니까 (힘들여 겨우 보냉백 뺏는 데 성공) 택시로 데려다주게만 해줘. 제발.. 부탁.

18. 청량리역 외부 도로 / D

택시가 서고, 오택은 운전석에서 빠르게 내려 매너 있게 조수석 문을 열어주는데.. 미림은 덜컥 보냉백을 조수석에 싣고 뒷좌석에 탄다.
오택은 뻘쭘해하며 차에 타고,

오택	(미림 눈치 보며 출발) 나 오늘 무슨 날인가. 아침부터 손님이 계속 탔어. 벌써 한 삼일치는 번 것 같네.

장미림	자기 앞가림은 하고 사는 거 같아 다행이네.
오택	그동안 나 택시 일 정말 열심히 했거든. 빚도 많이 갚았어. 빡빡하지만 내년이면 싹- 다 갚고 손 털 수 있을 거 같애.
장미림	(믿기 어렵다는 듯 보면)
오택	진짜야~ 내년엔 경기도 좋아진다고 하니깐 돈도 더 많이 벌 거고~ 오늘처럼 이렇게 손님만 들어주면 안 될 것도 없지.
장미림	내가 당신 빚이 얼마 남았는지 다 아는데.. 말이 돼? 제발 철 좀 들어. 김칫국 좀 그만 마시고.
오택	솔직히 빚 다 갚는 것까진 오버고, 승미랑 둘이 살 전셋집 정도는 마련할 수 있을 것 같은데.. 같은 서울에 있으면서 따로 사는 거 좀 그렇잖아.
장미림	그 문젠.. 승미가 원해야지.
오택	그렇지..? 승미는 아직도 나한테 화가 많이 나 있나 봐. 그럴 만도 하지. 나 때문에 빚쟁이들한테 쫓겨서 그 고생을 했으니.
장미림	그건 중고등학교 때 얘기잖아.
오택	그렇긴 한데 승미가 요즘 들어 내 전화를 더 안 받아.
장미림	승미 요즘엔 나한테도 그래. 대학에서 재밌는 일이 오죽 많겠어? 자꾸 부모라고 전화하고 하면 귀찮지.
오택	나 위로하려고 그렇게 말해주는 거야? 고마워~
장미림	당신 좋으라고 한 말 아냐. 당신 뭐 이쁘다고 내가.

잠시 대화 소강되고.. 오택, 복잡한 표정으로 창밖 바라보는 장미림을 룸미러로 본다.

오택	저기.. 승현이가 날려먹은 등록금.. 내가 보낼게. 그러니까 당신 너무 걱정하지 마.
장미림	됐어. 무슨.. 당신 돈 없잖아.

오택	나 돈 있어! 400, 내가 당장 보내줄게.
장미림	(의심의 눈초리) 또 어디서 사채 끌어올려고? 나 다시는 그 꼴 못 봐!
오택	아~냐. 나 진짜 돈 있어. 승미 등록금 내가 한 번은 꼭 하고 싶어서 계속 모았거든. 나도.. 아빠잖아.
장미림	정말이야?
오택	그래. (시계 보고) 아. 당장 보내주고 싶은데 은행 문 닫았겠다. 적금 깨려면 은행 가야 되는데. 내일 아침에 바로 보낼게.
장미림	(진짜인가 싶어 오택 본다) ...
오택	진짜야. 나 아빠 노릇 한 번만 하게 해줘. 응?

19. 대학가 원룸촌 / D

대학가 원룸촌에 오택의 택시가 선다. 조수석에서 보냉백을 꺼내는 오택.

오택	나도 승미 얼굴 보고 갈까?
장미림	승미 요새 알바 늦게까지 해서 지금 집에 없어.
오택	그럼 교대하고 다시 올까? 오랜만에 저녁 같이 먹으면 좋잖아.
장미림	그게.. 오늘은 승미랑 이것저것 진지하게 할 얘기가 좀 있어서..
오택	(실망) 알았어 그럼..

미림이 오택 손에 든 보냉백을 챙기자, 오택은 어쩔 수 없이 터덜터덜 운전석으로 향하는데.. 미림이 마음이 쓰였는지 오택을 부른다.

| 장미림 | 저기. 승미한테 내년에 아빠랑 같이 사는 건 어떠냐고 한번 물어 볼게. |

오택	진짜??
장미림	응. 그리고.. 다음에 승현이까지 올라오면 그때 같이 저녁 한번 먹어.
오택	(오두방정) 예스! 예스! 고마워~ 나 간다~ (운전석에 타다가) 여보!
장미림	여보라고는 하지 말고!
오택	알았어. 알았어. 미림씨.. (바지 주머니에 꼬깃꼬깃하게 들어가 있던 장미를 꺼내) 이거 받아주면 안 돼?

잠시 갈등하던 미림.. 오택의 장미꽃을 받아주면..
예스-! 신이 난 오택, 택시에 타 출발하고 손을 흔들며-

오택	(창밖으로 얼굴 내밀고) 내일 아침에 계좌이체할게!! 걱정 마!!

20. 대학가 디저트 카페 / D

식어버린 커피.. 순규는 시계를 확인하고, 너무 늦는다 싶은지 폰에서 '**윤호후배 정이든**'을 찾아 전화해보는데 "**전화기가 꺼져 있어..**" 안내음 들려온다. 주머니에서 구겨진 수첩 하나를 꺼내는 순규, 구식 형사노트처럼 사람들 사진과 메모들이 깨알같이 적혀 있는 수첩이다. 번호 하나를 찾아 전화하면,

윤호친구F	여보세요.
황순규	태균학생?
윤호친구F	누구세요?
황순규	나 남윤호엄만데. 뭐 좀 물어볼 게 있어서..
윤호친구F	아.. 안녕하세요.
황순규	오늘 내가 이든이를 만나기로 했거든? 근데 이든이가 안 오네. 전화

기도 꺼져 있고. 무슨 일 생긴 건가 싶어서.. 혹시 뭐 아는 거 있어?

윤호친구F 아.. 이든이요.. 저도 좀 전에 들었는데.. 이든이 병원에 있대요.

황순규 병원?

윤호친구F 예. 지금 뉴스에 고시원 화재 사건 계속 나오잖아요. 이든이가 그 고시원에 갔었대요. 죽지는 않았는데 중환자실에 입원해 있다고.

황순규, 급하게 핸드폰으로 뉴스 검색해보면,

'오늘 새벽 노후 고시원 화재.. 8명 사망, 1명 중상' 헤드라인 보이고-

21. 도로 + 택시회사 / D

잔뜩 신이 난 업된 목소리의 오택, 주환과 무선 이어셋으로 통화하며 운전 중이다.

오택 진짜야~ 애들 엄마가 담에 밥 먹자고 그랬다니깐. 아니 승미랑 승현이까지 다 같이~ 장미꽃도 줬어. 좋아하지~ 내가 빚만 다 갚으면 화 풀릴 것 같애. 예전엔 내 얼굴만 봐도 화냈는데 오늘은 안 그랬다니깐~

고주환 그래. 그렇게 못 미더웠던 남편이 열심히 노력해서 승미 등록금 내준다는데 나 같아도 마음 풀리지. 축하한다 친구야.

오택 그래서 말인데.. 돈 좀 빌려줘라.

고주환 뭐야? 너 400 없어?

오택 400은 무슨. 내가 돈이 어딨어. 다 빚 갚았지.

고주환 야 이 자식아. 대책도 없이 지르면 어떡해?

오택 그럼 이게 얼마 만에 온 기횐데 이 기횔 날려?

고주환	에고 두야..
오택	주환아. 나 정말 애들 엄마랑 다시 잘해보고 싶어. 부탁이다.
고주환	끙...
오택	친구야. 나도 양심 있다. 400 다는 안 바래. 너 제수씨 몰래 꿍쳐 둔 돈 있잖아. 그것만이라도 좀 빌려주라. 응? 응응?

22. 한국대병원, 로비 / D

INS.
한국대병원 전경.

황순규, 한국대병원 로비 안내직원을 찾아 물어본다.

황순규	정이든 환자를 찾는데요. 새벽에 고시원 화재로 여기 실려왔다고..
안내직원	정이든 환자면... 중환자실에 계시네요. 저기 엘리베이터 타고 3 층으로 가시면 되는데 중환자실은 면회 시간이 정해져 있어서-

직원 말이 끝나기도 전에 급히 이동하는 순규, 엘리베이터 타면 문 닫히고..

23. 한국대병원, 중환자실 앞 / D

띵- 소리와 함께 3층 엘리베이터 문이 열리고 황순규가 내린다.
표지판을 확인하고 중환자실로 향하는 순규. 미로 같은 병원 복도를 따라가다 중환자실에서 걸어 나오던 한 의사와 스친다. 순간 **멈칫**- 하는 순규.. 뭔가 이상한 느낌에 돌아보면- 의료용 마스크 쓴 의사가 귀를 만지며 복도 코너를 돌아 사라지는데..

INS.
호프집 블랙박스 영상 속, 귀를 만지며 사라지는 실루엣의 남자.

특이하게 귀를 만지는 행동.. 어깨의 움직임.. 걸음걸이의 모양새..
수백 번도 더 돌려봤던 동영상 속 그놈이다!
바로 놈을 따라 복도 코너를 달려가보지만 보이지 않고
미로 같은 복도 여기저기를 살펴보지만 보이지 않는 의사..
엘리베이터로 달려왔지만 두 대의 엘리베이터가 동시에 문이 닫히고, 한 대는 위층으로 또 한 대는 아래층으로 이동을 시작한다. 의사가 어디로 향했는지 알 수 없고..
황순규, 다시 중환자실로 달려와 중환자실에서 나오는 간호사를 붙잡고 다짜고짜-

황순규   방금 나간 사람 누굽니까?
중환자실간호사1 네?
황순규   방금 전에 여기서 나온 의사 말이에요! 누구냐고요?
중환자실간호사1 좀 전에 나간 선생님이요? 금혁수 선생님 말씀하시는 거예요?
황순규   금혁수..?

갑자기 **삐-삐**- 경고음 울리며 중환자실에 소란이 인다.
중환자실 안에서 중환자실간호사1을 다급하게 부르는 목소리

중환자실간호사2 김선생님. 정이든 환자 코드 블루요!

황순규　　　?!

중환자실간호사1 다급하게 중환자실 안으로 달려가며, 따라가려는 순규를 막고 문을 닫는다. 황순규, 굳게 닫힌 중환자실 유리문 틈으로 보면..
정이든의 침상으로 달려가 심폐 소생을 진행하는 의료진들.. 하지만 끝내 사망하고-

황순규　　　어.. 어.. 안 돼.. 안 돼..

24. 한국대병원 앞 / D

한 남자가 병원에서 밖으로 나오며 메고 있던 슬링백에서 캡모자를 꺼내 깊게 눌러쓴다.
천천히 걸어와 횡단보도 앞에 서는 남자의 뒷모습..
처방전을 손에 꼭 쥐고 횡단보도에 서 있던 꼬마 여자아이가 남자를 톡톡 친다.
남자가 고개를 돌려 아이를 보면.. 드러나는 훈훈한 외모.. 반듯한 미소.. **금혁수**다.

여자아이　　저기요.. 엄마가 다리를 다쳐서 제가 엄마 약 사러 약국을 가야 하는데요. 근데 제가 무서워서 그런데 횡단보도 건널 때 손 좀 잡아주시면 안 돼요?

금혁수 보면, 차가 쌩쌩 달리는 8차선 도로. 아이는 겁먹었는지 주먹을 꼭 쥐고..
금혁수는 그런 아이를 잠시 본다. 아이는 금혁수의 반응을 알 수 없어 멀뚱멀뚱-

신호등이 초록불로 바뀌자 아이는 금혁수에게 조막만한 손을 내미는데..

금혁수   싫어.

당황한 아이의 얼굴은 금세 울상이 되고.. 금혁수는 혼자 유유히 횡단보도를 건넌다.

25. 택시회사 앞 도로 / D

오택   (이어셋으로 통화 중) 아냐아냐. 니 사정 뻔히 아는데 부탁한 내가 더 미안하지. 다음에 얼굴 한번 보자.

택시회사 근처, 빨간불에 정차한 채 통화를 마친 오택. 기어 박스에 둔 수첩 보면..
'현금13, 통장9, 주환150, 원우40, 정수50, 진규25, 남준20, 307만원!!!'

오택   (시름에 잠겨) 하아.. 100은 더 있어야 되는데..

신호 바뀌자 기어 박스에 수첩 두고 다시 출발하는데..
끼익- 갑자기 오택의 택시 앞으로 끼어들 듯 손을 뻗어 택시를 잡는 남자.. 금혁수다!

금혁수   (뒷문 열고 올라타며) 화월동이요.
오택   어쩌죠? 교대 시간이라 다른 택시 이용하셔야 될 것 같습니다.
금혁수   화월동 가까운데 그냥 좀 가주시면 안 돼요? 콜도 계속 안 떨어지고.. 다들 교대 시간이라 안 된다고 해서 택시 몇 대 놓쳤거든요.

오택   죄송합니다. 회사 택시라서요..

금혁수   안 돼요?

오택   네. 정말 죄송합니다.

금혁수, 아쉬운 듯 내리지 않고 오택을 바라보는데..
뒤차가 길 막고 있는 오택 택시에게 **빵-빵**- 경적을 울리고..

오택   저기.. 손님.

금혁수   정말 안 되는 거죠?

금혁수, 아쉬운 표정으로 길게 한숨 내쉬며 딸깍- 차 문을 열고 내리는데..
문득 기어 박스에 둔 수첩이 눈에 들어오는 오택. 친구들에게 돈 빌린 메모
보이고..

오택   (혼잣말) 내가 지금 교대 시간 맞출 때냐?

때마침 금혁수, 뭔가 말하려는 듯 아직 닫지 않은 뒷문 사이로 고개 넣는데..

오택   (획- 고개 돌려) 가시죠 손님!

금혁수   (놀란다) 진짜요?

오택   후딱 댕겨오면 되죠 뭐. 타세요!

금혁수   (다시 올라타며 환한 미소) 감사합니다. 기사님.

택시, 출발한다.

26. 화월동으로 향하는 도로 / D

오택   손님. 인상이 참 좋으시네요.

금혁수   (훈남 미소) 그런 얘기 많이 못 들었는데..

오택   에이. 딱 보니깐 좋은 사람인데요. 나쁜 사람들은 티가 나지요.

금혁수   인상이랑 진짜 모습이 다른 사람들도 있잖아요.

오택   택시 몰면 워낙 사람들 많이 상대해서 딱 보면 압니다.

금혁수   칭찬해주시니깐 기분 좋네요. 감사합니다.

오택   아유. 인사성도 밝으시네. 젊은 분이-

하며 택시, 노란불에 사거리를 지나는 순간 신호를 무시하고 달려오던 오토
바이와 충돌할 뻔하는데.. 오택이 순발력을 발휘해 핸들 돌리고 충돌을 피한
다. **끼이익—**

오택   손님 괜찮으세요?

금혁수   예. 괜찮습니다.

오토바이운전자 아..씨! 빨간불에 그렇게 튀어나오면 어떡해? 죽고 싶어?!!

오택   (손 들어 미안하다는 사인 보내며) 아.. 예예. 미안합니다.

오토바이는 한껏 욕을 퍼부으며 바앙- 가버리고, 오택의 택시도 다시 출발
한다.

오택   (사라진 오토바이 향해 혼잣말) 으휴 승질머리 하고는.

금혁수   노란불이었어요.

오택   네?

금혁수   기사님이 사거리 지날 때 빨간불이 아니라 노란불이었다고요.

오택   예. 맞아요. 그래도 사고 안 났으면 됐죠 뭐.

금혁수	기사님이 욕먹을 이유는 없었잖아요.
오택	아이고. 저도 욕 한 사발 하고 싶죠. 근데 저런 놈이랑 싸워봤자 남는 거 하나 없어요. 뿌린 대로 거둔다고 저놈 계속 저 승질머리로 살면 나중에 벌 받을 겁니다.
금혁수	그런가요?
오택	예~ 세상 이치란 게 다 그렇게 되게 돼 있어요.

금혁수, 오택의 생각이 재밌다는 듯 묘한 표정으로 본다.

27. 화월동, 주택가 골목 안 / D

화월동 주택가 골목에 오택의 택시가 멈춰 선다. 슬링백에서 돈 꺼내는 금혁수.

금혁수	현금으로 계산할게요. (지폐 건네고) 거스름돈은 됐습니다.
오택	아이고~ 손님 태우길 진짜 잘했네요.

금혁수는 택시에서 내리고, 오택 기분 좋게 후진해서 나가려는데.. **똑똑—**
보면, 금혁수가 조수석 쪽으로 다가와 창문을 두들긴 것. 오택 창문 내리면...

금혁수	저기요 기사님. 저랑 묵포 안 가실래요?
오택	네?
금혁수	짐 챙겨서 바로 묵포 내려갈 거거든요. KTX가 매진이라 어차피 택시 잡아 갈 건데 이왕이면 기사님이랑 가면 좋을 것 같아서요.
오택	묵포를 택시 타고 가시게요? 아직 고속버스 있을 텐데요..
금혁수	그게.. 제가 사정이 좀 있어서.. 예전에 고속버스 탔다가 사고를

	크게 당해서 버스를 못 타요. 트라우마랄까.. 기사님도 장거리 다녀오시면 좋은 거 아닌가요?
오택	장거리 엄청 좋죠. 좋긴 한데.. 교대 때문에.. 하아.. 아쉽네요.
금혁수	방법이 없을까요? 예전 사고 때문에 아무 차나 타고 싶지 않거든요. 아까 기사님이 오토바이랑 사고 피하는 거 보고 믿음이 가서 부탁드리는 거예요.
오택	손님 사정이 딱하긴 한데요. 안 될 것 같아요. 교대자가 한 성깔 하는 놈이라 난리 칠 거고.. 또..
금혁수	돈 더 얹어드릴게요.
오택	돈을 더 줘요? 목포까지 얼마나 나오는 줄 알고 그런 소릴 합니까?
금혁수	괜찮습니다. 돈 더 드릴게요.

오택, 기어 박스 수첩 쪽을 본다. 100만원 부족한 상황.. 찔러나 보잔 심정으로,

오택	100만원 달라고 해도 주실 겁니까?
금혁수	...
오택	(긴장) ...
금혁수	100만원이면 따블 넘게 받으시겠다는 거네요.
오택	그게.. 아무래도 제가 야간에 차를 쓰려면 교대자랑 딜도 해야 하고..
금혁수	예. 드릴게요.
오택	예?!
금혁수	드릴게요. 100만원.
오택	진짜 100만원을 주신다고요?
금혁수	저는 30분 정도 걸릴 거 같거든요? 기다리시긴 좀 길고 30분 후에 여기서 다시 뵐까요?
오택	네네. 좋습니다. (금혁수 멀어지면) 와~ 꿈빨 함 쥑이네~

28. 한국대병원, 중환자실 앞 복도 / D

황순규 cctv 확인해보면 되잖아요. 그것만 보면 제 말이 맞다는 거 확인할 수 있다니까요!

중환자실간호사1 어머님. 중환자실 안에는 cctv가 없습니다. 그리고 정이든 환자 가족도 아니시라면서요. 진짜 왜 이러시는 건데요?

황순규 아니 몇 번을 얘기합니까. 그 금혁수란 놈이 내 아들 죽게 만들고 그것도 모자라서 이든이도 죽인 거라고요.

중환자실간호사1 어머님. 정이든 환자는 이송 당시부터 부상이 심각했습니다. 상태가 악화돼 끝내 사망하신 거고요.

황순규 아니요. 금혁수 그놈이 뭔 짓을 한 겁니다.

중환자실간호사1 휴우.. (다가오는 간호사2에게) 금선생님 연락해봤어?

중환자실간호사2 계속 연결 안 돼요.

황순규 제가 직접 연락해볼게요. 연락처 알려주세요.

중환자실간호사1 선생님 개인 연락처는 드릴 수 없습니다. 제발 억측 그만하시고-

황순규 억측이요? 아니요. 나는 압니다. 나는 알아요. 수천 번 수만 번도 더 봤어요. 그놈 그림자만 봐도 알아볼 수 있다고요.

보안요원 (달려와 황순규 팔 당기며) 여기서 이러지 마시고 저쪽으로 가시죠!

황순규 (뿌리친다) 내가 뭘 어쨌다고 이러는데요!!!

순규, 크게 소리치는데.. 소란에 모여든 사람들의 따가운 시선이 느껴진다.

29. 택시회사 / D

빠른 속도로 달려온 오택의 택시가 택시회사에 들어와 선다. **끼이익-**

그런 오택의 택시를 막아서며 보닛을 **팡-** 손바닥으로 치는 양기사.

오택이 늦어 화가 잔뜩 났는지 손짓으로 시계를 가리키며 한껏 인상을 써댄다.

양기사　복수하는 거예요? 그래서 일부러 늦은 거?

오택　양기사. 나랑 얘기 좀 해.

양기사　뭔 얘기? 사과부터 해야지.

오택　아니 일단 일로 좀 와봐. 조용히 할 얘기가 있어.

오택, 양기사를 회사 한쪽 구석으로 데려간다.

오택　요즘 야간 뛰면 사납금 채우고 얼마 정도 남나?

양기사　불경기인 거 뻔히 알면서 그런 걸 물어요? 사납금 겨우 맞추지. 좀 괜찮은 날도 한 5만원 남나?

오택　그지? 내가 사납금 대신 채워주고, 따로 또 10만원 줄게. 대신 내가 야간에 택시 좀 몰자.

양기사 의심 간다는 표정으로 오택을 빤히 본다.

오택　왜? 양기사한테도 이득이잖아. 이렇게 좋은 제안이 어딨어?

양기사　뭔데? 돈 되는 장거리라도 잡았어요? 어디? 부산?

오택　목포목포. 그냥 나한테 선물 받는 셈 치고 오랜만에 하루 편히 쉬어. 허리 아프다며. 오케이? 내가 좀 급해서 간다~ (택시로 가는데)

양기사　싫은데.

오택　잉?

양기사　상식적으로.. 나한테 돈을 그렇게 떼주면서까지 뛰겠다는 건 손님이 최소 따블은 불렀다는 얘기잖아.

오택　?

양기사	그 손님 나한테 넘겨요. 내 시간이니까 내가 가야지. 거기다 묵포면 내 홈그라운드 아냐. 엄마 산소나 들렀다 와야겠네.
오택	아이 엄마 산소는 추석 때 가고~ 그리고 어차피 양기사는 안 돼. 손님이 내 운전 보고 제안한 거라 양기사한테는 그 돈 안 줘.
양기사	맞네? 따블 받는 거? 나도 어디 가서 운전 실력 안 밀리는데 내가 손님 만나서 얘기해볼게요.
오택	진짜 왜 이래? 그런 억지가 어딨어?
양기사	잘 생각해요. 따블 받는 거 불법이잖아. 손님이 먼저 제안했다고 해도 부당 운임으로 걸릴 텐데.
오택	.....
양기사	내가 입 닫아줄게요. 그니깐 손님 나한테 넘겨요.

피식- 웃는 양기사.. 오택은 입이 바짝바짝 마른다. 잠시.. 눈싸움..

오택	손님.. 안 넘겨.
양기사	쳇. 그래요 그럼. 어쨌든 내 타임이니까 내가 택시 가져가요.

양기사, 오택 손의 차 키 휙 가져가고.. 오택, 안절부절못하다 뭔가 떠오른다.

INS.
오택이 아침에 봤던 양기사의 약봉지.

오택	(양기사 붙잡고) 정신질환이 택시기사 결격 사유인 건 알지?
양기사	갑자기 뭔 소리야?
오택	왜 작년에 최기사 사고 크게 났을 때 정신질환 병력 문제 돼서 면허 취소됐잖아.
양기사	그래서?

오택	회사에서 지금 양기사 상태 알면 그냥 넘어가지 않을 거야.
양기사	지금.. 협박하는 거예요?
오택	(긴장되지만.. 힘주어 말한다) 양기사가 나 먼저 협박했잖아.
양기사	술 마시면서 친형처럼 굴더니 이런 식으로 뒤통수를 치네.. 비밀 지켜준다고 해서 털어놨던 건데!
오택	...
양기사	쌍. 꼰지르쇼! 나 약 열심히 먹고 있고, 운전에 전혀 지장 없으니까.
오택	양기사 도박에 미친 것도 회사에서 문제 삼을 것 같은데..
양기사	(어이없다는 듯) 와.. 갑자기 왜 이래? 내가 아는 사람 맞아?
오택	...나도 그럴 만한 사정이 있어. 내놔.

오택, 양기사의 포스에 지지 않고 양기사 손에서 차 키를 가져가려는데..

| 양기사 | 오기사님. 사람이 안 하던 짓하면 탈 나는 거예요. |

차 키를 뺏어 쥔 오택, 삐쳐 뒤돌아가는 양기사를 본다. 괜히 미안하고 찝찝한 기분..

30. 화월동, 주택가 골목 안 / D

끼익- 골목길을 달려와 오택의 택시가 급하게 선다.
오택, 운전석에서 내려 둘러보지만 금혁수는 안 보이고, 시계를 보며 속상해하는데.. **드르르륵-** 소리에 보면..
금혁수, 커다란 캐리어에 걸터앉아 타고 오다 일어서며,

금혁수	(장난기 어린 웃음) 약속 깨신 줄 알았어요.
오택	(표정 밝아지고) 아이고.. 늦어서 죄송합니다. 많이 기다리셨죠?
	(캐리어 옮기면)
금혁수	제가 할게요.
오택	아뇨아뇨. 제가 해야죠. 끙차~

캐리어를 트렁크에 넣으려다 무게에 놓치고, 놀란 금혁수가 받친다.

오택	아이쿠. 죄송합니다. 뭐가 이렇게 무겁데요~
금혁수	아 뭐 그냥 이것저것.. 개인적으로 중요한 거요.
오택	(넣는 데 성공) 후~ 타세요. 막힐 시간인데 빨리 출발하시죠.

오택은 운전석에 오르고, 금혁수도 뒷좌석에 올라탄다.

금혁수	묵포항 찍고 가주시면 돼요.
오택	(내비 검색하며) 묵포항에는 배 타러 가세요?
금혁수	네. 배 타고 여기 뜰려구요.
오택	네?
금혁수	밀항하려구요.

오택, 룸미러로 혁수를 보지만 농담인지 진담인지 알 수가 없다..

오택	무슨 크은~ 죄라도 지셨습니까?
금혁수	...
오택	제가 안 잡히게 빨리 모셔드려야겠네요~
금혁수	그럼.. 기사님도 공범이 되는 건가요?
오택	?

금혁수	크크. 농담이에요.
오택	하..하하.. 내비에 4시간 반 나오네요. 출발하겠습니다.

택시, 출발한다.

31. 서문 경찰서, 로비 - 주차장 / D

형사 **김중민(40대)**이 형사2팀 후배들, **이형사(이지은, 30대 여)**, **박형사(박성일, 30대 남)**와 함께 주차장으로 발걸음을 서두른다.

김중민	늦겠다. 빨리 가자.
이형사	국회의원인지 뭔지, 뭐 얼마나 대단한 행사를 한다고 현장 통제에 형사들까지 동원한답니까?
박형사	그냥 국회의원이 아니라 당대표잖아요. 대권 얘기까지 나오는 VIP가 우리 관할에 행차하시는데 가만히 계실 서장님이 아니죠.
이형사	아무리 그래도 지금 우리가 안전요원 할 때야? 배당된 사건이 몇 갠데. (김중민에게) 팀장님은 뭐라십니까?
박형사	"까라면 까야지, 별수 있냐?" 그랬겠죠 뭐.
김중민	그게 싫으면 자영업들 하란다.
이형사	팩폭 오지네요. 쳇.
김중민	사람이 어떻게 이상만 좇고 살아? 현실을 받아들여야지.

최형사(최준호, 20대 남)가 모는 형사2팀 승합차가 끼익 형사들 앞에 등장.

| 최형사 | 타십쇼~! |

중민과 형사들, 차에 타는데..

황순규E　　김중민형사님!

김중민　　(돌아보고 놀란다) 윤호어머님?

CUT TO

경찰서 주차장 한쪽에 위치한 벤치에 앉아 대화하는 황순규와 김중민.

김중민　　의사요?

황순규　　(김중민의 미심쩍은 눈빛에) 이번엔 진짜예요.

김중민　　저번에도 그러셨잖아요.

황순규　　이든이가 죽기 바로 전에 중환자실에서 금혁수라는 의사가 나오
　　　　　　면서 귀를 만지는데.. 그 남자였어요! 이런 우연이 어딨어요! 중
　　　　　　환자실 복도 앞 cctv 확인해보세요. 그럼 형사님도 제 말 믿으실
　　　　　　거예요.

김중민　　어머니. 어떻게 귀 만지는 게 닮았다고 용의자가 됩니까?

황순규　　어제 이든이가 윤호 죽인 놈에 대해서 할 말 있다면서 만나자고
　　　　　　했어요. 그러더니 오늘 새벽에 연고도 없는 고시원에서 갑자기
　　　　　　화재 사고를 당했구요. 그건 이상하지 않으세요?

김중민　　글쎄요. 저는 잘 모르겠습니다.

황순규　　형사님...

김중민　　어머니. 저 윤호군 사건만 몇 달을 팠어요. 어머니 마음속에 응어
　　　　　　리 안 남게 하려고 싹싹 뒤졌다고요. 결론은 아시죠? 타살 정황
　　　　　　도.. 증거도.. 목격자도.. 아무것도 안 나왔잖아요.

황순규　　한 번만 더 부탁드릴게요.

김중민　　...힘드시겠지만.. 이제 그만 현실을 받아들이세요. 윤호군은..

황순규　　자살 아니에요!!

김중민과 황순규, 말없이 서로를 바라본다. 김중민은 답답하고..
멀리서 박형사가 김중민에게 시간 없다며 빨리 출발해야 한다는 수신호를 보
낸다.

김중민   저 그만 가봐야 해서요. 먼저 일어나겠습니다. (일어서는데)

황순규   (옷소매 붙잡고) 우리 윤호... 자살 아니라고요.. 믿어주세요.

김중민   자살 아니라는 증거가 있습니까? 하나라도 있다면, 믿어드리겠
습니다.

김중민은 꾸벅 인사하고 떠나고, 황순규는 혼자 남겨진다. 노을이 길게 드리
우고..

32. 서서울 톨게이트 / D - N

서서울 톨게이트로 향하는 택시. 해가 저물며 붉게 노을이 지고 있다.

오택   맨날 보는 노을인데 오늘따라 참~ 예뻐 보이네요. 그죠?

금혁수   네.. 뭐.. 예쁘네요.

고속도로 갓길에 차를 세워두고 서로 삿대질하며 싸우는 두 차주가 시선에
들어오자..

오택   아이고. 싸움 났네. 좋게좋게 넘어가지.. 왜들 자꾸 싸우는지..

금혁수   기사님은 저렇게 싸움 나도 아까처럼 또 사과하실 거죠?

오택   뭐.. 사과하고 싶어서 합니까. 괜히 싸움 나면 나만 더 고생해요.

그냥 꾹 참고 먼저 사과해버리는 게 속 편하지.

금혁수   기사님.. 아니에요. 그러면 더 우습게 보죠. 상대가 나한테 겁먹고 기어오를 생각 따위 못하게 먼저 밟아놔야 돼요.

오택   (금혁수 말에 힐끗 돌아보고) 허허. 젊은 분이라 혈기가 왕성하시네요. 손님은 그렇게 사십니까?

금혁수   잡아먹히지 않으려면, 잡아먹을 수밖에 없으니까요.

오택   아이고 살벌해라. 저 같은 사람은 그게 참 안 되던데.. 손님처럼 살면 속은 시원하겠네요. 부럽습니다. 부러워.

금혁수   변하고 싶다는 생각은 하세요?

오택   아니 뭐.. 저는 괜찮은데.. 주변에서 그렇게 살면 안 된다고들 하니까.. (잠시) 예전에 사기 맞았을 때 와이프도 저한테 제발 좀 강해지라고 노래를 불렀었거든요.

금혁수   사기당하셨어요?

오택   평생 잘 다니던 공장에서 공장장 승진 앞두고 있었는데 후배놈 하나가 자기랑 동업하자고 바람을 살랑살랑 집어넣더라구요. 믿었던 놈인데 그놈한테 뒤통수 앞통수 어퍼컷 쓰리 콤보로 맞았습니다.

금혁수   기사님이 그렇게 뭐든 좋게좋게 마인드로 대하니까.. 만만하게 보고 잡아먹으려 드는 게 당연하죠.

오택   에이~ 손님은 뭘 또 그렇게까지 심하게 말합니까. 우리 손님이 보기랑 달리 냉혈한이시네 냉혈한. 허허.

주고받던 대화 리듬이 깨지고 뭔가 불길한 정적.. 오택, 룸미러를 보면-

금혁수   (운전석 가까이 다가와) 이 새끼가.. 지금 나한테 그런 거야?

오택   !!!

금혁수   나한테 그런 거냐고? 새끼야!

오택	손님..?
금혁수	누구한테 그런 건데? 여기 나 말고 딴 새끼 없는데. 누구한테 그 랬냐고! 개수작 부리지 마. 내가 만만해 보여 이 새끼야!

광기에 놀란 오택, 긴장해서 핸들을 꼭 쥐는데..
금혁수의 눈빛이 서서히 돌아오고..

금혁수	어? 놀라셨어요? 택시 드라이버 안 보셨나?
오택	아... (긴장 풀린다) 영화요?
금혁수	고등학교 때 연극반이었는데 그때 이 대사 많이 연습했었거든요.
오택	우리 때 영환데.. 그 영화를 다 아시네요.
금혁수	누가 만만하게 보고 덤비면, 그렇게 하시면 돼요. 어렵지 않잖아요.
오택	어휴.. 저는 손님이 저한테 화내는 줄 알고 긴장했네요.
금혁수	제가요? 왜요? 그러지 말고 지금 한번 해보세요.
오택	뭘요? 로버트 드니로 대사를요? 그걸 지금 어떻게 해요?
금혁수	연습해보는 거죠. 재밌잖아요.
오택	아유. 창피하게.. 그만하세요.
금혁수	에이~ 아까 그 오토바이한테 욕 한 사발 하고 싶다고 하셨잖아요.
오택	...그거야 뭐..
금혁수	연습 삼아 한번 해보세요. "지금 나한테 그런 거야?"
오택	(입을 움직일락 말락..) 하하하. 못하겠네요.
금혁수	"나한테 그런 거냐고? 새끼야!"
오택	(머뭇거리다 용기 내어) 지금 나한테 그런 거야? 나한테 그런 거냐고?
금혁수	푸하하하하. 기사님 대박.
오택	하하하하하. "개수작 부리지 마. 내가 만만해 보여 이 새끼야!"
금혁수	(정색하고) 왜 욕을 하세요?
오택	네?

금혁수	(웃으며) 농담이에요. 큭큭. 연기 잘하시네요.
오택	폼 좀 나나요?
금혁수	예. 기사님 완전 무서워요.

오택과 금혁수, 합이 맞는 듯 즐겁게 웃어대면..

33. 서문 경찰서, 야외 벤치 / N

홀로 앉아 있는 순규.. 결심한 듯 어딘가로 전화를 건다.

| 황순규 | 백사장님? 저 남윤호엄마예요. 의뢰드릴 일이 있어서요. 의심 가는 사람이 한 명 있는데.. 뭐든 좋으니 알아봐주세요. 예. 급합니다. 최대한 빨리요. 한국대병원 외과 레지던트고.. 이름은 금혁수요. |

34. 서해안 고속도로 / N

오택의 택시 옆으로 고속버스가 달려간다.

오택	예전에 났다는 사고는 되게 큰 사고였나 봐요. 고속버스도 무서워서 못 탈 정도면.
금혁수	무서워서는 아니고.. 그냥 다시는 타기 싫은 거죠.
오택	어쩌다 사고가 난 건데요?

35. (과거) 국도 / D

운전 중인 고속버스 기사가 꾸벅꾸벅 졸고 있다.

창밖을 보며 앉아 있던 고등학생 금혁수(얼굴에는 맞은 상처가 있다), 휘청거리는 버스에 이상함을 느끼고 일어나 기사에게 다가가는데.. 조는 기사를 발견, 툭- 건드려 깨우려는 순간....

구조물을 들이받으며 전복되는 고속버스. **콰콰콰쾅-!!!!**

서 있던 금혁수는 충돌과 함께 앞 유리를 부수고 밖으로 튕겨 나간다.

금혁수E   그때 정말 마지막이구나 싶었어요. 죽었다고 생각했는데..

36. (과거) 병원 / D

금혁수E   기적처럼.. 살았죠.

뇌 MRI 사진을 보며 의사가 금혁수에게 설명해주고 있다.

금혁수E   그때 의사가 그러더라고요. 편도체에 심한 손상을 입었다고.. 찾아보니까 편도체라는 게 감정, 그중에서도 특별히 공포를 처리하는 부분이라 편도체가 파괴되면 두려움을 전혀 느끼지 못한대요.

INS.

학술 웹사이트 이미지들. 무표정하게 뱀을 들고 있는 평범한 백인 여성. 고양이에게 겁 없이 덤비는 생쥐. 독거미를 만지는 아이의 손. 편도체 손상의 해부학적 이미지..

37. 서해안 고속도로 / N

금혁수   그래서 전.. 두려운 게 없어요.

오택, 룸미러 속 금혁수와 시선 마주치고.. 정적.. 오택 갑자기 **"왁-!!!"** 소리 지른다.

오택   하하. 놀랐죠? 놀랐죠?

금혁수   (반응 없다) ...

오택   (뻘쭘) 진짜 안 놀라네요. 아니.. 저는 또 손님이 두려움이 없다길래..

금혁수   ...

오택   좀 유치했나요? 제가 나이만 먹었지 철이 없어서..

금혁수   풋. 재밌었어요. 기사님. 그럼 저도 재밌는 거 하나 보여드릴까요?

오택   좋죠~

금혁수   그때 사고로 저한테 신기한 능력이 생겼는데요.. 저.. 고통을 느끼지 못해요.

오택   그게 무슨 말입니까?

금혁수, 가방을 뒤적거려 작은 맥가이버 칼을 꺼내더니..
갑자기 자신의 손바닥을 스르륵- 그어버린다. 주룩 흐르는 핏줄기!
순간.. 룸미러로 보고 놀란 오택이 차선을 이탈.. **빠아아앙!!!!** 옆 차선에서 경적 소리.

금혁수   하나도 안 아파요. 진짜 아무 느낌도 없어요.

당황한 오택 옆으로.. 캠핑카가 따라붙으며 창문 열고 소리친다.

캠핑카운전자   야 이 후레자식아! 운전 똑바로 안 해?! 죽고 싶어 환장했어?!!

오택   (연신 고개를 숙이며) 아! 죄송합니다! 죄송합니다!

캠핑카는 다시 한 번 **빠아앙**- 경적을 울리며 사라지고,
오택, 룸미러 속 무표정한 금혁수 보며 꿀걱- 마른침을 삼키면..

38. 화월동, 주택가 골목 안 / N

황순규가 차를 서행하며 화월동 골목길 구석구석 금혁수의 집을 찾는다.

백사장F   금혁수라는 의사, 연락처랑 주소 확인했습니다. 전화기는 꺼져
있네요. 문자 보내놓겠습니다.

'백사장님'에게 받은 문자 재확인하는 황순규, '**금혁수 010-××××-×××× 서
울시 강천구 화월동 78-3번지**' 문자 속 주소 비교하며 두리번거리던 중-

내비게이션E   목적지에 도착했습니다. 안내를 종료합니다.

끽- 차 세우는 황순규. 온화한 느낌의 오래된 2층 양옥집 보이고..

39. 화월동, 금혁수 집 앞 / N

황순규   (대문 두드리며) 아무도 없어요? 안에 아무도 없냐고요? 나와봐요!!

앞집아줌마	(시끄러운 소리에 문 열고 나와) 아휴 시끄러. 저기요. 그렇게 쾅쾅 거려도 그 집에 지금 아무도 없어요.
황순규	이 집 사는 사람 아세요?
앞집아줌마	그 집 할머니? 쓰러져서 요양병원 가신 지 꽤 됐는데?
황순규	제가 찾는 사람은 할머니 아니고 금혁수라고..
앞집아줌마	의사 선생은 아까 저쪽에서 택시 타는 거 봤는데.. 엄청 큰 캐리어 끌고 가는 게 어디 멀리 가는 거 같던데?
황순규	언제쯤요?
앞집아줌마	한 1시간 됐나? 근데 그쪽은 누군데 그렇게 꼬치꼬치 물어요?
황순규	(무시하고 집 주시) 그럼 지금 집에는 아무도 없는 거예요?
앞집아줌마	그렇다고요. 근데 누구냐니까?

황순규, 앞집아줌마 무시하고 다시 차에 올라탄다. 투덜거리다 자기 집으로 들어가는 앞집아줌마. 황순규는 금혁수에게 전화하며 마당에서 남은 빨래를 마저 너는 앞집아줌마를 지켜본다. 금혁수의 전화기는 꺼져 있고-

40. 서해안 고속도로 / N

휴지로 손바닥의 피를 지혈하는 금혁수.. 오택은 여전히 굳어 있다.

금혁수	왜 그러세요?
오택	아니.. 칼로.. 손을.. 그렇게 막 그으면... 하.. 괜찮아요?
금혁수	정말로 아무 느낌 없어요. 저만 가진 능력이랄까..
오택	능력..이요?
금혁수	두려움과 고통이 사라지면 삶이 즐거워지거든요. 진짜 강해지는

	거니까..
오택	(룸미러 속 금혁수 본다. 눈 마주치고..)
금혁수	저라면 아까 욕한 인간 죽였을 거예요. 사람 죽이는 거 어렵지 않거든요.. 10cm예요.. 성대 쪽으로 10cm만 꽂아 넣으면 소리를 못 질러요. 그리고 대동맥을 그으면 끝.
오택	농담.. 그만하세요.
금혁수	농담 아닌데. 저 사람.. 죽여봤는데.
오택	!!!
금혁수	오늘도 죽였는데..

41. 화월동, 금혁수 집 외부 - 내부 / N

앞집아줌마가 집 안으로 들어가자, 황순규는 차에서 내려 트렁크를 연다. 화훼농원 일에 필요한 각종 장비들이 가득하고.. 순규는 둘러보다 인조 잔디 매트를 꺼낸다.

날카로운 유리 조각이 빼곡히 박혀 있는 금혁수 집 담장.. 순규는 잔디 매트를 유리 조각 위로 걸치고 부족한 힘으로 안간힘을 다해 끙차, 담장 너머로 쿵- 떨어진다.

일어나 흙먼지 털고 집 쪽을 둘러보면.. 현관문은 굳게 닫혀 있고.. 창문을 하나씩 건드려보지만 역시나 모두 잠겼는데.. 코너를 돌아 알루미늄 테이프로 헐겁게 환풍기를 고정시킨 창문을 발견하는 순규, 힘을 줘 뜯어내고 집 안으로 들어가면-

핸드폰 플래시 켜고 조심스럽게 1층을 둘러보는 순규. 안방 문을 열자 보이는 사람 그림자에 놀라는데.. 다시 보면 옷걸이에 걸린 옷가지다. 할머니가 쓰던 살림살이가 그대로 남아 있는 1층에서 특별한 점을 찾지 못한 순규는 2층으로 향하고-

42. 서해안 고속도로 / N

오택   정말.. 사람.. 죽여봤어요?

금혁수   ......

오택   (긴장.. 침이 마른다..) 정말.. 사람을..

금혁수   아뇨.

오택   하.. (탄식) 농담한 거예요?

금혁수   당연하죠. 장난쳐본 거예요.

오택   아이고. 난 또 진짜 줄 알고 놀랐잖아요..

금혁수, 전방에 휴게소를 알리는 표지판을 본다.

금혁수   기사님. 화장실 좀 들렀다 가시죠.

43. 서해안 고속도로, 화송 휴게소, 화장실 / N

INS.

휴게소 전경. 주차장에 택시가 서고, 오택과 금혁수가 내린다.

휴게소 화장실. 손을 씻는 오택, 금혁수의 이상한 말과 행동이 신경 쓰이는 듯 생각이 많아 보이고.. 거울로 다가오는 금혁수 보이자 흠칫하며 물 잠그고 자리 비켜준다.

오택　　　　먼저 나가서 담배 한 대 태우고 가겠습니다.

금혁수에게 말하며 뒷걸음질로 걷다 누군가와 부딪히는 오택, **"아이쿠-"** 보면.. 고속도로에서 욕하며 사라졌던 캠핑카운전자다.

캠핑카운전자　어.. 아까 그 택시네? 이 새끼는 택시가 운전도 그따구로 하더니
　　　　　　　눈깔 똑바로 안 뜨고 다녀?

오택　　　　아.. 아까는 미안했습니다. 제가 원래는 운전을 그렇게 안 하는데..

캠핑카운전자　나이 처먹을 대로 처먹었음 공.공.예.절.을 지켜야지! 그따구로 사
　　　　　　　니까 택시나 모는 거 아냐?!

오택　　　　(살짝 구겨지는 얼굴.. 캠핑카운전자 보면) ...

캠핑카운전자　야리냐? 뭘 잘했다고 야리는데?

캠핑카운전자 어이없어하며 고개 돌리다 세면대에서 거울 너머로 자신을 보고 있는 금혁수와 눈 마주치는데.. 금혁수가 피식- 냉소를 짓는다.

캠핑카운전자　야 거기! 웃겨?

금혁수는 천천히 몸 돌려 캠핑카운전자를 보고.. 흥분한 운전자가 다가가려는데..

오택　　　　(운전자 팔 잡는다) 그만하시죠. 제가 미안하다고 하지 않았습니까.

캠핑카운전자　(쳐낸다) 손 치아라. 그만 안 하면 어쩔 건데? 한 판 뜰까?

오택　　　아니 싸우자는 게 아니라-

순간.. 캠핑카운전자가 복싱 자세로 오택 아래턱에 어퍼컷을-
놀라 두 눈을 꼭- 감아버린 오택.. 천천히 눈을 뜨자 턱 아래 커다란 주먹이..

캠핑카운전자　(피식 웃으며) 쫄기는. 야. 택시. 너 내가 오늘은 봐주는데 앞으로
　　　　　공공질서 잘 지키고 똑바로 살아. 알았어?! (가래침을 칵 퉤-)

오택은 양변기 칸으로 들어가는 캠핑카운전자의 뒷모습을 노려본다. 수치심
에 달아올라 붉으락푸르락해진 얼굴로 주먹을 꽉- 움켜쥐고 거친 숨을 내쉬
다가.. 자기를 보고 있는 금혁수와 시선 마주치자 어색하게 표정 풀고 밖으로
나간다.

알 수 없는 표정의 금혁수, 핸드 드라이어로 피가 멈춘 손을 대고 말린다. **우
우우웅...** 안쪽에서 **크악 퉤-** 가래침 긁어 뱉는 양변기 안 캠핑카운전자의 더
러운 소리 들리고..

44. 서해안 고속도로, 화송 휴게소, 오픈형 흡연실 / N

오택, 담배에 불을 붙이는데 라이터가 고장 났는지 계속 불이 안 켜지자 **에잇!**
담배를 바닥에 내동댕이치며 화풀이한다. 씩씩거리면서 바닥에 신발을 마구
비비는 오택.

오택　　　어우.. 저 자식이 사람한테 가래침을..

45. 서해안 고속도로, 화송 휴게소, 캠핑카 / N

시끄러운 음악 소리가 흘러나오는 캠핑카 차실 안.
캠핑카운전자는 짐 많은 선반 깊숙이 뒤져 즉석식품을 찾는다.

INS.

주차장 구석 자리에 홀로 덩그러니 서 있는 캠핑카에서 흘러나오는 음악 소리..

46. 화월동, 금혁수 집 안 / N

2층. 작은 거실을 지나 있는 금혁수의 방을 들여다보는 황순규.
얼핏 평범한 듯 보이는 방이지만.. 옷장에는 같은 옷이 여러 벌씩 걸려 있고..
묘하게 질서 잡힌 모습에서 방 주인의 강박이 은연중에 드러나는데..

47. 서해안 고속도로, 화송 휴게소, 캠핑카 / N

캠핑카운전자, 자석 칼걸이에 붙어 있던 캠핑 나이프로 즉석식품에 구멍을
퐁퐁 뚫고, 캠핑 나이프를 다시 자석 칼걸이에 붙인 후 전자레인지를 돌린다.
앉으려다 보면 열려 있는 창문.. 고개를 갸웃하며 창문 닫고 커튼 치는 캠핑카
운전자 뒤로.. 자석 칼걸이에 있어야 할 캠핑 나이프가 보이지 않는다.
화장실에서 들려오는 달그락 소리!
캠핑카운전자, 다가가 벌컥- 문 열면 화장실은 텅 비었다. 안심하고 돌아서
는 순간, 바로 앞에 금혁수! 빠른 손놀림으로 캠핑 나이프를 휘두른다...... **퓩-**

목을 부여잡고 주저앉는 캠핑카운전자의 모습 위로-

금혁수E   10cm예요. 성대 쪽으로 10cm만 꽂아 넣으면 소리를 못 질러요.

48. 화월동, 금혁수 집 안 / N

황순규, 2층 금혁수 방의 침대 아래를 들여다보는데.. 구석의 어떤 박스를 발견..
길게 손을 뻗지만 닿지 않자 발을 깊게 집어넣어 박스를 끄집어낸다.
박스를 열어보면.. 의미를 알 수 없는 잡동사니들과.. 오래된 해부학 원서..
황순규, 잡동사니들을 보다가 해부학 원서를 꺼내 열어보는데..
해부학 원서 안에서.. 폴라로이드 사진들이 발견되고..
노숙자로 보이는 사람들의 사진을 차례로 넘겨보던 순규가 어느 순간.... 멈
춰버리면-

49. 서해안 고속도로, 화송 휴게소, 주차장 / N

택시로 온 오택, 두리번거리며 금혁수를 찾는다.

오택   아직 안 왔네? (저 멀리 캠핑카를 보고 몸서리) 으..

오택, 택시에 올라타 시동을 걸고 금혁수를 기다린다.
오택 POV로 보이는 운전석 사이드미러.. **지이잉..** 미러가 조정되면..
보이지 않던 캠핑카가 조그맣게 거울에 등장하고.. 캠핑카를 보는 오택 위로..

금혁수E   기사님이 그렇게 뭐든 좋게좋게 마인드로 대하니까.. 만만하게
          보고 잡아먹으려 드는 게 당연하죠.

캠핑카를 노려보는 오택.. 점점 자기도 모르게 부아가 치밀어 오르고..

50. 화월동, 금혁수 집 안 / N

황순규.. 도촬하듯 찍힌 남윤호의 폴라로이드 사진을 앞에 두고.. 울먹이기 시
작한다. 어깨의 떨림이 점점 심해지더니.. 울분이 낮은 비명으로 새어 나오면-

51. 서해안 고속도로, 화송 휴게소, 캠핑카 + 주차장 / N

차실 안. 힘을 잃은 운전자가 털썩 주저앉으면 금혁수는 캠핑카 안 양동이
를 가져와 캠핑카운전자 겨드랑이 사이에 끼워 넣는다. 운전자의 팔의 각도
를 조정해 양동이의 위치와 맞춘 후 목에 찔러 넣었던 캠핑 나이프를 빼내는
금혁수.

금혁수E   그리고 대동맥을 그으면 끝.

금혁수가 운전자 겨드랑이 안쪽 대동맥을 칼로 슥 그으려는 순간.. 노크 소
리 **쾅쾅쾅-!**
금혁수 획- 고개 돌려 문 쪽을 바라보면-

오택　　　　저기요! 나 아까 그 택시기산데 나와봐요! 나와보라고요!

캠핑카 문 앞에서 다시 한 번 **쾅쾅쾅**- 문을 두들기는 오택..
캠핑카 안의 금혁수와 밖의 오택.. 서로를 인지하지 못한 채 잠시 정적이 흐르는데..

오택　　　　안에 없어요?!
금혁수　　　（정적 유지）...........

순간.. **띠띠띠**- 캠핑카운전자가 작동시켜놓은 전자레인지가 완료 알림음을 울리자!
철커덩- 문고리 잡아 돌리는 오택과 칼을 거머쥐는 금혁수의 모습에서-

2화

좋은 사람은
찾기 힘들다

1. (과거) 정신과 상담실 / D

어딘가 퀭한 눈빛의 금혁수가 정신과의사와 상담 중이다. 자유연상검사 진행된다.

정신과의사　(자극어) 상자

금혁수　(반응어) 어둠

정신과의사　강아지

금혁수　구더기

정신과의사　가족

금혁수　가족 누구요?

정신과의사　아무거나 생각나는 단어를 말하세요. 계속할게요. 가족

금혁수　개미

정신과의사　욕조

금혁수　빨강

정신과의사　여자

금혁수　시체 (책상 위 연필꽂이에 꽂힌 플라스틱 자를 본다)

정신과의사　갈증

금혁수　피 (다시 한 번 플라스틱 자를 흘깃 보고)

정신과의사　죽음

금혁수　...

정신과의사　(다시) 죽음

순간 금혁수.. 플라스틱 자를 집어 부러뜨리며 책상 위로 튀어 오르고-

2화
좋은 사람은 찾기 힘들다

2. 서해안 고속도로, 화송 휴게소, 주차장 + 캠핑카 + 서울, 고주환의 집 / N

띠띠띠- 캠핑카 안 전자레인지가 완료 알림음을 울리면-

오택   (철컹- 철컹- 잠긴 문고리 흔든다) 안에 있잖아요! 문 열어봐요!

캠핑카 안 금혁수, 캠핑카 창문 커튼 너머로 비치는 오택의 실루엣 보며 잠시 고민.. 결국 칼을 고쳐 잡고 문을 열려는데.. 오택의 핸드폰 울리며 전화 받는다.

오택   여보세요!

고주환 집. 소파에 벌러덩 누워 TV 보며 통화하는 주환.

고주환   뭐야? 목소리가 왜 그래?
오택   잠깐만. (캠핑카에다 대고) 거 승질머리 죽이고 사쇼! 그러다 벌 받아!!
고주환   너 누구랑 싸워?
오택   (택시로 돌아가며) 아냐. 아무 일도.

금혁수, 돌아가는 오택 실루엣 보이자 피식 웃으며 캠핑 나이프를 슬링백에 넣는다.

고주환	오택이가 성질도 다 내고. 오래 살고 볼 일이네 허허. 승미 등록 금은? 다 빌렸어?
오택	지금 벌려고 묵포 가는 중이야. 손님이 100만원 준대서.
고주환	묵포 가는데 100만원을 지른다고? 야. 이상한 놈 아니야?

전자레인지를 열어보는 금혁수, 국물이 튀어 더러워 보이자 닫고 냉장고를 열어본다.

오택	이상하긴 이상해.. 밀항을 한다는 등.. 사람을 죽여봤대는 등..
고주환	(벌떡 일어나 앉으며) 뭐? 진짜야?
오택	농담이래. 근데.. 눈빛 보면 마냥 헛소리 같지는 않아..
고주환	상또라이 만났네.

고주환의 딸 **고채리(고1)** 등장, TV 리모컨을 뺏더니 채널 돌리고 소리 크게 키운다.

고주환	채리야! 아빠 통화하잖아~ (무시당하고) 으휴 저걸 딸이라고. (오택에게) 택아. 너 그냥 무슨 핑계를 대던가 해서 그놈 떨구고 돌아와.
오택	안 돼. 나 그 돈 필요해. 알잖아.
고주환	야이씨. 너 얼마 전에 김기사 택시강도 만난 얘기 못 들었어? 돈 이랑 택시 다 털어놓고도 1시간을 팼단다. 이유 없이. 그냥! 요새 그렇게 또라이들이 많다니까!
오택	(갈등) ...
고주환	그리고, 돈 있는 건 확실해? 그런 또라이를 어떻게 믿는데?

오택과 주환의 통화 중.. 주환의 집에선 아내가 TV 보는 채리에게 버럭 소리 친다.

주환아내	고채리! 니가 지금 텔레비전 볼 때야? (리모컨 뺏으며) 당장 안 들어가?
고채리	(리모컨 안 뺏기려 발악하며 고성-) 놔! 볼 거야!! 놓으라고!!!
고주환	채리야.. 제발.. 이게 집이냐! (한쪽 귀 막고 오택에게) 택아. 정말 조심해야 돼. 그냥 돌아와. 어디 대충 내려주고 와버려.
오택	(택시 운전석 문 열고 타며) 아무리 미친 또라이라도 손님인데 어떻게.

하는데.. 동시에 조수석 문 열리며 커피와 핫바 2개씩을 든 금혁수가 올라탄다.

오택	깜짝이야! (급하게 주환에게) 끊는다.
금혁수	(오택의 어색함에) 왜요? 제 욕하셨어요?
오택	아.. 아뇨아뇨.
금혁수	갈 길도 먼데 앞에 탈게요. 대화나 하면서 가시죠. 괜찮으시죠?
오택	하하.. 네..
금혁수	(컵 홀더에 커피 꽂고, 핫바 건네며) 기사님 것도 사왔는데 드세요.
오택	예 감사합니다. (핫바 한 입 무는데..) 어이쿠! (혀 내밀며) 헤- 헤- 이거 쓰읍- 하- 엄청 맵네요~ (금혁수 보더니 놀라) 안 매워요?
금혁수	(아무렇지 않게 먹으며) 글쎄요. (안전벨트 하고) 출발하시죠.

오택, 다시 한 번 금혁수를 신기하게 보더니.. 매운 핫바를 치우고 시동 걸다가 멈칫-

오택	근데.. 저.. 혹시.. 선금을 먼저 좀 받을 수 있을까요?
금혁수	갑자기요?
오택	원래 장거리는 선금을 받는 건데..
금혁수	제가 못 미더우세요?

오택   (금혁수의 눈빛이 부담스러워 피한다) 그런 건 아닌데 혹시 해서..

금혁수   그러시죠. 지금 드릴게요. (슬링백에서 지갑 꺼내 현금 건네며) 50만
원 먼저 드리면 될까요?

금혁수가 건넨 돈을 잠시 보는 오택..

고주환E   택아. 정말 조심해야 돼. 그냥 돌아와. 어디 대충 내려주고 와버려.

오택, 결국 금혁수가 건넨 돈을 받아 주머니에 넣는다.

오택   아이고. 감사합니다. 벨트 매셨죠? 출발합니다~

오택의 택시가 휴게소를 떠나면.. 뒤로 주차장에 덩그러니 서 있는 캠핑카 보
이고-

3. 화월동, 금혁수 집 / N

황순규, 발견한 남윤호와 다른 사람들의 폴라로이드 사진을 핸드폰으로 촬영
한다. 덜덜덜 떨리는 손.. 촬영 후 폴라로이드를 다시 해부학 원서 안에 넣어
원위치시키고.. 1층으로 내려와 거실 장식장에 놓인 액자에서 사진을 뺀 후,
빈 액자를 내려놓는다.

4. 화월동, 금혁수 집 앞 / N

차에 올라탄 황순규, 핸드폰 연락처에서 '김중민형사님' 찾는다.

5. 대학가 / N

'소통 프로젝트, MZ에게 듣겠습니다' 플래카드 아래.. 당대표가 소박한 테이블에 앉아 젊은이들과 소소하게 대화를 나누고 있는 모습 보인다. 하지만 그 뒤로는 수많은 관계자들과 경호원들, 그리고 사진을 찍어대는 기자들 가득하고..
구경 나온 젊은이들 사이사이 김중민과 이형사, 박형사, 최형사가 이어셋을 통해 소통하며 현장 상황을 주시하고 있다.

최형사	와~ 불금이라 장난 아닌데요?
이형사	그러게 굳이 이 시간에 여기다 자리를 까시겠다고.. 술 취한 애들 통제 안 되는 거 뻔히 알면서 왜 저러는 거야..
박형사	저 인간, 얼마 전에 엠지 세대는 의무는 안 하고 권리만 누리려는 개싸가지들이라고 막말한 거 공개됐잖아요. 여론 최악이니까 뭐라도 하려고 발악하는 거죠. 사고 안 나기만을 바랍시다.

김중민, 정신없는 상황 속에서 집중하는데.. 만취해 행사장으로 다가오는 취객 발견,

김중민	준호야. 3시 방향 취객 조심하자.

최형사, 비틀거리는 취객에게 다가가 행사장에서 멀어지도록 안내한다.

6. 화월동, 금혁수 집 앞 / N

황순규, 중민이 계속 전화를 받지 않자 포기하고 전화 끊는데..
저 앞 사거리에 편의점 간판이 보인다.

앞집아줌마E 의사 선생은 아까 저쪽에서 택시 타는 거 봤는데.. 엄청 큰 캐리
어 끌고 가는 게 어디 멀리 가는 거 같던데?

7. 서해안 고속도로 / N

고속도로를 달리는 오택의 택시. 조수석의 금혁수, 택시 면허증에서 '오택' 이
름을 본다.

금혁수 와~ 성함이 '오택'이시네요. 사람들이 택씨라고 불러요? 큭. 이름
부터 택시기사 하실 운명이셨나 봐요. 전 금혁수예요.
오택 아.. 예. 혁수씨..

금혁수, 캠핑카에서 가져온 커피에 빨대를 꽂아 오택에게 건넨다.

오택 감사합니다. (금혁수 손 보고) 아. 손은 괜찮습니까?
금혁수 피도 멈췄고.. 문제없어요.
오택 거기 열면 상비약통에 소독약이랑 반창고 있을 거예요.
금혁수 괜찮아요.
오택 제때 소독 안 하면 염증 생겨요.

금혁수, 글러브 박스에서 소독약 꺼내 상처에 들이붓는다. **치익-** 기포 생기지만 무표정.

오택	안 쓰려요?
금혁수	고통을 못 느낀다니까요.

오택, 금혁수 쪽을 보다 문득 금혁수 바지에 튄 얼룩 자국을 본다.

오택	그거.. 핏자국이에요?
금혁수	네?
오택	바지에..
금혁수	아! 맞네요.
오택	아까 손바닥 그었을 때 흘린 거예요?
금혁수	(반창고 붙이며 대충) 그렇겠죠?

오택, 신경이 쓰이는지 다시 금혁수의 바지를 보면..
핏자국은 손바닥에서 흐른 모양이라기보다 반대쪽에서 튄 형태로 보인다.

오택	흐른 피가 아닌 것 같은데..

INS.

휴게소 가기 전 했던 금혁수의 말.. **"사람 죽이는 거 어렵지 않거든요.."**

금혁수	왜요?
오택	네?
금혁수	(빤히 바라보며) 제가 휴게소에서 사람이라도 죽였을까 봐요?
오택	(손사래) 아뇨아뇨. 그냥 눈에 보이길래 별 뜻 없이 한 말입니다.

(당황하며 라디오 켠다) 라디오 좀 들을까요? 음악 들으면서 가실래요?

금혁수   이건 내 취향 아닌데.. (라디오 팍 꺼버린다. 잠시.. 정적) 아! 기사님 꺼도 괜찮죠?

오택   예.. 편하게 하세요. (어색한 웃음)

8. 화월동, 금혁수 집 앞 사거리 편의점 / N

편의점으로 온 황순규, 금혁수 집 방향을 비추는 편의점 외부 cctv를 발견하고.. 안으로 들어가자 카운터에서 폰 게임 중인 노랑머리 알바생.

황순규   저.. 밖에 cctv 좀 볼 수 있을까요?

노랑머리 (살짝 긴장) 경찰이에요?

황순규   아뇨.

노랑머리 뭐야.. 근데 왜 보여달래.

황순규   부탁 좀 할게요.

노랑머리 안 돼요. 사장님한테 혼나요.

황순규   그냥 잠깐 보기만 할 거예요. 사장님한테 혼나게 안 해요.

노랑머리 (무시하고 다시 게임에 집중) 그냥 가세요.

황순규   사례할게요.

노랑머리 (급관심) 얼마 주실 건데요?

황순규, 지갑을 꺼내 열어보는데.. 만원짜리 한 장과 천원짜리 몇 장..
그러자 노랑머리가 순규 뒤편으로 턱짓한다. 돌아보면.. 입출금기가 있다.

카운터에서 지폐 보며 통화 중인 노랑머리.

노랑머리   이따 헌포 갈래? 내가 쏠게. 꽁돈 생겼으~

황순규, 구석 창고 안 PC로 cctv를 확인한다.
집에서 커다란 캐리어 끌고 나오는 금혁수가 보인다. 화질은 좋지 않고..
잠시 후 택시 등장. 금혁수와 캐리어를 싣고 떠난다.
황순규, 화면 다시 뒤로 돌려 택시가 가장 잘 나온 프레임을 찾지만..
택시 번호와 운수회사 이름은 흐릿해서 잘 안 보이고.. 눈을 찡그리며 바짝 대
보는데...

노랑머리E   저 택시예요? 중요한 게?

노랑머리, 시키지도 않았는데 화면의 택시를 폰카로 찰칵 찍더니 휙휙 사진
편집 프로그램으로 콘트라스트를 조정해 황순규에게 보여준다. 화면이 선명
해졌다!

황순규   (화면 확인하며) 소망상운.. 육칠오오(6755)..
노랑머리   (자본주의 미소 보이며) 이건 얼마 주실 거예요?

황순규, 편의점 밖으로 나오며 전화를 건다.

황순규   소망상운이죠? 거기 육칠오오 기사님 연락처 좀 알 수 있을까요?
          뭘 좀 놓고 내려서요. 예. 잠시만요. (받아 적는다)

순규, 전화 끊고 받아 적은 연락처로 전화하면-

9. 서해안 고속도로 / N

같은 시각. 택시 안. 거치대의 오택 폰이 울린다. **'고주망태 고주환'**

오택   (이어셋을 귀에 꽂으며) 지금 운전 중. 나중에-

오택의 의도와 달리 스피커폰으로 주환 목소리가 쩌렁쩌렁하게 들리고..

고주환F   택아! 그 또라이새끼 어떻게 했어?!
오택   (화들짝!!) 나중에 통화하자~
고주환F   (소리친다) 택아 안 된다니까! 싸이코-
오택   (전화 끊어버리고) 아유.. 잔소리는.. (눈치 보며) 친구예요 불알친
                구. (이어셋을 뽑으며) 아.. 이게 밧데리가 나갔나..
금혁수   혹시 저예요?
오택   네?
금혁수   또라이, 싸이코. 저 맞죠?
오택   아.. 그게.. 친구놈이 좀 오해를 했나 봅니다. 묵포 가는데 따블 준
                다니까.
금혁수   (대수롭지 않게) 아.. 네.. 그럴 수도 있겠네요.
오택   (으휴..) 죄송합니다..

주환에게 다시 전화가 오자, 오택은 거절 버튼 눌러버리고-
창밖을 보던 금혁수는 커다란 도로 광고판의 여배우 '한지수' 광고를 본다.

금혁수	한지수네? 세나랑 닮았는데.. 제 고등학교 때 첫사랑이에요. 윤세나.
오택	(말 돌려져 안도하고) 아~ 그래요?
금혁수	예뻤는데.. 세나. (추억에 잠긴다)

10. (과거) 고등학교, 강당 / D

연극부의 〈오셀로〉 공연이 펼쳐지고.. 데스데모나로 분한 고등학생 윤세나.

윤세나	당신이 무서워요. 나쁜 짓도 안 했는데 왜 무서운지 모르겠어요.
오셀로役	당신이 지은 죄를 생각해봐.
윤세나	당신을 사랑한 죄뿐이에요.
오셀로役	그러니까 죽어야 하는 거야.
윤세나	사랑하니까 죽어야 한다는 건 이치에 맞지 않는걸요. 내일 죽이세요. 제발 오늘 밤만은 살려주세요.
오셀로役	안 돼. 반항하지 마! (윤세나의 목을 조른다)
윤세나	반 시간만이라도!
오셀로役	이미 늦었어.

윤세나, 숨이 막혀 죽어가는 연기를 펼치는데...
관객석 그림자 속 고등학생 금혁수, 그런 윤세나의 죽는 연기에 완전히 빠져
들었다.

금혁수E	연극부도 세나 때문에 들어간 거였어요. 친해질 기회를 노렸는데 쉽지 않았죠.. 세나는 누가 다가오는 걸 좋아하지 않는 애였으니까..

11. (과거) 고등학교, 연극부 탈의실 / D

아무도 없는 탈의실에 몰래 들어오는 금혁수, '윤세나' 명찰이 달린 옷과 가방을 찾아내고 흠.. 냄새를 맡는다. 그때 밖에서 들리는 인기척에 금혁수는 다급히 무대 의상이 걸려 있는 행거 뒤로 숨고, 윤세나가 탈의실로 들어와 옷을 갈아입는다.. 긴장과 흥분 상태의 금혁수 POV. 긴팔 블라우스를 벗는 세나.. 팔목에 자해흔이 드러난다.

12. (과거) 고등학교, 운동장 / D

농구하는 학생들, 삼삼오오 모여 앉아 수다 떠는 학생들의 활기찬 모습 보이고..
햇살이 내리비치는 계단식 관중석에 홀로 앉아 음악 듣는 윤세나.
세나, 인기척에 고개 돌리면.. 다가온 금혁수가 팔을 걷어 자신의 자해흔을 보여준다.

금혁수E   우린 바로 친해졌고, 혼자선 못했을 일들을 둘이서 해치웠어요.

13. (과거) 몽타주

- 학교. 연극부 탈의실 캐비닛 안에 죽은 쥐를 넣어놓는 금혁수와 윤세나. 발견한 오셀로役 학생이 비명을 질러대자.. 두 사람, 몰래 숨어 깔깔깔 웃어댄다.

금혁수E   둘 다 하고 싶은 게 많았거든요. 세상엔 온통 무례하고, 한심하고, 역겨운 인간들 천지였으니까.

- 공원, 공중화장실. 휴지통에 불을 지르고 즐거워하며 도망치는 금혁수와 윤세나.

금혁수E   세나가 그러더라고요. 할 수만 있다면 다 태워버리고 싶다고..

- 학교 운동장. 윤세나 홀로 앉아 있던 자리에서 이제는 금혁수와 윤세나 둘이 함께 앉아 음악을 듣는다.

- 연극 무대. 오셀로가 된 금혁수가 데스데모나 윤세나의 목을 조르는 연기를 한다.

금혁수E   너무 신기했어요. 저랑 똑같은 생각을 하는 사람이 이 세상에 존재한다는 게.. 진정한 소울메이트를 만났다고 느꼈죠.

- 한밤중. 고급 주택, 마당에 세워진 고급 승용차. 금혁수가 녹슨 못을 타이어에 박아 넣고 나와 2층 방 창가에서 지켜보는 윤세나에게 과장된 손인사 하면, 윤세나가 쪽- 뽀뽀를 날린다.

금혁수E   뭐라도 해주고 싶었어요. 세나가 원하는 거라면, 뭐든지..

    1층 거실 창으로 내다보던 고양이가 야옹- 하면 금혁수가 휙 숨고- 세나 아빠가 다가와 고양이를 껴안고 집 안으로 향한다.

금혁수E   그래서 자기 아빠를 혼내달라는 세나 부탁을 들어줬는데.. 너무 좋아하더라고요.

－ 병실. 윤세나, 여러 곳에 상처 입고 깁스한 채 잠든 아빠를 배경으로 금혁
  수와 영상통화하며 웃음을 참지 못한다. 큭큭큭. 윤세나, 입 모양으로 '사
  랑해'.

금혁수E　　세나가 좋아하니까 저도 기뻤어요. 정말.

14. 서해안 고속도로 / N

오택　　아무리 어렸을 때라 그래도.. 장난이 너무 심했던 거 아닙니까?

금혁수　　세나한테도 그럴 만한 이유가 있지 않았겠어요? 그런 짓을 당해
　　　　마땅한 부모도 있는 거예요.

오택　　그래도 그렇게까지 하는 건 좀 그렇죠.

금혁수　　기사님 자식들은 사고 한 번 안 쳤나 봐요?

오택　　사고는 제가 쳤죠. 애들은 착해서 저 때문에 고생만 했구요.

금혁수　　꼭 부모들은 자기 자식들은 안 그럴 거라고 생각하더라고요? 솔
　　　　직히 부모들 자기 자식에 대해서 잘 모르잖아요?

오택　　제 딸은 저 때문에 지 엄마랑 동생 챙기느라 속 한 번 안 썩이고
　　　　사춘기도 없이 지나간 애예요. 아들놈은 절 닮아 철이 없긴 해도
　　　　벌레 하나 못 죽이는 여린 녀석이구요.

금혁수　　그래요? 그런 집 애들이 더 심하던데..

오택　　그런 집..이라뇨?

금혁수　　부모가 사고 쳐서 힘든 집이요. 그런 집 애들이 보통 화는 쌓이는
　　　　데 부모한테 말은 못하니깐 숨어서 이상한 짓들 많이 하죠.

오택	손님. 저기 말씀이 조금 심하신 거 아닌가요?
금혁수	기사님. 그때 저랑 세나가 제일 열심히 한 게 뭔 줄 아세요? 교환 소설 쓰는 거였는데 각자 부모를 완전범죄로 죽이는 십대 커플 이야기였어요.

INS.

(과거) 각자 자기 방에서, 키득거리며 컴퓨터 자판을 치는 금혁수와 노트북 앞에서 신이 나 교환소설을 연결하는 윤세나 보이는데.. **똑똑-** 노크 소리에 윤세나는 빠르게 노트북 화면을 인강으로 바꾼다. 세나아빠가 들어오지만 눈치 못 채고..

금혁수	크크. 자기 딸이 그런 걸 쓰고 있는데 세나네 부모는 정말 아무것도 모르더라고요. 기사님은 다를 거 같으세요?
오택	사람이라고 다 똑같은 건 아닙니다!
금혁수	왜 이렇게 오버하세요? 뭐가 다른데요?
오택	...

15. (과거) 다세대 주택, 옥상 / N

수염이 까칠하게 난 몰골의 오택이 물탱크 옆에 털썩 기대앉아 각종 금융사에서 온 대출상환 독촉문자들을 본다. 깊은 한숨을 쉬며 담배에 불을 붙이는데.. 옥상 출입구에서 문 열리는 소리와 함께 인기척이 들린다.

오승미E	응. 나 전학 가. 안동. 왜 가냐고? 아빠가 무능해서.

놀란 오택 멈칫.. 물탱크 뒤에 숨어 보면 중학교 교복을 입은 오승미가 옥상

출입구에서 나오며 친구와 통화를 한다. 승미 쪽에선 물탱크에 가려 오택이 보이지 않고..

오승미 나 이제 가난해서 미술학원도 못 가. 예고고 미대고 다 끝이야. 앞으로 연락하지 말자. 동정 받기 싫어. 미술학원 애들한테도 니가 그렇게 전해. 오승미는 아빠가 개호구라 사기 맞고 아웃됐다고. 좋아할 애들 많겠네. 경쟁자 한 명 제꼈으니까. 끊어.

승미, 전화 끊고 폰을 꺼버린다. 오택이 그런 승미의 뒷모습을 본다.
승미의 어깨가 들썩인다. 우는 것 같은데.. 자기 탓인 오택은 나설 수가 없다.
오택, 가만히 서 있는데.. 담뱃불이 필터까지 타 손가락에 닿고 순간 **흡**, 소리와 함께 담배꽁초를 버린다. 혹여 승미가 봤을세라 물탱크 뒤로 몸을 숨기는 오택.

오승미 누구세요? 거기 누구-

어쩔 수 없이 돌아선 오택.. 당황과 미안함, 분노가 공존하는 승미와 눈 마주치고...

오택 승미야..
오승미 정말.. 최악이네..

오택, 자기도 모르게 승미 뺨을 때린다. 짝.. 순간적인 자신의 행동에 당황한 오택..

오택 아... 미안.. 미안..하다..

오택.. 다가가지만.. 승미는 뒷걸음질 치며 눈물 어린 눈으로 오택을 노려보고-

16. 서해안 고속도로 / N

금혁수　뭐가 다르냐고요?

오택　기분 나빴다면 사과할게요. 그냥 제 자식들 얘기는 안 했으면 합니다.

금혁수　(피식-) 기사님 자식 얘기 나오니까 엄청 흥분하신 거 알아요? 그러니깐 더 궁금해지잖아요. 무슨 사연이 있는 것 같은데~

오택　(입을 꾹 다물고) ....

금혁수　알았어요. 안 할게요. 가족들을 많이 좋아하시나 봐요.

오택　안 그런 사람이 어딨겠습니까?

금혁수　저도 그랬어요. 세나를 많이 좋아했으니까.. 그래서 그럴 수 있었던 거예요.

17. (과거) 몽타주

금혁수E　소설이 완성되던 날에 맞춰 세나 몰래 선물을 준비했어요. 돈으로도 살 수 없는 세상에 단 하나뿐인 선물을요.

- 금혁수 방, 투명한 유리 잼통에 드라이플라워 등으로 뭔가를 만드는 금혁수.

- 학교 운동장, 금혁수가 선물 박스를 건네자 세나가 기뻐한다.

금혁수E	근데 여자들 참 이상해요.. 선물 줄 땐 좋다고 받아놓고 한참 동안을 쌩까더니 나타나서는 뭐래는지 알아요?

- 텅 빈 연극 무대, 싸늘한 표정의 세나..

윤세나	나 남친 생겼어. 앞으로 연락하지 마.

- 개천길, 건장한 새 남친(공천석)의 팔짱을 끼고 가는 윤세나를 뒤따르는 금혁수.

금혁수E	그냥 물러날 순 없었어요. 세나 같은 소울메이트를 다시 만날 순 없을 테니까..

18. (과거) 근린공원 / D

윤세나가 어딘가로 떠나고, 공천석 홀로 공원에 서 있으면.. 금혁수 빠르게 걸어가 일부러 공천석의 어깨를 부딪친다.

금혁수E	그래서 덤볐는데.. 그 자식 체육 특기생이더라구요.

공천석이 금혁수를 두들겨 팬다. **퍽- 퍽-** 금혁수는 체육 특기생인 공천석에게 상대가 되질 않고 처절하게 맞고 또 맞는데.. 음료를 사오던 세나가 등장해 두 사람을 본다.

공천석	(패고 또 패며) 세나 찾아오지 마! 알았어?! 이 변태새끼야!

처참하게 맞는 금혁수, 맞으면서 세나를 보는데.. 세나의 표정은 차갑다..

CUT TO

혼자 널브러진 채 남겨진 금혁수.. 피와 멍.. 만신창이 몰골..

금혁수E 엄청나게 두들겨 맞고 쪽팔려서 죽어버려야겠단 생각이 들었어
요. 그래서 무작정 바다 가는 버스 탔다가.. 아까 말했던 사고가
난 거예요.

INS.

(1화) **콰콰콰쾅-!!** 고속버스가 전복되고, 금혁수는 충돌과 함께 앞 유리를 부수
고 밖으로 튕겨 나간다.

금혁수E 그리고 깨어났을 땐.. 두려움도.. 고통도.. 사라졌죠.

19. (과거) 병원, 처치실 / D

실밥을 제거하던 수련의가 가위(Iris scissors)를 실수로 떨어뜨린다. 간호사
놀라는데.. 아무렇지 않은 금혁수, 간호사 시선 따라가보면.. 허벅지에 박힌 가
위.. 무통증이 신기하기만 한 금혁수는 가위를 스스로 뽑아낸다. 빨간 피가 묻
은 뾰족한 가위 끝날..

금혁수E 그때 생각했어요. 우와! 나한테 슈퍼파워가 생겼구나.

20. (과거) 고층 빌딩 옥상 / D

높고 좁은 고층 빌딩 옥상 난간에 올라서는 금혁수.

금혁수E   뭐든 할 수 있을 것 같았죠. 스파이더맨이 이런 기분이려나..

횡- 바람이 불어 휘청하지만 두려움이 없고.. 까마득한 아래를 내려다보며..

금혁수E   이 능력으로 뭘 하는 게 좋을까 고민해봤어요. 답은 금방 나왔죠.
그래서. 미끼를 던졌어요.

21. (과거) 고층 빌딩, 계단 - 옥상 / N

들뜬 표정의 공천석, 계단을 올라가며 폰으로 '윤세나'에게서 온 이미지 파일
을 확인한다. 키스하는 남녀 입술 클로즈업, 콘돔, 꽃.. 그리고 위치 정보. 공천
석, 문 열고 나가면 고층 빌딩 옥상이다.. 세나를 찾는데.. 앞에 후드티를 뒤집
어쓴 금혁수가 보인다.

금혁수   실망이 큰 거 같네. 표정 봐!
공천석   (이제야 상황이 파악되고) 니가 장난친 거냐? 싸이코새끼.

열 받은 공천석, 저벅저벅 다가가 **퍽**- 주먹 날리고.. 윽- 구겨지는 금혁수.

공천석   아직도 웃기냐?
금혁수   개웃겨.

공천석, 금혁수 얼굴에 주먹을 꽂아버리고- 흡- 코와 입에서 피 터지는 금혁수..

금혁수   (공천석을 보며) 푸하하하하하하하하!!!!!!

공천석, 금혁수를 패고 또 팬다. **퍽- 퍽- 퍽-**

공천석   우습냐? 우스워? 웃겨?

두들겨 맞으면서도 고통을 못 느끼는 금혁수는 파안대소하며 더 열 받게 하고..
피투성이가 되어가는데도 계속 웃어대는 금혁수가 섬뜩한지 움찔하는 공천석..
하지만 다시 주먹을 휘두르고.. 결국 지친 공천석은 가쁜 숨 내쉰다. **하아- 하아-**

금혁수   (웃으며) 이제 다 했어? 더는 못하겠는 거야?
공천석   미친 새끼! (어퍼컷을 날리고-)

붕- 날아가 나가떨어지는 금혁수. 죽은 거 아냐.. 싶어 보는 공천석..
그때- **후으읍-!** 숨을 몰아쉬며 번쩍 고개 드는 금혁수.
공천석은 금혁수의 악귀 같은 모습에 공포를 느끼는데..
금혁수, 오뚝이처럼 일어나 주머니에서 커터칼을 꺼내 끼리릭- 뽑아 들고 다가간다.

공천석   그만해. 그만하자고.
금혁수   (광기 뿜으며) 더 해봐.. 더 놀아야지.. 난 아직 더 놀고 싶단 말이야..
공천석   (뒷걸음질 치며) 저리 가. 오지 말라고 새끼야!! 오지 마!!
금혁수   (달려가며) 으아아악!!!

자기도 모르게 뒷걸음질 치는 공천석, **으악!** 옥상 난간 너머로 사라져버리고..

금혁수가 난간 쪽으로 다가가 번쩍 난간 위로 뛰어오르면..

공천석은 부들거리는 손끝으로 난간 너머 옥상 처마에 매달려 겨우 버티고
있다.

공천석　　도.. 도와줘..

금혁수　　(앞에 관람객처럼 쪼그려 앉으며) 싫어.

으아아악—!! 공천석은 결국 어둠 속으로 추락하고..

22. 서해안 고속도로 / N

오택　　사람을... 죽인 겁니까?

금혁수　　아뇨. 그냥 떨어진 거예요. 아이참. 제 얘기 안 들으세요?

오택　　저기. 미안한데.. 혁수씨. 우리 그냥 목포까지 조용히 가면 안 될
　　　　까요?

금혁수　　왜요?

오택　　혁수씨 이야기.. 제가 구식이라 그런가.. 듣고 있기가 좀 힘드네요..

금혁수, 오택을 보고.. 오택은 시선 느끼지만 외면하며 운전에 집중하는 척
한다.

금혁수　　(물끄러미 보다가) 네. 그러시죠. 닥치고 있을게요.

팔베개하며 조수석에 길게 앉는 금혁수.. 불편한 정적 흐른다..

잠시 후 금혁수, 그새를 못 참고 슬링백을 열어 부스럭거리더니.. 막대사탕을

꺼낸다.

금혁수   (오택에게 막대사탕 내민다) 사탕 드려요?
오택   (어색한 웃음) 아뇨.

금혁수, 막대사탕 비닐을 벗기고 입에 넣어 굴린다. **오도독 오도독...**
침묵이 부담스러운 오택, 라디오 쪽으로 손을 뻗는데..

금혁수   (싸늘하게) 조용히 가자면서요. 그러면 반칙이죠.

오택, 손을 거두고.. 어색한 침묵이 재개된다.

23. 택시회사, 사무실 / N

오택의 택시회사. 배차원 혼자 유튜브 보며 낄낄거리는 사무실에 황순규가
들어선다.

황순규   저기요. 여기 택시 중에 육칠오오 기사님하고 연락을 좀 하고 싶
              은데요.
배차원   (영상 정지하고 귀찮아하며) 몇 번요?
황순규   육칠오오오.
배차원   육칠오오? 아까 전화하지 않으셨어요?
황순규   알려주신 번호로 계속 전화했는데 안 받아서요.
배차원   그래요? 잠시만요. (전화해본다)

사무실로 택시기사 한 명이 들어와 믹스 커피를 탄다.

배차원　　(한쪽 귀에 전화기 걸친 채로) 여기가 다방이야? 돈 내고 마셔.

택시기사　하이고 치사빠스다! 이까짓 거 얼마나 한다고.

배차원　　공짠 줄 아나.. (전화 끊으며) 진짜 전화 안 받네. 분실물 때문에 그
　　　　　　런 거죠? 여기 분실물 신고서 작성하고 가세요. 저희도 핸드폰 말
　　　　　　고는 연락할 방법 없어요. 이따가라도 기사랑 연결되면 연락드릴
　　　　　　게요.

택시기사　누가 연락 안 되는데?

배차원　　양기사. 전화를 안 받아.

택시기사　또 거기 갔구만. 개 버릇 남 못 준다고 뻔하지.

배차원　　어디?

택시기사　궁금해? 궁금하면 500원~

배차원　　됐다. 안 궁금하다.

황순규, 분실물 신고서를 작성하며 밖으로 나가는 택시기사를 본다.

24. 택시회사 / N

사무실 밖으로 나와 커피 홀짝이며 택시로 향하는 기사, 따라 나온 순규가 부
른다.

황순규　　저.. 기사님. 그 양기사란 분 지금 있을 만한 곳 아세요?

택시기사　네? 아뇨. (손을 휘휘 내저으며) 몰라요. 몰라.

황순규　　아시잖아요.

택시기사	안 돼요. 양기사가 워낙에 한 성질 하는 놈이라. 알려주면 난리 나~
황순규	사정이 있어요. 좀 도와주세요. 부탁드립니다.
택시기사	에헤이~ 모른다니까.

택시기사 자신의 택시에 올라타는데, 다짜고짜 조수석에 따라 타는 황순규.

택시기사	이 아줌마가 왜 이래~ 나랑 연애라도 하려고?
황순규	제가 지금 제 아들을 죽인 놈을 쫓고 있어요. 그놈이 오늘 저녁에 그 택시를 탔고요.
택시기사	.........진짜?
황순규	네.
택시기사	에이~ 거짓말~ 진짜면 경찰서를 가야지~ 혼자 여긴 왜 와?
황순규	경찰이 제 말을 안 믿어줘서요.
택시기사	근데 어쩌지? 나도 못 믿겠는데? 아니 급한 사정이 도대체 뭐길 래 그런 거짓말을 해요? (비웃으며) 양기사 취향이 연상은 아닌데 ~ (더러운 시선) 딱 봐도 애인은 아닌 것 같고~

황순규, 주머니에서 편의점에서 출금한 돈봉투를 꺼내 턱- 기사에게 건넨다.

황순규	그 돈이면 되겠어요?
택시기사	이잉? 이러면 더 수상하잖아~ 궁금하네~ 뭔 일인지 말해봐요. 도와줄지 말지 결정하게.
황순규	어차피 도와줄 생각 없잖아? 돈 받을지 말지나 결정해.
택시기사	갑자기 말을 까네?
황순규	돈 받을 거야 말 거야?

터널로 들어서는 택시.

오택과 금혁수 사이에선 여전히 불편한 공기가 흐르고..

터널 안에선 바퀴의 마찰이 만들어내는 음악 소리가 음산하게 들려온다.

오도독.. 오도독.. 계속해서 사탕 먹던 금혁수, 다 먹은 막대기를 창밖으로 휙 던지며

금혁수	(갑자기) 으아아아아!!!!
오택	(놀라서 보면)
금혁수	아~ 심심하다. 기사님. 저 그냥 말할래요.
오택	네?
금혁수	답답해서 안 되겠어요. 그냥 떠들 테니까 불편해도 들으세요.
오택	혁수씨. 그냥 좀 조용히 가면-

금혁수, 오택의 말을 막으며 손목을 **턱**- 잡는다. 놀란 오택의 비명 **앗!!**

금혁수	(잡은 손목에 점점 힘주며) 아저씨. 내가 말하고 싶다고 내가.

금혁수의 싸늘한 눈빛에 긴장하는 오택.. 금혁수 큭 웃더니 손목을 놔준다.

오택의 손목에 금혁수가 그은 손바닥 상처에서 배어 나온 피가 묻어 있다.

하아.. 오택, 다른 손으로 핏자국을 닦아내고..

금혁수	제가 어디까지 얘기했죠? 아 맞다. 세나남친.. 그날 밤 일은 걱정은 좀 됐는데 별일 없이 잘 넘어갔어요. 세나는 다신 볼 수 없었지만..

INS.

학교 운동장. 세나와 함께 앉았던 자리에 이제는 금혁수 혼자만 앉아 있다. 잠시 후 금혁수는 벌떡 일어나 화면에서 사라지고-

26. (과거) 대학교 신입생 오리엔테이션 행사장 / D

INS.

대학교 전경. **'신입생 입학을 환영합니다'** 플래카드 걸려 있다.

대학생이 된 금혁수가 짜증 나는 표정으로 걸그룹 댄스 추는 OT 사회자를 보고 있다.

금혁수E   어차피 세나도 없는데 따로 할 일도 없고 타고난 머리가 나쁜 편도 아니라 공부 좀 했더니 남들 부러워하는 대학에 붙더라고요. 뭐가 그렇게 대단한가 싶어서 오리엔테이션이란 걸 가봤는데.. 내 한계를 시험하나 싶을 만큼 짜증이 났어요.

협동심을 강조하는 '트러스트폴'이 시작되고.. 상대가 뒤로 넘어지면 팀원들이 함께 받쳐줘야 하는 게임인데.. 짜증 난 금혁수가 **획**- 대열에서 이탈해버리자.. 뒤로 넘어가던 학생이 그대로 바닥에 **쿵**- 떨어진다.

학생1   저기요!!!

화가 난 학생 하나가 달려와 행사장 밖으로 나가던 금혁수를 붙잡고.
금혁수는 그런 학생의 팔을 확- 뿌리치는데..

와장창- 휘두른 금혁수의 팔이 행사장 유리창을 치며 박살 내버린다.

정적이 흐르고.. 잠시 후.. 한 여학생이 비명을 지른다. **꺄아악-!**

보면, 주위 반응과 달리 무표정한 금혁수 팔에 박혀 있는 커다란 유리 조각.

27. (과거) 응급실 / D

다친 팔에 붕대를 감고 응급실에 누워 있는 금혁수. 간호사가 링거액을 조정해준다.

간호사　　치료는 끝났고, 링거 다 맞으면 퇴원하실게요.

간호사 떠나고, 금혁수 잠시 누워 있는데.. 금혁수의 옆 병상으로 피투성이의 응급환자가 들어온다. 의료진들이 다급하게 응급처치를 하지만 결국엔 사망하고 마는 환자. 유가족 하나가 난동을 피우자 소란이 이는데..

유가족　　(울부짖으며) 내 동생 살려내! 살려내라고! 으아아악!

커튼 너머 금혁수 시선에 온몸이 찢겨 사망한 응급환자의 시신.. 새빨간 선혈..

금혁수.. 자기도 모르게 링거를 떼어내고 피투성이 시신에 다가가.. 침을 꼴깍 삼킨다.

뭔가에 홀린 듯 시신의 벌어진 상처로 다가가는 금혁수의 손가락.

손가락을 통해 전해지는 감각에 금혁수는 자기도 모르게 미소가 흐르는데..

헉! 인기척에 돌아보면- 놀란 간호사가 보고 있다! 후다닥 도망치면-

누군가 POV, 응급실을 달려 나가는 금혁수를 지켜본다.

28. (과거) 지하철 / D

달리는 지하철 안 금혁수.. 천천히 손가락에 묻은 피 냄새를 맡는데.. 목소리가 들린다!

목소리E   받아들여.

금혁수, 고개를 들면.. 자신을 이상하게 보는 건너편 여자의 시선.. 어딘가 이상한 여자의 얼굴.. 눈, 코, 입이 있어야 할 자리에 있지 않은 마치 피카소 그림 같다. 잘못 봤나 싶어 인상 쓰는 금혁수.. 하지만 여전히 기이한 왜곡상의 얼굴이고.. 돌아보면 주위 모든 사람들 얼굴이 왜곡되어 보이는데-
때마침 절연 구간을 지나는 지하철 내부 조명이 꺼지며 외부 조명이 점멸하고.. 번쩍대는 조명 사이로 왜곡 얼굴들이 보이는 가운데.. 혼자만 멀쩡한 얼굴을 한 남자가 금혁수를 향해 뚜벅뚜벅 걸어온다. 자세히 보면.. 그는.. 공천석이다!
공천석은 당황한 금혁수의 옆좌석에 앉더니 금혁수의 귀에 속삭인다.

공천석   너는 저 사람들하고 달라.

29. (과거, #1 연결) 정신과 상담실 / D

정신과의사 앞 금혁수 옆에는 공천석도 함께 앉아 있다.

정신과의사   여자
금혁수   시체 (의사의 책상 위 연필꽂이에 꽂힌 플라스틱 자를 본다)
공천석   (금혁수에게 속삭인다) 하고 싶은 걸 해.

정신과의사	갈증
금혁수	피 (다시 한 번 플라스틱 자를 흘낏)
공천석	(다시 금혁수에게) 니가 살아 있음을 느끼는 그 일을 하라고.
정신과의사	죽음
금혁수	...
공천석	(다시 금혁수에게) 지금이야.
정신과의사	(다시) 죽음

순간 금혁수.. 플라스틱 자를 집어 부러뜨리며 책상 위로 튀어 오른다. 정신과의사를 노리는 듯하다가 방향 바꿔 공천석의 목에 부러뜨린 플라스틱 자를 꽂아 넣으면-

30. 서해안 고속도로 / N

오택	조현병.. 같은 겁니까?
금혁수	비슷해요. 자꾸 나타나서 절 괴롭히거든요. 지금도 뒤에 앉아서 계속 쳐웃고 있네요. (뒤를 보며) 그만 쪼개 이 미친 새끼야!

오택, 순간 룸미러 보는데.. 공천석의 모습이 얼핏!

금혁수	악!!
오택	으아악-!!
금혁수	큭큭큭. 엄청 잘 놀래시네요.
오택	손님.. 고속도로에서 이런 장난을 치면 어떡합니까.
금혁수	기사님도 아까 똑같은 장난치셨잖아요. 복수한 건데.

오택   하아..

31. (과거, #29 연결) 정신과 상담실 / D

정신과의사   옆에 있는 친구는 환자분의 또 다른 자아라고 생각하시면 됩니
              다. 받아들이기 힘든 그림자인 거죠. 일단 그것을 자신의 일부라
              고 인정하고.

모든 건 금혁수의 상상이었고, 여전히 공천석은 금혁수 옆에서 웃고 있다.
금혁수의 POV로 보이는 의사의 눈코입은 어느새 왜곡상으로 재배치되고, 의
사의 말이 웅얼웅얼 이해 못할 사운드로 변질되면...

금혁수   그냥 약이나 처방해주세요. 제일 쎈 걸로.

32. (과거) 몽타주

-   금혁수 집 화장실. 세면대 앞 거울장을 열면, 닫혀 있는 반쪽 거울엔 금혁수
    의 얼굴이 반사되고.. 열린 나머지 반쪽 수납장 안엔 각종 약통이 가득하다.

-   금혁수의 방. 금혁수, 알약을 하나 꿀꺽 삼키고 침대에 걸쳐 누워 포터블 게
    임기로 게임을 한다. 그 앞.. 스탠드 조명 아래 앉아 금혁수를 보고 있는 공
    천석.. 힐끔 공천석과 눈 마주친 금혁수는 알약 하나를 더 먹는다. 그럼에
    도 공천석은 여전히 자신을 보고 있고.. 외면하려 게임에 집중하지만 계속

사라지지 않고 자신을 바라보는 공천석을 신경 쓰다 게임마저 패배로 끝나버리는 금혁수, 짜증 내며 알약 하나를 더 삼키는데- 갑자기 동공이 확대되더니.. 금혁수 POV로 천장이 쑤욱- 멀어진다.

- 밤거리. 약기운에 취해 휘청거리며 걷는 금혁수의 시간은 주위 행인들과 달리 빠르게 흐르고..

- 햄버거 가게. 멍한 눈빛으로 햄버거와 밀크셰이크를 꾸역꾸역 집어넣는 금혁수.

- 클럽, 사이키델릭한 조명 아래. 금혁수는 트랜스 상태로 몸을 흔들고, 점멸하는 조명 사이 얼핏얼핏 공천석이 보인다. 금혁수가 마음에 들어 다가온 백인 여성이 엉덩이를 부비부비하며 춤을 추면, 금혁수는 그녀의 목덜미에 흐르는 땀방울에 흥분하고.. 최고조에 이르는 음악.. 조명이 빠르게 점멸하고.. 금혁수는 백인 여성의 뒤에서 천천히 목에다 손을 올린다. 금혁수가 여성의 목을 조르려는 찰나.. 자신을 지켜보는 공천석과 눈 마주치고- 클라이맥스를 넘긴 음악이 뚝 끊기며 조명이 번쩍-

- 클럽 화장실. 금혁수, 더러운 변기 칸에 주저앉아 꾸에엑- 구토한다.

33. (과거) 공원 / N

약과 술에 취해 널브러져 있는 금혁수..
어느 손이 다가와 그런 금혁수의 주머니를 뒤진다.
금혁수, 스륵 눈을 뜨고 보면.. 자기 주머니를 뒤지던 노숙자와 눈 마주치고-

노숙자, 아무 일 없었던 듯 일어나 제 갈 길 가는데..

금혁수   저기요.

노숙자, 돌아보면.. 금혁수가 지폐를 꺼내 흔들어 보인다.

금혁수   (미소 지으며) 이거. 가져가세요. 가서 밥이라도 사드세요. 얼른요.
             진짜예요. 저 교회 다녀요.

노숙자, 금혁수의 말을 믿어도 될지 갈등한다..
금혁수, 진짜라는 듯 지폐를 든 손을 내밀고.. 노숙자가 다가온다.
노숙자, 금혁수 손에 든 지폐를 집는데.. 금혁수가 힘을 줘 주지 않는다.
노숙자, 포기하려는데.. 피식 웃고 놔주는 금혁수.
노숙자, 금혁수에게 꾸벅 인사하고 돌아가는데.. 금혁수.. 달려들어 목 조른다!!
몸싸움이 벌어지고.. 노숙자, 금혁수에게서 겨우 벗어나 도망치는데-

노숙자   사람 살려!!

헥헥거리던 금혁수.. 다시 힘내 달려가 노숙자의 머리를 잡아채 바닥에 내리
찍는다!
계속해서 머리를 찍는 금혁수의 표정은 광기로 휩싸이고-
마지막으로 쾅- 내리찍는 금혁수. 후.. 숨을 내몰아 쉬는데.. 저쪽에서 들리
는 인기척!
금혁수, 급히 후드 뒤집어쓰고 도망친다.
건장한 대학생 무리가 노숙자 시체가 있는 방향으로 향하고..
금혁수 도망치는데.. 문득 멈춰 선다.

INS.

노숙자 시체 손에 들린 피 묻은 지폐.

INS.

금혁수가 맨손으로 만져 건넸던 지폐. 익스트림 클로즈업하면- 금혁수 지문!

당황한 금혁수, 돌아보면.. 대학생 무리는 하필 노숙자 시체가 있는 쪽으로..
그때! **우르릉 쿵쾅**- 천둥번개와 함께 사나운 소나기가 내리꽂히기 시작한다.
노숙자 시체 방향으로 향하던 대학생 무리도 비를 피하려 방향을 틀고..
장대 같은 빗줄기에 노숙자 손에 들려 있던 지폐는 하수구로 떠내려가버린다.

금혁수　　　(자기도 모르게 웃음 터진다) 풉! 푸핫!! 푸하하하!!

축복이라도 받은 듯 장대비를 온몸으로 맞으며 미친 듯이 웃어대는 금혁수..
어느새 나타난 공천석이 웃으며 금혁수를 보면, 금혁수도 그런 공천석을 마
주 본다.

금혁수E　　　그날 밤 저는 선택을 했고.. 다시 태어난 거예요.

34. 서해안 고속도로 / N

금혁수　　　그게.. 제 첫 번째 살인이었어요.

오택　　　농담..인 거죠?

금혁수　　　아닌데요?

오택　　　왜.. 나한테.. 그런 얘기를 하는 건데요?

금혁수	그냥 제 얘기를 누군가한테 하고 싶었어요. 부모한테도 할 수 없는 얘기니까.. 밀항하기 전에 만난 택시기사만큼 이런 얘기하기 좋은 상대가 어디 있겠어요?
오택	(마른침을 꿀꺽-) ....
금혁수	기사님. 비밀 지켜주실 거죠?
오택	?
금혁수	(슬링백을 뒤진다) 아.. 어딨지? 찾았다!

슬쩍 금혁수가 펼친 뭔가를 보는 오택,
끼이이이익----- 급브레이크로 스키드 마크 남기며 오택의 택시가 멈춰 서고-
금혁수가 펼친 무언가는... 천 조각으로 감싸두었던.. 피로 물든 잘린 손가락
이다!

35. 해남기사식당 앞 - 안 / N

택시기사(#24)E 청파동 해남기사식당 가보슈. 양승택이 십중팔구 거기 있을 거니까.

많은 택시들이 주차되어 있는 '해남기사식당' 앞에 황순규가 차를 세우고 내린다.
식당 안으로 들어가 둘러보면.. 꽤나 성업 중인 내부에선 택시기사들이 늦은 저녁 식사를 하거나 삼겹살에 소주를 마시고 있다.

종업원	어서 오세요. 혼자셔? 뭐 드릴까?
황순규	식사하러 온 건 아니구요. 누굴 좀 찾으려고..

종업원	누구요?
황순규	소망상운 양승택기사님이라고-
종업원	(말 마치기도 전에 좌중에게) 양승택기사님 계셔~?! 양기사님! 없어요?! (대답 없자) 없네요. 없어. (음식 나르며) 비켜요. 길 막지 말고.

황순규, 내부를 한 번 더 둘러보지만 별수 없고..

36. 어느 골방 / N

담배 연기 자욱하게 화투판이 벌어지고 있다. 도박꾼들 사이에 앉아 있는 양기사, 또 잃었는지 패를 확 내던지고 아픈 허리를 붙잡는다.

37. 해남기사식당 안 - 앞 / N

문 열고 골방에서 나오는 양기사. 해남기사식당 안쪽 구석.. '창고' 문패가 붙어 있는 문이다. 순규가 좀 전에 봤던 곳이지만 앞에 쌀포대 등이 쌓여 있어 창고처럼 보인다.

허리를 돌리며 기사식당 앞으로 나오는 양기사, 담배를 꺼내 물고 보면..
식당 앞에 세워진 택시 번호판을 하나씩 확인 중인 황순규가 보인다.

황순규	육칠오오.. 소망상운.. 육칠오오..

양기사, 뭐 하는 거지.. 보는데 다가오는 도박꾼,

도박꾼   (다가오며) 한 까치만 줘봐.

양기사   사서 펴.

도박꾼   에라이~ 치사하다. 됐다 됐어. (들어가면)

순규, 시동 걸고 출발하려다.. 미련이 남는지 다시 '6755기사님'에게 전화 걸어보는데.. 기사식당 앞의 양기사, 담배 피우다 문득 생각나 주머니의 폰을 꺼내 전원을 켜고.. 별 기대 없이 전화하는 황순규, 그런데 신호가 간다!! **띠리리리--**

양기사, 전화가 울리자 보지만 모르는 번호라 끊어버리고..

차 안의 황순규, 문득 기사식당 앞 양기사가 전화 끊는 걸 보는데.. 동시에 **"지금 고객님이 전화를 받지 않습니다."** 안내음!

담배 끄고 다시 식당 안으로 향하던 양기사, 인기척에 돌아본다.

황순규   양기사님?

38. 해남기사식당 옆 골목 / N

황순규, 돈봉투를 양기사에게 내민다.

양기사   (경계하며) 뭐예요 이거?

황순규	돈이요. 오늘 저녁에 화월동에서 손님 하나 태우셨죠? 그 손님에 대해서 뭐든 좋으니까 다 말씀해주세요.
양기사	나 오늘 운행 안 했는데?
황순규	네?
양기사	딴 택시랑 헷갈렸나 보네. (돌아서는데)
황순규	(붙잡고) 소망상운 육칠오오 양승택기사님 맞잖아요. 화월동에서 큰 캐리어 끌고 온 젊은 남자 손님 태우지 않으셨어요?
양기사	육칠오오 기사 맞는데. 오늘 영업 안 했다고요. 오기사님한테 가서 물어봐요. 그 사람이 오늘 택시 하루 종일 몰았으니깐.
황순규	오기사님이요? 그분 연락처 좀 알려주세요. 이거면 사례는 충분할 거예요. (다시 돈봉투 건네면)
양기사	왜 자꾸 돈부터 받으래.. 이상한 아줌마네?
황순규	(갑자기 소리친다) 한 번만 그냥 좀 도와주면 안 됩니까?!
양기사	(어이없어하며) 뭐야? 왜 소릴 질러요?!
황순규	(또 한 번 돈봉투 내밀고) ....

잠시 보다가 결국 봉투 받는 양기사.

양기사	알았어요. 알았어. (폰에서 오택 연락처 찾아 보여주며) 이 양반. 따블 주는 장거리 손님 태우고 신나서 묵포 갔어요. 아.. 아줌마가 찾는 손님이 그 사람인가 보네.
황순규	(연락처 옮겨 적다가) 묵포요?
양기사	예. 전화해봐요.

양기사, 획 뒤돌아 가다가 문득 멈춰 서서 돌아본다.

양기사	혹시 그 손님.. 위험한 놈이에요?

황순규	......
양기사	아이씨. 그러게 왜 안 하던 짓은 하고 지랄이야. 겁도 많은 양반이.

39. 서해안 고속도로, 갓길 / N

갓길에 서 있는 오택의 택시...

오택	그거.. 사람 손가락입니까?
금혁수	네. 아직 따끈따끈해요. 자른 지 얼마 안 됐거든요.
오택	(두려움에 몸을 부르르 떨고) ......
금혁수	(손가락 건네며) 선물이요.
오택	으악! (손가락에서 최대한 멀어지게 몸 젖히며) 누구 건데요?!
금혁수	아까 캠핑카 몰던 놈이요.
오택	그 사람 손가락을 왜...
금혁수	좋아하실 줄 알았는데? 그 인간 죽이고 싶어 하셨잖아요.
오택	제가.. 언제요?
금혁수	화장실에서요. 제가 봤어요. 그놈 노려보는 기사님 눈빛.
오택	저 그런 생각 안 했어요..
금혁수	거짓말. 기사님.. 우린 이제 진짜 공범이 된 거예요.
오택	아니라고요!
금혁수	알았어요. 그만할게요. (웃으며 손가락을 가방에 다시 넣는다) 손가락 그 캠핑카 놈 거 아니에요. 기사님 반응이 재밌어서 장난쳐봤어요.
오택	아니면 누구.. 건데요? 설마 진짜 사람 죽이고 밀항하려는 거예요?
금혁수	(피식-) 기사님은 안 죽이니까 걱정 마세요. 기사님은 지금처럼

제 얘기 들어주면서 묵포까지만 가주시면 돼요.

오택.. 손을 천천히 문고리로 가져가 열려 하자 금혁수가 탁- 막는다.

금혁수   에이~ 이러면 안 되죠. 선금도 받아놓고..

오택   돈.. 돌려드릴게요.

금혁수   아뇨. 필요 없어요. 빨리 다시 출발하죠? 갓길 위험하대요.

오택   그냥.. 이 택시.. 가져가세요.

금혁수   저 운전 못하는데요? 얘기했잖아요. 트라우마.

오택   그럼.. 다음번 톨게이트에서 내려드릴게요. 저 진짜.. 너무 무서워
         서 운전을 못하겠어요.

금혁수   진짜 왜 이러세요? 묵포까지 가기로 저랑 약속하셨잖아요? 저는
         기사님이 마음에 들어서 말도 안 되게 100만원 부른 것도 오케이
         한 건데..

오택   정말 죄송합니다. 선금도 다 돌려드리고.. 다음 톨게이트에서 다
         른 택시 바로 타실 수 있게 해드릴게요.

금혁수.. 대시보드 위로 손을 올려 손가락을 **타타타탁**- 두드린다. 고민에 빠
진 듯..
오택은 그런 금혁수의 손동작에 더욱 긴장하는데..

금혁수   (탁탁- 대시보드 내려치며) 생각해봤는데.. 안 되겠어요.

오택   혹시 그 손가락 보여준 거 때문에 제가 신고라도 할까 봐 그러는
         거면.. 안 할 거예요. 진짜 안 해요.

INS.
해남기사식당 앞. 차 안의 황순규가 양기사에게 받은 오택 번호로 전화를 건다.

금혁수, 거치대에 꽂혀 있는 오택의 핸드폰을 뺀다. 전원 버튼을 눌러 꺼버리는 금혁수. 전원이 꺼진 오택의 핸드폰을 슬링백에 넣으며..

금혁수   그럼요. 신고는 못하죠. 핸드폰 제가 가져가면 그만이니까..

오택   !!

INS.

해남기사식당 앞. **"연결이 되지 않아.."** 낙담하는 순규..

오택   제.. 핸드폰 왜 가져가십니까? 돌려주세요.

금혁수   잘 들으세요. 저는 목포 가서 밀항선만 타면 돼요. 그러면 제 계획은 성공하는 거고.. 기사님한테는 아무 일도 일어나지 않을 거예요. 아셨죠? 그러니까 쓸데없는 소리 그만하시고.. 출발하죠.

오택.. 손을 바르르 떨며 핸들에 손을 올린다. 하지만 이내 손을 떼며,

오택   손이 떨려서요. (손을 주무른다)

금혁수   후우... (짜증 내며 손가락을 다시 두드리기 시작. 빠르게 타타타타-)

긴장하며 입이 마르는 오택, 컵 홀더의 커피를 마신다. 쪽쪽- 다 마시고 내려놓고..

오택   (떨리는 목소리) 진짜.. 목포만.. 가면.. 되는 거죠?

금혁수   네. (빙긋 웃음) 100만원 마저 버셔야죠.

깊은 한숨 휴... 오택 기어 바꾸고.. 택시 다시 출발하면-

125

2화 | 좋은 사람은 찾기 힘들다

40. 해남기사식당 앞 / N

차 안의 황순규. 오택에게 전화를 걸고 또 건다. 계속해서 들려오는 소리 **"연결이 되지 않아.."** 결국 포기하고 전화기를 집어던진다.

41. 서해안 고속도로 / N

운전 중인 오택, 힐끗 옆의 금혁수 살피는데.. 그만 눈 마주친다.
급하게 눈 피하고 다시 운전에 집중하는 척하는 오택.. 과거를 떠올린다.

42. (과거) 택시회사 / D

오택, 설렘 가득한 표정으로 미러를 맞추는데, 조수석에 올라타는 고주환.

고주환	드디어 첫 영업 나가는 거야?
오택	(선글라스 꺼내 끼며) 어때? 베테랑 느낌 좀 나?
고주환	선글라스 싸구려 끼면 터널에서 암것도 안 보여서 사고 난다. 자. (브랜드 선글라스 건네고)
오택	우와~ 이거 비싼 거 아냐? 와!! (써보며 함박웃음) 땡큐땡큐!
고주환	(선글라스 쓴 거 보고) 잘 어울리네.
오택	친구야. 앞으로 봐라. 나 이 일 악착같이 해서 빚 다 갚을 거다.
고주환	열정은 좋은데.. 괜히 오버하지 말고 조심해. 택시 하다 보면 진짜 상상도 못해본 희한한 또라이들 많이 만난다.

오택	니가 색안경 끼고 봐서 그렇지 세상에 아직 좋은 사람 많아.
고주환	색안경은 니가 꼈고. 너. 유영철이 시체 어떻게 옮긴 줄 알아? 택시로 옮겼어. 토막 낸 시체랑 묶은지 막 섞어서.
오택	(버럭) 야!! 그게 지금 꿈과 희망에 부풀어서 택시 첫 영업 나가는 친구한테 할 소리야? (밀치며) 너 내려!
고주환	(궁시렁대며 내리면서) 걱정해줘도 지랄이야.

주환 내리고.. 오택은 시동을 건다. 긴장되는지 휴.. 하는데 창문 똑똑- 하는 주환.

오택	(창문 내리며) 왜 또?
고주환	교육 받을 때 비상 방범등 애긴 들었지?
오택	어. (두리번) 스위치가 어디 있더라..
고주환	요봐요봐. 그게 얼마나 중요한 건데.. (차 문 열고 핸들 왼쪽 아래 비상 방범등 스위치를 켜며) 요거 키면 택시 등에 빨간불 들어오는 거야.
오택	근데 사람들이 모를 거 같은데? 뭘 알아야 신고를 해주던가 하지.
고주환	하기사. 저번에 어떤 기사는 빨간불 3시간이나 켜고 달렸는데 아무도 신고 안 해줬다더라.
오택	뭐야? 소용이 있기는 한 거야?
고주환	야야. 그래도 진짜 위험한 놈 만났을 때 믿을 건 이것밖에 없다. 아는 사람 한 명은 있겠지..

43. 서해안 고속도로 / N

오택, 운전석 좌측 하단의 비상 방범등 스위치를 보고 금혁수 눈치를 보는데..

금혁수   자꾸 왜 제 눈치를 보세요?
오택   네? 아닙니다.

오택 다시 앞을 보면, 공사 중인 고속도로.
2차선 중 한 차선을 막고 공사 중이라 오택은 택시의 속도를 줄이고..
오택의 택시, 경광봉 들고 안내하는 노동자 옆을 서행해서 지나간다.
외부 도움이 간절한 오택은 노동자에게 도움 청하는 눈빛을 보내지만 야간
근로에 피로하고 지친 노동자는 오택과 눈 마주치고도 전혀 낌새를 채지 못
하고..
오택은 창문만 내리면 닿을 거리에 있는 노동자를 보며 차를 세울까 갈등하
지만, 자신을 주시하고 있는 금혁수 눈치에 섣불리 행동에 나서지 못한다.
그렇게 택시는 안타깝게도 공사 구간에서 멀어지고.. 속도 올리며 머리 굴리
는 오택.

오택   속이 좀 안 좋은데.. 거기서 소화제 좀 꺼내줄 수 있을까요?

금혁수가 글러브 박스를 열고 잡동사니 사이에서 소화제를 찾는 사이-
오택은 비상 방범등 스위치를 켠다!

INS.
순간.. 택시 위 노란 갓등이 빨간색으로 바뀌며 깜빡깜빡 점멸을 시작하고-

금혁수   (활명수 건네며) 여기요. 따드려요?
오택   예? 예. 그래주시면..

활명수 건네받은 오택은 활명수를 마시는 척 곁눈질로 주변의 차를 탐색한다.

44. 대학가 / N

등장하는 황순규. '**소통 프로젝트, MZ에게 듣겠습니다**' 플래카드 따라가면 기자들 카메라 앞에서 젊은이들과 대화 중인 당대표 보이고, 군중들 사이로 김중민 발견한다.

황순규	김형사님!
김중민	(당황..) 어머니. 여긴 어떻게 알고 오셨어요?
황순규	경찰서 전화했더니 형사님 여기 계신다고 알려주셔서-
김중민	잠시만요. (통신 들어오는지 귀에 꽂힌 이어셋에 집중하는데..)
황순규	증거 가져오라고 하셨죠? 찾았어요. 증거.
김중민	(황당함에 이어셋으로 팀원들에게) 나 잠깐만 아웃. (황순규를 보면)
황순규	금혁수 그놈이 범인 맞았어요! 그놈 지금 택시 타고 묵포로 가고 있어요. 병원에 확인해보니까 휴가 쓴 것도 아니에요. 도망치는 거예요!
김중민	(말문이 막히고) 하...
황순규	(핸드폰 꺼내며) 여기 보시면.. 그놈 집에서 찾았는데-
김중민	잠시만요. 혹시 무단으로 그 집 들어가신 거예요?
황순규	... 그게 중요한가요?
김중민	어머니! 무단으로 그 집에 들어가서 얻은 건요, 그게 뭐든 증거 능력이 없습니다. 불법이라고요, 불법!
황순규	그럼 당장 저랑 같이 가서 형사님이 직접 확인하세요. 제가 주소 알아요. 그놈 집 비었으니까 지금 바로 가서 증거 확인하시면-

김중민	수색영장도 없이 어떻게 그 집에 들어가요? 도대체가!!
황순규	이번엔 또 수색영장이에요? 증거 있어야 된다고 해서 증거 찾아왔더니.. 이젠 수색영장! 대체 어떻게 해야 수사해주는 건데요?

김중민, 문득 아까 주시했던 취객이 슬금슬금 다시 행사장 쪽으로 다가오더니 음식물 쓰레기통으로 향하는 것을 본다. 황순규와 취객 번갈아 보는 중민.. 정신없는데-

황순규	범인이 뻔히 있는데.. 어디로 가는지도 아는데.. 그런데도 안 잡아요?! 그놈 지금 목포 가고 있다고요! 목포면 밀항하려는 걸 수도 있어요! 배 타고 사라져버리면 영영 못 잡는다구요!!

하는데.. 순간, 음식물 쓰레기통을 번쩍 들더니 당대표를 향해 달려가는 취객. 중민, 반사적으로 달려가고.. 군중 속에 있던 이형사와 박형사도 달리는데.. 근처에 있다가 먼저 튀어나온 최형사가 달려가 취객을 잡아챈다. 그런데, 힘 조절을 잘못해 취객과 함께 나뒹굴며 최형사가 당대표 쪽으로 넘어지고.. 당대표와 최형사, 취객이 한 뭉텅이로 텐트를 무너트리며 크게 자빠지는데- 순식간에 행사장은 아수라장이 되어버리고.. 경호원들은 텐트 아래서 음식물 쓰레기를 뒤집어쓴 당대표를 끄집어내며 다급하게 소리친다. **"구급차 불러, 당장!"**
좋은 기삿거리 발견한 기자들이 마구 사진을 찍어대는 와중에... 김중민과 팀원들은 취객을 잡아 연행한다.
황순규는 달려가 김중민을 붙잡으려 해보지만..
몰려드는 기자들과 시민들에 밀려 넘어지는 황순규,
겨우 추스르며 일어나고 보면.. 김중민과 형사들은 이미 사라져 보이지 않는다.

45. 서해안 고속도로 / N

빨간색 갓등을 깜빡이며 고속도로를 달리고 있는 오택의 택시.
빨간 갓등의 택시는 자신을 봐달라는 듯 옆 차선을 달리는 차 가까이 달라붙지만, 옆 차선 차는 속절없이 멀어지고.. 오택의 택시는 앞서 달리는 차 뒤에 바짝 붙어보는데 앞선 차량은 어느 램프로 빠지며 사라져버린다.

택시 안, 오택은 다시 몰래 다른 차 찾고.. 뒤쪽에서 다가오는 차 한 대 보이면, 살짝 브레이크를 밟아 속도를 늦추는 오택. 금혁수 눈치 보며 슬쩍 핸들 트는데..

택시가 차선을 넘자 차 안 등산객들,

등산객1 저봐저봐 차선 먹는다. 왜 저래? 조는 거지?
등산객2 술 처먹은 거 아냐? 추월해버려.

등산객들 차는 부웅- 오택 택시를 추월해 지나쳐버리고.. 오택의 얕은 한숨..
택시, 커브를 돌면.. 잠시 후 뒤쪽에서 달려오는 또 다른 차 한 대.
오택, 다시 속도 줄이며 스르륵 차선을 타 넘는데.. **빵-빵-** 경적을 울리는 뒤차.

금혁수 아이씨. 고속도로에서 빵빵거리면 안 되지!

열 받은 금혁수... 손을 뻗어 경적을 더 세게 누른다. **빠아아아앙---!!!**

46. 한강공원, 교각 아래 / N

세워둔 차 옆의 황순규.. 강 건너 야경을 보다가..

황순규   (허공에 절규) 으아아아아악!!! (공황이 찾아오는 듯 숨 막혀 가슴을 턱턱 치며) 아아아악!!! (눈물도 말라 마른 비명) !!!!!!!!!

절규하던 황순규.. 잠시 감정을 추스르고..
마른 눈물 닦아내며 물끄러미 반짝반짝 아름다운 서울 야경을 바라본다.
어딘가로 전화를 거는 황순규..

황순규   백사장님. 밀항 배 정보 같은 것도 알아봐주실 수 있나요? 오늘 밤에 목포에서 밀항하는 배 정보가 필요해요.

47. 서해안 고속도로 / N

운전 중인 오택, 앞을 보면 안개가 자욱해진다. **'주의! 안개 잦은 지역'** 표지판.
빨갛게 점멸 중이던 비상 방범등은 뿌연 안개에 가려 보이지 않게 되어버리고-
젠장.. 오택의 표정이 어두워지면..

48. (#46 연결) 한강공원, 교각 아래 / N

황순규   (전화를 끊으려다가) 저.. 잠시만.. 한 가지만 더요... 저기 혹시.. 지난번에 말씀하신 그거.. 구할 수 있을까요? (꿀꺽) 네. 총이요.

49. 서해안 고속도로 / N

경차 한 대가 안개 속 고속도로를 달리고 있다. 경차 안 두 형제..

정장남   (하고 있던 넥타이를 풀며) 으.. 답답해.

안경남   (운전 중) 그러게.. 너는 집에 내려가면서 무슨 정장을 입고 가냐?

정장남   형. 엄마가 내가 딱 정장 입고 가면 얼마나 기분 좋겠어? 나 드디어 취직한 거 실감 날 거 아냐?

안경남   그래~ 효자 났다. 효자 났어. 울 엄마 좋겠네~ (하다 택시 발견) 저거 뭐야? 왜 택시 등이 빨갛지?

정장남   뭐? (택시 멀어지자) 잘 안 보여..

안경남   어디서 들은 거 같은데.. 저게 위험 신호를 보내는 거라던가..?

정장남   그래? 나는 처음 듣는데? 일단 가까이 붙어봐. 혹시 모르잖아.

안경남, 오택의 택시 옆으로 다가가 택시 안을 살핀다.
이상함을 느끼는 금혁수.

금혁수   왜 저렇게 쳐다보죠?

오택   (긴장..) 글쎄요. 서울택시라 신기해서 그런가?

금혁수   지나치죠.

오택, 어쩔 수 없이 액셀 밟아 지나친다.
오택, 룸미러로 살피면.. 경차는 일정 간격을 두고 뒤에서 따라오고..
룸미러를 꺾어 경차를 살피는 금혁수. 앞쪽을 보면 **'임시 졸음쉼터'** 공간 보인다.

금혁수   저기 잠깐 세우죠.

50. 서해안 고속도로, 임시 졸음쉼터 / N

임시 졸음쉼터에 진입하는 오택.. 조그만 졸음쉼터엔 차 한 대 없고..
금혁수, 뒤를 살피면.. 조금 떨어진 곳에 경차도 선다.
고개를 돌리다 문득.. 비치된 스테인리스 쓰레기통에 반사된 택시를 보는 금혁수. 빨갛게 깜빡이고 있는 비상 방범등!
금혁수, 아차 싶어 오택을 노려보는 순간..
오택, 운전석에서 뛰어내려 경차로 달려가며 소리친다!

오택　　　도와주세요! 도와주세요!!

경차, 운전석의 안경남이 내린다. 건장한 체격의 조수석 정장남도 따라 내리고,

오택　　　손님을 태웠는데 자기가 글쎄 사람을 죽였다고. 처음엔 안 믿었는데 미친놈이 사람 손가락을 막...
안경남　　어.. 일단 좀 진정하시구요. (정장남에게) 어디 가?
정장남　　(저벅저벅 택시로 가며) 있어봐.

택시 안 금혁수. 귀 만지며 사이드미러로 상황을 보곤, 차 내부를 둘러본다. 사이드 포켓에서 스프레이 체인 깡통 발견. 그사이 다가온 정장남이 조수석 창문을 두드리고..

정장남　　저기요. 좀 나와봐요. 나와보라고요. 안 나와? 안 나오면 신고할 거야. (전화기를 꺼내며 1, 1, 2 누르는데)

지잉- 내려가는 창문에서 등장하는 스프레이 체인 깡통..
정장남, 뭐야.. 하고 보는 순간 금혁수가 라이터 불을 딸깍 켜고 스프레이 체인

을 치익- 화르륵 화염이 정장남 얼굴을 뒤덮는다!

으악! 눈에 화상 입고 나뒹구는 정장남.

택시에서 나온 금혁수는 바닥에 떨어진 정장남의 핸드폰을 발로 밟아 부숴 버린다.

오택과 안경남.. 안개 사이로 얼핏 보이는 화염과 비명 소리에 놀란다.

안경남, 옆에 있던 공사용 방부목을 들고 택시 쪽으로 달려가는데..

눈이 안 보여 마구 팔 휘두르는 정장남 승모근에 시퍼런 칼을 꽂아 넣는 금 혁수 보고-

안경남   준석아!!!!!

안경남, 방부목을 휘두르며 달려들면- 안개 속으로 휙 사라지는 금혁수.

안경남, 달려가 동생을 살피면.. 이미 숨을 거둔 듯..

안경남   이 살인마새끼야!!!

덜컹- 임시 졸음쉼터 가로등이 꺼지며 유일한 광원은 택시와 경차의 라이트 가 되고..

경차 쪽에서 숨죽이고 주시하던 오택이 놀라며..

오택   (차마 발걸음이 떼어지진 않고) 저기요!! 괜찮아요?!!

안경남, 방부목을 거머쥐고 안개를 노려보는데..

휙- 지나가는 그림자. 달려가지만 금혁수는 없고.. 다시 집중하는데..

오택은 택시 쪽을 향해 세워진 경차 운전석에 손 넣어 하이빔 켠다!

안경남, 번쩍 뒤에서 하이빔 불빛이 들어옴과 동시에-
앞쪽에서 금혁수를 발견하고 회심의 일격, **빠각-!!**
그런데.. 예상과 달리 결정타를 맞고도 전혀 타격 없는 금혁수..

안경남   이 새끼.. 뭐야..
금혁수   (씩 웃으며) 나는.. 고통을.. 모르거든..

금혁수가 칼 들고 파고들면.. 겨우 방어하는 안경남..
오택, 경차 트렁크를 뒤져 캠핑용 야전삽 찾아내 손에 쥐고
한 걸음 한 걸음 택시 쪽으로 향하면.. 죽어 있는 정장남 시체.. **헉-!!**
그리고.. 안개 속에서 모습을 드러내는 안경남.. 보면.. 복부 여러 곳에서 흐르
는 피..

안경남   아저씨.. 운전석에 제 폰 있어요. 당장 신고하세요!

순간.. 안경남 뒤편 안개가 사악 갈라지며 등장하는 금혁수!
칼로 안경남 목을 삭- 그어버린다. 튀는 핏줄기와 함께 절명하는 안경남.

오택   안 돼!!!!!

SLOW MOTION
오택.. 옅어진 안개 사이로 피칠갑된 모습의 금혁수와 시선 마주친다.
반쯤 정신이 나가 덜덜 떨며 뒷걸음질 치는 오택.
금혁수, 피식 웃으며 오택에게로 다가간다.
다급해진 오택, 경차 운전석을 향해 내달리는데..
바닥에 떨어져 있는 캔을 잘못 밟으며.. **철푸덕-** 앞으로 고꾸라지는 오택..
오택 손에 들린 야전삽은 저 멀리 날아가버리고..

저벅.. 저벅.. 다가오는 금혁수.. 손에 들린 시퍼런 칼날에선 붉은 피가 뚝.. 뚝..
금혁수, 칼을 고쳐 쥐고 넘어진 오택을 향해 내리꽂는다!

금혁수   으아아악!!

굳어버린 오택의 표정에서-

3화

모든 일에는
대가가 따른다

1. 유튜브 동영상

총기 전문 외국 유튜버가 권총 사용법을 설명하는 동영상이 플레이되고-

2. 주택가 외진 골목길 / N

차 안의 황순규, 유튜브 영상을 보는데..
똑똑- 운전석 창문을 두들기는 중년 남자, 깊게 팬 주름이 인상적인 **백사장**
이다.
백사장은 황순규와 눈 마주치자 조수석 쪽으로 가서 문 열고 올라탄다.
황순규는 준비해둔 돈봉투를 건네고, 백사장은 잠시 돈봉투를 바라보더니 결국
받아 품에 넣은 후 무언가가 담긴 종이백을 꺼낸다.

백사장   내가 이게 잘하는 짓인지 아직도 판단이 안 섭니다.

황순규   ......백사장님이 저 믿고 이해해주신 유일한 분이세요. 감사하게
            생각하고 있습니다.

백사장   감사 인사 같은 건 필요 없고.. 약속해요. 이건 정말 최후의 수단
            인 겁니다. 도저히 다른 방법이 없을 때 쓰는 거예요.

황순규 끄덕이면, 그제야 종이백 건네는 백사장.. 열면 권총 한 정이 들어 있다.

백사장   쏠 수 있겠어요?

황순규   인터넷에서 봤어요.

백사장   하아.. 줘봐요. 알려줄게.

백사장 손 내미는데, 황순규는 유튜브에서 보고 배운 대로 차분하게 탄창 멈치를 눌러 탄창을 제거하고, 슬라이드를 철컥 후퇴 고정시켜 약실 안에 실탄이 없음을 확인한다. 다시 슬라이드를 전진시키고 총구를 바닥으로 향한 채 격발. **딸깍-** 소리로 정상적으로 작동하는 총임을 확인한다. 제거했던 탄창을 다시 삽입한 후 안전장치 걸고,

황순규   (조금 긴장된 말투) 됐죠?

백사장은 여전히 걱정된다는 표정인데,
황순규는 결연한 표정으로 뒷좌석에 놓아두었던 백팩에 총을 집어넣는다.
이때, 차 안을 파고드는 경찰차의 경광등 불빛!
짐짓 긴장했던 순규는 휙- 고개 들어 보는데...

백사장   (안심시키며) 동네 순찰 도나 보네요.
황순규   아..

황순규, 이내 긴장 안 한 척 총이 든 백팩을 뒷좌석에 놓고 내비에 '**묵포항**' 찍는다.

황순규   묵포 밀항선 알아보는 대로 연락주세요.
백사장   (잠시 보다 고개 끄덕하고 차 문 연다) 조심해요.

백사장 멀어지면.. 깊게 호흡 내뱉는 황순규... 출발한다.

모든 일에는 대가가 따른다

3. 서해안 고속도로, 임시 졸음쉼터 / N

SLOW MOTION

오택.. 옅어진 안개 사이로 피칠갑된 모습의 금혁수와 시선 마주친다.

반쯤 정신이 나가 덜덜 떨며 뒷걸음질 치는 오택.

금혁수, 피식 웃으며 오택에게로 다가간다.

다급해진 오택, 경차 운전석을 향해 내달리는데..

바닥에 떨어져 있는 캔을 잘못 밟으며.. **철푸덕-** 앞으로 고꾸라지는 오택..

오택 손에 들린 야전삽은 저 멀리 날아가버리고..

저벅.. 저벅.. 다가오는 금혁수.. 손에 들린 시퍼런 칼날에선 붉은 피가 뚝.. 뚝..

금혁수, 칼을 고쳐 쥐고 넘어진 오택을 향해 내리꽂는다!

금혁수 으아아악!!

질끈 두 눈 감는 오택! 흡, 숨도 멈춰지는데...

고통이 느껴지지 않아 슬며시 눈을 뜨고.. 천천히 뒤돌아보면..

눈앞에 번득이는 시퍼런 칼날에서 핏물이 오택 동공으로 뚝- 뚝-

오택, 핏물이 들어간 눈을 깜빡이며 위에서 말없이 내려다보는 금혁수를 본다..

오택 (바르르 떤다) 살려주세요... 조용히 운전만 할게요.. 제발요..

무서운 눈빛으로 오택을 노려보는 금혁수.. 눈빛으로 사정하는 오택..

긴장된 오랜 침묵 끝에.. 금혁수가 피식- 웃는다.

금혁수	그런 눈빛으로 보면 마음 약해지잖아요. 알았어요. 안 죽일게요.
오택	고맙..습니다..

금혁수, 일어나 경차 안을 살펴본다. 블랙박스를 기계째 뜯어내고 안의 메모리 카드를 부러트린 후 블랙박스와 메모리 카드 잔해를 어둠 속 허공으로 던져버리고, 컵 홀더의 생수로 피 묻은 칼을 씻어낸 뒤 슬링백에 넣는다.
안경남의 시체로 다가가 잡아끌기 시작하는 금혁수.. 무게 때문에 쉽지가 않자..

금혁수	기사님. 같이 들죠? 저 혼자 하긴 그렇잖아요. 이게 다 기사님 때문에 벌어진 일인데.
오택	(여전히 덜덜덜) ...
금혁수	(정신 차리라는 듯 박수 짝- 짝-) 기사님! 기사님!
오택	네? 네.. (안경남의 다리 쪽으로 향하면..)
금혁수	머리 들어요. 머리. 쉬운 거 하려고 하지 말고.

오택, 얼이 나간 상태로 금혁수의 지시대로 안경남 머리 쪽으로 다가가는데..
오택의 시선에 들어오는 차가운 시체가 된 안경남의 얼굴.. **허억-**
차마 보지 못하고.. 눈을 질끈 감으며 고개 돌린다. 어이없다는 듯 웃는 금혁수.

금혁수	잡으세요. 토막 내야 되니까.
오택	네?
금혁수	머리랑 팔다리 잘라서 버려야죠. 이대로 둬요 그럼?
오택	(경악) ?!!!
금혁수	큭. 농담이에요.
오택	(황당함에 보면)
금혁수	옮기죠.

오택, 시체 옮기는데.. 저멀리 뿌연 안개 사이로 빠르게 다가오는 차량 불빛 보인다.
오택은 희망을 품으며 다가오는 불빛을 보지만,
차량 불빛은 아무것도 모르는 듯 쌔앵- 지나쳐버리고..

금혁수는 경차 운전석으로 옮긴 안경남 시체를 옷으로 덮어 자는 것처럼 보이게 한다.

금혁수　　나쁘지 않네. (오택에게) 힘드세요? 저거 마무리하고 쉬죠.

정장남에게 다가가는 금혁수.. 오택도 정장남에게 다가가는데..
순간.. 오택의 다리를 턱-! 부여잡는 정장남의 손. 아직 숨이 붙어 있다.

오택　　(비명 지르며 주저앉는다) 으아아아악-!!

금혁수 짜증 나는 듯 쯧- 혀를 차고 일어나며 가방에 넣었던 칼을 다시 꺼내든다. 순간.. 정장남의 몸을 자신의 몸으로 방어하듯 막아서는 오택.

오택　　사사사..살려주세요!!
금혁수　　(영문 몰라) 살려드렸잖아요?
오택　　(두려움을 애써 누르며) 이 청년.. 죽이지 말아요.
금혁수　　(어이없어) 기사님. 이 사람 알아요? 가족이에요?
오택　　아니요..
금혁수　　근데 왜요?
오택　　...
금혁수　　뭐야? 이유도 없잖아요.
오택　　굳이 죽여야 될 이유도 없잖아요!!

금혁수	내 얼굴 봤잖아요.
오택	밀항하면 끝이라면서요. 밀항만 성공하면 나도 살려주겠다고 했잖아요! 다 거짓말이었어요?
금혁수	... (피식) 기사님. 딜 잘하시네..
오택	부탁입니다..
금혁수	기사님은 이 사람 살리기 위해서 어디까지 갈 수 있어요?
오택	네?
금혁수	이 사람 살리기 위해서 뭘 걸 수 있냐고요?
오택	(꿀꺽-) ...
금혁수	큭큭. 그만하죠. 트렁크에 실어요.
오택	(안도의 한숨) 하..

금혁수가 택시 트렁크를 열면 자기 캐리어가 실려 있고,

금혁수	캐리어 좀 뒷좌석으로 옮겨주실래요?
오택	예..

오택, 무거운 캐리어를 낑낑거리며 뒷좌석으로 옮긴다.
금혁수는 빈 트렁크 안 구석에 있는 공구 박스를 발견하고 열어본다. 세차용 티슈나 광택제 같은 차량 용품부터 각종 공구들이 보인다. 그중.. 펜치를 집는 금혁수.

오택	옮겼습니다.

트렁크로 다가온 오택.. 금혁수는 순식간에 오택 오른손 엄지손가락을 꽉! 붙잡는다.

금혁수   근데요.. 모든 일에는 대가가 따르는 거예요.

펜치로 오택의 오른손 엄지손톱을 빠드득- 뽑아내버리는 금혁수!

오택   으아아아아악!!!!!!

4. 서서울 톨게이트 / N

INS.

서서울 톨게이트 전경. 전광판 안내 문구 **['짙은 안개' 구간 주의 · 절대 감속]**

"통행권을 뽑아가십시오."

지잉- 나오는 티켓을 뽑는 황순규, 선바이저에 티켓을 꽂으며 차량 가속하고-

5. 서해안 고속도로, 임시 졸음쉼터 / N

오택, 손톱 빠져 피 흘리는 엄지를 부여잡고 고통에 괴로워한다.
금혁수는 글러브 박스로 가서 뭔가를 가져온다. 오택에게 받았던 소독약과 반창고..

금혁수   (트렁크에 던지고) 소독하세요. 염증 생기면 안 되니까.. 큭.

고통스러운 오택이 어물쩍거리면.. 금혁수, 던졌던 소독약을 집어 뚜껑 열고 오택 손을 확 잡더니 그대로 상처에 부어버린다. **치이익**- 기포.

오택	흡!!
금혁수	(오택이 움직이자 꽉 붙잡고) 가만있어요. 지혈 중이잖아요.
오택	(부들부들 떨며 심호흡) 후.. 후.. 후..

CUT TO

오택, 초주검 상태인 정장남이 실린 택시 트렁크 문을 닫는다.
오택과 금혁수는 각각 운전석과 조수석에 올라탄다. 뒷좌석에 실린 캐리어.
오택의 택시는 임시 졸음쉼터를 떠나 다시 고속도로에 진입하고..

6. 서문 경찰서, 형사2팀 / N

이형사, 대학가 행사장에서 난동 부린 취객을 앉혀두고 조서를 쓰고 있다.
꾸벅꾸벅 졸아대는 취객, 테이블을 두드려보지만 꿈적 않고 코까지 골아대며..

취객	(잠꼬대) 술맛 떨어지게.. 다 덤벼 이씨.. 지가 뭘 안다고 씨부리고..

이형사는 어이없어 헛웃음 나오고, 최형사가 커피 한 잔 타와 이형사에게 건네는데,

취객	(최형사 가리키며) 어?! 폭력 경찰! 물러나라~ 물러나라~

취객이 자리에서 일어나다 뒤로 벌러덩 자빠지고,

이형사   아 진짜.. 야. 들자.

이형사와 최형사가 인사불성인 취객을 들어 벤치로 옮긴다.

최형사   (머리 긁적이며) 죄송합니다. 저 때문에..

이형사   지랄한다. 뭐가 너 때문인데? 불금에 유흥가 한복판에 좌판 깐 인간 때문이지.

최형사   그래도요.. 하.. 김형사님은 괜찮으실까요..?

7. 서울, 도로 - 한국대병원 뒤편 / N

김중민   죄송합니다.

밤거리를 달리는 서장의 차 안. 운전하는 서장 수행비서, 조수석의 김중민, 뒷자리 상석의 서장과 운전석 뒤 각 잡고 앉아 있는 팀장. 김중민은 푹- 고개 숙이고 단단히 화가 난 서장의 분노를 고스란히 맞고 있다.

서문서장   죄송하면 다야! 김중민! 너 뭐 한 거야? 뭐 하느라 정신 팔려서 알짱대는 취객 하나를 못 막고 당대표가 음식물 쓰레기를 뒤집어쓰게 해?

서장의 차, 병원 정문으로 들어서면

팀장   (뭔갈 보고) 서장님.

서문서장   (흥분에 겨워) 거기 기자들도 많았다며? 잘~한다. 경찰 쪽팔린 꼬라지 아주 제대로 보여줬네. 진짜 쪽.팔.려서 내가.

팀장　　서장님.

서문서장　뭐뭐. 무슨 말이 하고 싶은데?

팀장　　기자들입니다.

놀란 서장이 앞을 보면, 병원 정문 앞에 모여 있는 기자들 보이고

서문서장　야이씨! 차 돌려! 다른 문 없어?

김중민　(수행비서에게 방향 가리키며) 저쪽으로 가. (서장에게) 별관 VIP 병
　　　동에 계시니까 뒷문에서 바로 연결됩니다.

팀장　　(중민 감싸며) 아이고~ 그새 또 그걸 알아봤나? 그래 임마. 너 빠
　　　릿빠릿 일 잘하는 놈이잖아. 오늘 일은 재수가 없으려니까 그런
　　　거지?

서문서장　염병 쏘고 있네.

팀장, 김중민　죄송합니다.

서문서장　나 먼저 들어가서 대표님 만나 뵐 테니까 니들은 밖에서 대기하
　　　고 있다가 신호 주면 들어와서 사과해. 제대로 사과하란 말이야.
　　　알았어?

팀장, 김중민　네.

차가 뒷문에 멈춰 서고, 김중민 내려 상석 문 열면 서장 내린다.

팀장　　서장님. 잠시만요. (주변을 두리번거리며 혼잣말) 왜 이렇게 늦어?

팀장이 두리번거리면 차 한 대가 빠르게 달려와 서고, 운전석에서 내린 박형
사가 과일 바구니를 꺼내 들고 달려와 꾸벅 인사하고 건넨다.

팀장	(받으며) 좋은 거 맞지?
박형사	네. 백화점 겁니다.
팀장	(서장에게) 아유~ 우리 팀 애들이 원래 이렇게 일을 잘한다니까요. 들어가시죠.

서장과 팀장 빠르게 병원 안으로 들어가면, 김중민은 후우.. 작은 한숨 내쉬고.

김중민	(박형사에게) 이 밤중에 저걸 어떻게 구했냐?
박형사	현실을 받아들이라면서요. 자영업 자신 없어서 죽기 살기로 찾아왔슴다.
김중민	수고했다.

박형사 어깨 툭툭 쳐주는 김중민, 안으로 향하며 병원 건물 한번 올려다보면.. 그제야 보이는 병원의 전경.. 여기는 정이든이 사망한 그곳, **'한국대병원'**이다.

8. 서해안 고속도로 / N

오택의 택시는 서서히 안개 지역을 벗어나 달리기 시작한다.

삐---- 이명과 함께 멍한 상태로 경황 없이 운전 중인 오택.. 식은땀이 계속 흐르고.. RPM과 속도가 떨어지는데..
번쩍번쩍 뒤차가 하이빔 쏘고 추월해 지나간다.
화들짝 놀란 오택, 다시 액셀을 밟는다.
오택 눈앞에서 탁탁 손가락 튕기는 금혁수.
오택, 조수석의 금혁수 보지만 이명에 소리 잘 안 들리다가.. 사운드 돌아오면-

금혁수	(앞쪽 가리키며) 와이퍼요.
오택	네?

오택, 보면 와이퍼가 켜져 마른 앞 유리를 삐익- 삐익- 닦고 있다. 와이퍼 <u>끄고</u>..

금혁수	기사님. 운전에 집중하셔야죠. 많이 긴장되세요?
오택	아.. 예..
금혁수	(내비 보고) 묵포까지 1시간 남았네. 좀만 더 들어주시면 되겠네요.
오택	뭘.. 들어요..?
금혁수	말했잖아요. 기사님한테 제 얘기하고 싶다고..
오택	저기.. 또 그런.. 사람 죽이고.. 그런 얘기.. 그러니까.. 저는..

오택.. 두려움을 느끼고 다시 호흡 가빠지자..

금혁수	기사님. 릴랙스하세요. 릴랙스~ 따라해보세요. 쓰읍 후.... 쓰읍 후....

심호흡을 권유하는 금혁수의 친절한 표정이 오택에게는 강요로 느껴지고..
쓰읍 후.. 후.. 어쩔 수 없이 따라 하는 오택.

금혁수	창문 열고 심호흡 좀 하시죠.

오택, 창문을 열고 바깥 공기를 크게 들이마시자 조금 진정된 모양새다.

금혁수	좀 나으세요?
오택	아.. 네.. (창문 올리면)
금혁수	다행히 얼굴색은 돌아오셨네. 아까 어디까지 얘기했죠? 아. 첫 번째 살인 얘기하고 끊겼구나..

오택   하아.. 도대체.. 몇 명이나... 죽인 겁니까?

금혁수   (뽑은 오택의 손톱을 만지작거리며) 세보진 않았는데..

금혁수, 흡- 손톱 냄새를 맡더니 오택의 손톱을 오택의 셔츠 주머니에 고이 넣어주고 톡톡 친다. 오택은 흠칫 놀라지만.. 겁이 나 금혁수 쪽은 보지 못한 채 계속 운전하고..

금혁수   첫 살인을 하고 나서 확실히 깨달았어요. 나는 평생 살인을 해야
                  할 운명이구나..

9. (과거) 극장

어딘가 백스테이지. 어둡고 좁은 통로를 지나는 금혁수. 옆으로 길게 붙여진 연극 〈메피스토〉 포스터. 저벅저벅 걸어가는 금혁수, 암막 앞에서 잠시 숨 고르고..

금혁수E   살인이 운명이라면.. 즐겨야지.

획- 암막 걷으면.. 〈메피스토〉 연극 무대.
조명이 번쩍- 번쩍- 검은 연기가 피어오르는 계단 위에 금혁수가 모습을 드러낸다. 섹시한 팝 스타처럼 핏빛 망토를 두른 금혁수는 악마 '메피스토펠레스'役이다.
마치 인간을 내려보는 신과 같은 위용으로 높은 제단 위에 우뚝 선 메피스토 금혁수, 희생양을 찾는 눈빛으로 말없이 아래쪽을 주욱 훑어보면-

10. (과거) 몽타주

— 주택가 골목길에서 리어카 끄는 폐지 줍는 노숙자1.. 공원 벤치에 널브러져 있는 노숙자2.. 어느 외진 공간에서 쭈그리고 앉아 있는 노숙자3.. 조금 떨어진 곳에서 금혁수가 폴라로이드 카메라로 그들의 모습을 담는다. 찰칵- 찰칵- 찰칵-

금혁수E　 처음에는 잉여 인간들 중에서 사냥감을 골랐어요. 범인 잡아달라고 도시락 싸 들고 쫓아다닐 가족 하나 없는..

— 차도 사람도 없는 고가 도로 위에서 리어카를 끄는 노숙자1 보이면, 금혁수가 빠른 속도로 다가가더니 그대로 노숙자1을 들어 난간 아래로 추락시킨다.

— 모자를 푹 눌러쓴 금혁수의 장갑 낀 손에 들린 음료와 햄버거 세트. 노숙자2에게 먹으라고 건네주며 금혁수는 선한 미소를 지어 보이고-

— 어느 뒷골목. 테이프로 붙인 뿔테 안경을 쓴 노숙자3이 쭈그리고 앉아 담배 피우는데.. 횟- 소리에 올려다보면.. 어두운 허공 속에서.. 부웅- 벽돌이 자유 낙하.. 쿵!

11. (과거) 극장

연극 무대. 제단 위의 메피스토금혁수가 핏빛 망토를 휘리릭 휘감으며 아내의 시체 앞에서 울부짖는 파우스트役 노인이 있는 무대로 계단을 걸어 내려온다.

화면을 압도하는 핏빛 망토에서-

12. (과거) 금혁수 집 / D

위잉- 블렌더 속에서 갈리는 핏빛 스무디.

INS.

어느 뒷골목. 경찰이 노숙자3의 시신을 표시해둔 스프레이 자국만이 남아 있고.. 노숙자3이 쓰던 부러진 뿔테 안경은 피 얼룩이 묻은 채 바닥에 버려져 있다.

금혁수E   기사 한 줄 안 났어요. 세상이 그렇잖아요. 잉여들 죽음에 누가 관

심을 갖겠어요?

금혁수 집. 샤워 마친 금혁수가 부엌에서 스무디를 마신다. **꿀꺽..**

INS.

찰칵- 노숙자4가 폴라로이드 인화지에 모습을 드러내고..

꿀꺽..

INS.

찰칵- 노숙자5가 폴라로이드 인화지에 모습을 드러내고..

꿀꺽.. 하는데.. 흠칫- 마시다 말고 인상 구기는 금혁수, 냄새 맡아보는데 문제

가 없는 듯 갸웃하고 다시 코를 막고 스무디를 마셔보는데.. 우웩- 넘기지 못

하는 금혁수, 수챗구멍에 블렌더 속 스무디를 버리고 물을 틀어 흘려보낸다.

금혁수E   그런데.. 질리더라고요. 뭔가 색다른 걸 원했어요. 좀 더 자극적이
　　　　　　고.. 성취감이 있는..

핏줄기처럼 꿀럭꿀럭 수챗구멍으로 빨려 들어가는 스무디 액체..

금혁수, 냉장고에서 콜라 캔을 꺼내 칙- 따서 들고 거실 소파에 앉아 TV를 튼다.
생활 정보 프로그램의 리포터가 맛집을 찾아가 인터뷰하는 영상이 나온다.
콜라 캔 하나를 원샷하더니 트림 참듯 흐읍! 숨을 참는 금혁수.
트림 참는 금혁수 시선에 보이는 TV. 손님들 중 친구들과 단체티 입고 밥 먹
는 해맑은 표정의 남윤호 보이고, 숨 참느라 힘든 금혁수는 왠지 남윤호에게
시선이 가는데..

리포터   맛이 어때요?
남윤호   진짜 최고예요! 저희 학교 학생들은 모두 이 집 단골입니다!
리포터   다들 단체로 똑같은 옷을 입고 있네요?
정이든   여기 이 형이 세양대학교 총학생회장 후보 남윤호입니다. 다들
　　　　　　선거복 입은 거예요~
친구들   기호 1번 남윤호! 남윤호! 남윤호! (윤호에게) 공약 얘기해~
남윤호   편견과 혐오를 넘어 우리 모두 하나가 됩시다!

얼굴이 새빨개진 금혁수, 윤호 멘트에 그만 **껙**- 트림이 터져버린다.

리포터   친구들 모두 파이팅이 넘치네요. 맛은요? 맛은 어떤데요?
친구들   맛있습니다! 최고예요!
리포터   (남윤호에게) 이 맛있는 음식. 딱 한 사람한테만 추천한다면?

남윤호   저 서울 보내놓고 혼자 고생하시는 엄마랑 같이 먹고 싶습니다.

엄마 사랑해! 자주 못 가서 미안~ 내 맘 알지? (손하트 뿅뿅~)

피유.. 길게 숨 내뱉는 금혁수, TV 속 손하트하는 남윤호를 뚫어져라 바라보며 버릇처럼 귓불을 만지작거리는데.. 뭔가 재밌는 생각이 떠오른 듯 입꼬리가 올라가고..

금혁수E   마침 TV에 마마보이놈이 하나 나왔어요. 나이 처먹고 "엄마 사랑해~"는..

13. (과거) 세양대학교 / D

남윤호, 정이든과 함께 게시판에 '**편견과 혐오를 넘어**' 헤드라인의 선거 유세용 대자보를 붙인다. 그런데.. 어디선가 들려오는 **지잉**- 소리.
대자보 게시판 사이 틈으로 자전거 한 대가 빠르게 사라지는 게 보이고-
남윤호는 이상하다는 듯 멀어지는 자전거 보다가 다시 대자보 붙이기에 집중하는데..

나무 그늘 아래 서 있는 사이클에 걸터앉은 라이더 복장의 금혁수..
손에 든 폴라로이드 인화지를 흔들면.. 이미지가 선명해지는데..
황순규가 금혁수의 집에서 찾아낸 바로 그 남윤호 사진이다!

14. 서해안 고속도로 / N

금혁수	그렇게 새로운 타겟은 정했지만.. 이번엔 방법이 달라야 했어요. 잉여들하고는 다르게 마마보이한테는 기사님처럼 그놈을 사랑하는 가족이 있었으니까.
오택	('가족'이란 말에 금혁수 보다 시선 충돌하자 피한다)
금혁수	잘못하면 꼬리가 밟힐 수 있었죠. 그래서 고민을 좀 했는데..

15. (과거) 극장

무대 왼쪽이 밝아지면, 메피스토금혁수가 씩 웃으며 칼을 휘두른다. 암전-
무대 오른쪽이 밝아지면, 젊은파우스트가 마치 꼭두각시처럼 메피스토금혁수가 칼을 휘둘렀던 모션 그대로 칼을 휘둘러 발렌틴을 공격한다. 다시 암전-
무대 왼쪽이 번쩍- 메피스토금혁수는 칼을 휘두르고 암전-
무대 오른쪽 번쩍- 젊은파우스트는 꼭두각시처럼 메피스토금혁수를 꼭 닮게 칼을 휘둘러 발렌틴을 찌른다! 발렌틴 쓰러지면,

금혁수E	그런 생각이 들더라고요..

16. 서해안 고속도로 / N

금혁수	내가 직접 죽일 필요는 없잖아?
오택	누구를 시켜서.. 죽였다는 건가요..?
금혁수	반은 맞고 반은 틀렸어요. 제 계획은.. 마마보이가 마마보이 자신을 죽이는 거였으니까.

17. (과거) 한강 / D

남자친구와 함께 한강 위 오리배를 타는 남윤호를 지켜보는 시선.
내리쬐는 햇살 아래 두 사람의 친밀한 모습들이 찰칵- 찰칵- 사진 찍히고..

금혁수E   초심자의 행운이랄까. 만인의 연인, 인싸 중의 인싸 남윤호가 감
추고 있던 비밀은 꽤 치명적이었고.. 가능하겠다 싶었죠.

18. (과거) 도서관 / D

모자를 깊게 눌러쓴 금혁수가 컴퓨터 앞에 앉아 대학 익명 커뮤니티에 글을
쓴다.
〔**세양대학교 총학생회장 후보 남윤호의 실체를 고발합니다**〕라는 제목의 글
에 남윤호가 동성 연인과 스킨십하는 사진 이미지들이 올라가면-

19. (과거) 몽타주

- 커뮤니티에 연이어 올라오는 남윤호 관련 고발 글들..
  〔**ㄴㅇㅎ와 연인 관계였던 사람입니다**〕〔**남윤호 후보 사퇴를 요구합니다**〕
  〔**남윤호 고교 동창입니다**〕〔**남윤호 걍 나락이네**〕〔**폭로글 추가합니다**〕...

금혁수E   마마보이놈을 강제로 아웃팅시키고 거기 더해서 데이트 폭력이
있었느니, 고등학교 때 왕따 주동자였느니 하는 주작글 몇 개 더

올렸더니.. 와.. 루머는 한번 발동만 걸어주면 되더라고요. 스스로
번식하니까 제가 특별히 뭘 할 필요도 없었어요. 모두의 친구이
자 빛나던 총학생회장 후보의 약점을 알게 된 순간 다들 언제 그
랬냐는 듯 뼛속까지 갉아먹고 싶어 했거든요.

— 처음 게시글에 달렸던 우호적, 중립적이었던 댓글들은 점차 부정적으로
변해간다..
〔**관상은 과학이라더니**〕〔**난 남윤호 원래 호모 같아서 개극혐했음**〕〔**학폭까**
지? 뼈2 멀리 안 나간다〕〔**차라리 주작이길**〕〔**저 정도면 빼박 아님?**〕〔**게**
이 박멸!〕

— 화훼농원. 황순규를 도와 비료 포대를 나르던 남윤호, 메시지 알림음 울리자
핸드폰을 보며 어두운 표정이 되는데.. **"아들~!"** 아무것도 모른 채 김치전
에 막걸리 가져오는 엄마 순규 보이자 밝게 웃어 보이는 남윤호, 조용히 폰
을 주머니에 넣는다.

— 자신을 보며 수군대고 손가락질하는 학생들의 시선 느끼며.. 정이든과 함
께 선거 공약 대자보를 떼어내는 남윤호..

20. 서해안 고속도로 / N

오택   자살을.. 하게 하려고 했다는 겁니까?
금혁수   맞아요. 근데 잘 안 죽더라고요. 오히려 잘된 거죠. 쉽게 죽어버리
면 재미없으니까.

21. (과거) 극장

금혁수E   좋게 생각하기로 했어요. 제가 본무대에 오를 때가 된 거라고.

구경꾼들이 가득한 가운데 그레트헨의 화형식이 준비되고..
노인으로 돌아간 파우스트가 화형대에 오른 그레트헨을 보며 괴로워하면,
메피스토금혁수, 화형대의 장작더미를 태울 횃불을 들고 천천히 등장한다.

파우스트   (비탄의 절규) 아아아아악!!!

22. (과거) 몽타주

– 정신과 상담실. 정신과의사(2화, #1 등장)가 금혁수를 진료 중이다.

금혁수   약 좀 처방해주세요. 많이.

– 처방전 약을 꺼내 약절구에 넣고 빻아 가루 내는 금혁수, 어느 텀블러 안에
   가루약과 커피 넣고 흔들면-

– 학교 도서관. 텀블러를 옆에 두고 공부하던 윤호가 일어나 화장실로 향하
   고, 같은 텀블러를 들고 다가온 금혁수가 윤호의 텀블러와 바꿔치기. 샤샥-

– 돌아온 윤호, 텀블러 한 모금 마시고 공부하는데.. 자기도 모르게 감기는
   눈.. 부릅떠보지만 계속 꾸벅거리고.. 깜빡- 눈뜨면 주위 학생들이 다 사라
   진 한밤중!

- 가루 낸 약을 텀블러 안에 더 많이 넣고 흔드는 금혁수.

- 학교 교정 벤치. 꾸벅꾸벅 졸고 있는 남윤호.

- 도서관. 복사기로 자료를 복사 중인 윤호.. **징- 징-** 움직이는 복사기 빛을
  얼이 빠진 듯 멍하게 보고 있는데.. 갑작스런 경고음. 보면, 복사기에 종이
  가 끼었다. 윤호는 정신 차리고 힘을 줘 종이를 쭉- 빼내는데.. 종이와 함
  께 튀어나오는 수십 마리 바퀴벌레들!!! **으아악**- 환영이었고.. 사람들, 놀
  라 쳐다본다.

23. (과거) 골목길 / N

드문드문 노란 가로등 빛 드리워진 늦은 시각 주택가 골목길. 행인 하나 없고..
등장하는 윤호. 집으로 향하며 텀블러 한 모금 마시는데,
웅-웅-웅- 메시지 도착 진동음에 노이로제 반응 보이며 폰을 보면..
'니 애미는 게이새끼 낳고도 좋다고 미역국 처먹었냐?'
욕 문자를 받는 일이 일상이 된 듯.. 한숨 쉬며 폰 집어넣는 윤호.. 그때-
딱-
손가락 튕기는 소리에 휙- 돌아보면 아무도 없는데..
딱-
다른 방향에서 들리는 손가락 튕기는 소리!
돌아보면 어둠 속에서 모자 쓴 남자 실루엣이 휙- 사라지고..
딱-
또 다른 방향! 그사이 이동이 불가능한 다른 골목의 모자 쓴 남자 실루엣!
어둠 속 남자 실루엣은 남윤호를 지그시 응시하는 것 같고..

마치.. 맹수처럼 실루엣 속에서 번득이는 안광이 보이는 것 같은데..

꿀꺽- 침을 삼키는 남윤호, 백팩 올려 메고 발걸음 속도를 높이지만..

딱- 딱- 딱-

망상증 환자의 환영처럼 실루엣 남자가 분신술하듯 곳곳에서 모습 드러내고-

남윤호　　　(공황이 찾아오며) 누구야!! 누구냐고!!!!

퍽- 남윤호, 뒤통수 가격당하고 쓰러진다.

남윤호E　　　어둠 속에서 지켜보고 있어..

흐릿해지는 시야 속 다가오는 실루엣 남자.

남윤호E　　　그리고 속삭여. 죽으라고..

그림자에 가려 안 보이는 얼굴 속.. '죽어'라고 중얼거리는 듯한 남자의 입 모양 보이면,

24. (과거) 세양대학교, 캠퍼스 벤치 / D

지치고 피폐해져 과거의 해맑음이 완전히 사라진 윤호, 후배 정이든과 이야기한다.

정이든　　　누구요? 지난번에 말한 그 남자요?

남윤호　　　응. 어제도 술집 밖에서 지켜보고 있었어.

정이든	아.. 얘기 들었어요. 호프집에서 형 쓰러졌다고.
남윤호	다들 나 미쳤다고 수군대지?
정이든	(눈 피하며 고개 숙인다) ..
남윤호	근데 그 남자는 진짜야. 사물함에 이런 것도 넣어뒀더라.

윤호, 폰 열어 사진 보여주면.. 사물함 안에 들어 있는 농약 보이고,

정이든	형, 예전에 힘들어서 이거 산 적 있다고 했잖아요. 혹시..
남윤호	난 사물함에 넣은 적 없어. 쓰레기통에 버렸지. 이건 그놈이 나한테 신호 보낸 거야. 얼른 죽어버리라고.

정이든, 윤호 말에 어떻게 반응해야 할지 고민하다 조심스럽게.

정이든	형.. 병원은 계속 다니고 있는 거죠?
남윤호	....왜?
정이든	(불편함에 대답 피하고) ......
남윤호	(조금 예민하게) 그건 왜 물어보냐고?
정이든	어디서 봤는데... 우울증이 심해지면 그런 일 겪기도 한다고..
남윤호	그런 일?? 뭐? (설마..) 망상..? 환청?
정이든	(부정하지 않고 바라보며) 졸려도 약 끊으면 안 된다고 의사가 그랬다면서요. 형, 약 계속 먹고 있는 거 맞아요?
남윤호	(배신감이 차오른다)
정이든	정신과 약.. 나쁜 거 아니래요.. 의사 말 듣고-
남윤호	아니라고!!! 나 안 미쳤다고! 제발 나 좀 믿어달라고..! 아무도 안 믿어주는데.. 정이든, 정말 너까지 이럴 거야?!

윤호의 폭발에 주변 학생들 이목이 집중된다.

25. 서해안 고속도로 / N

금혁수   사람들은 자기 상식에서 벗어난다 싶으면 아무리 진실을 말해도 믿질 않아요. 기사님처럼 남의 얘기 잘 믿어주면 좋을 텐데..

오택   대체.. 이유가 뭡니까.. 왜 그렇게까지 사람을 죽이는 거예요..?

금혁수   할 수 있으니까.

오택   (놀라 금혁수 본다) ...... 그게 이유예요? 할 수 있어서?

금혁수   (대답 없이 오택을 본다. 평온한 표정..)

오택   그럼 그 학생은..?

26. (과거) 남윤호 자취방 / D

원룸 내부. 닫힌 현관문이 보인다. **똑똑똑**- 노크 소리.

다시 **쿵쿵쿵**- **쿵쿵쿵쿵쿵**-

절박해지는 노크 소리 이어지지만 닫힌 현관문은 그대로..

잠시 후, **위잉**- 전동 드릴 소리 들리더니 **철컹**- 도어록이 바닥으로 **쿵** 떨어지고..

문이 열리면 서 있는 열쇠공 보이는데,

열쇠공을 확 밀치고 나타난 황순규가 허겁지겁 안으로 들어서 내부를 둘러본다.

원룸 내부는 깔끔한 성격을 드러내듯 정리 정돈이 잘 되어 있고..

황순규, 문득 돌아보면.. 닫혀 있는 화장실 문.. 불안한 직감이 엄습하며 화장실로 다가가 딸깍- 화장실 문고리를 잡고 열면.. 삐그덕..

SLOW MOTION

'**질소**'라고 적힌 가스통과 연결된 호스..

가스통과 연결된 흡입기를 꼭 쥔 손..

화장실 바닥에 축 처져 있는 다리..

푸르르 떨리기 시작하는 황순규의 눈꺼풀..

화면 가득 보이는 참혹한 표정의 황순규의 얼굴.. 비명 소리 터져 나온다!

황순규　　　안 돼!!!!!!!!!!!!!!!!!!!!!!!!

27. (과거) 극장

커튼콜이 시작되고, 어둠 속 관중석에서 환호와 박수갈채 들려오면..

스포트라이트 받는 메피스토금혁수가 관중석 쪽으로 답례 인사한다.

28. (과거) 장례식장 / D

환하게 웃고 있는 남윤호의 영정 사진..

검은 정장 차림의 조문객이 절을 올리고 있다.

빈소 구석에 충격으로 우두커니 있는 황순규 보이고..

절을 마친 조문객이 뒤돌아 황순규를 바라보면.. 금혁수다.

슬픈 표정 지은 채 예의 바르게 황순규에게 꾸벅 절을 하는 금혁수.

금혁수　　　얼마나.. 상심이 크십니까.

29. 서해안 고속도로 / N

오택   거기를.. 갔다구요?

끔찍함에 몸서리치며 탄식하는 오택..

30. (과거) 장례식장 / D

금혁수E   그때 느낀 건.. 이전과는 다른 카타르시스였어요. 잉여들을 죽였
              을 때 느꼈던 충족감이 핵폭탄이었다면 이건.. 빅뱅이라고 해야
              하나?

슬픈 조문객들 사이에 앉아 있는 금혁수,
비식- 웃음이 새어 나오자 감추려 고개를 푹 숙이는데..
어깨까지 들썩거리는 모습이 마치 우는 것처럼 보이자
어느 여성 조문객이 다가와 어깨를 다독여준다.
여성 조문객이 건넨 티슈를 받아 웃다가 흘린 눈물을 닦아낸 금혁수,
후.. 가까스로 웃음 참아내고.. 밝게 웃고 있는 남윤호의 영정 사진 바라보면..

31. 서해안 고속도로 / N

대시보드 위 액자 속 황순규와 남윤호가 함께 찍은 사진..
고속도로를 질주하던 황순규, 사진 속 환하게 웃는 아들 얼굴을 본다.

잠시.. 생각에 잠기면..

32. (과거) 서문 경찰서, 복도 / D

김중민E 남윤호어머님?

복도 벤치에 죄인처럼 앉아 있는 황순규에게 김중민이 다가온다.

33. (과거) 서문 경찰서, 회의실 / D

김중민 남윤호군은 극단적인 선택을 한 것 같습니다. 현장에서 타살 흔적이나 외부 침입 흔적이 발견된 것도 없었고요. 그리고.. 제가 조사를 하다가 발견한 게 좀 있는데..

황순규 (김중민 보면)

김중민 저.. 어머님.. 혹시.. 윤호군이 성소수자였던 사실을 알고 계셨습니까?

황순규 (놀란 표정.. 말없이 고개를 젓고..)

김중민 힘드시면 천천히 말씀드릴까요?

황순규 아뇨. 지금 말해주세요.

노트북을 돌려 황순규에게 보여주면, 금혁수가 저지른 마녀사냥 자료들이 보인다.

꿋꿋이 보던 황순규.. 결국 눈 감고 힘들어하면,

김중민   윤호군이 많이 힘들어했던 것 같습니다.

INS.

(과거, #19) 김치전과 막걸리를 윤호에게 가져가던 황순규 시점.. 살짝 어두웠던 윤
호가 엄마를 보자 밝게 웃으며 폰을 넣는데.. 애써 지은 웃음이란 게 티가 나고..

황순규   저는 그것도 모르고.. 아무것도 모르고.. (울컥) 엄마가 돼가지고..

김중민   (위로의 말을 하려다 차마 하지 못하고 휴지 건넨다) ...

황순규   제가 모르면 안 됐던 거잖아요.. 자식이 힘든 것도 모르면서.. 제
              가 무슨 엄마예요..

34. (과거) 화훼농원 / D

나무들이 시들어버려 삭막한 풍경 속..
황순규가 증거 보관용 지퍼백에서 남윤호 폰을 꺼내 켠다.
윤호의 폰에는 윤호 SNS에 남겨진 악플들.. 카톡과 문자로 날아온 욕설들.. 더
러운 이미지들.. 나가 죽으라는 메시지들이 수도 없이 보이고..
황순규는 두 눈 부릅뜨고 윤호를 괴롭힌 것들을 하나하나 확인한다.
사람들의 악의와 자신의 무지에 대한 분노가 비집고 올라오는데..

뭔가를 발견하고 멈칫- 하는 황순규.. 윤호가 후배 정이든과 나눈 카톡 내용
이다.
'형 괜찮아요?' '그 남자가 또 따라왔어. 정말 내가 죽어야 끝날 건가 봐.'

황순규   (혼잣말) 그 남자..?

정이든	윤호형이 자기를 계속 지켜보는 남자가 있다고 했어요.
황순규	그게 누군데?
정이든	저도 몰라요. 그냥 형한테 자살할 때까지 따라다니겠다고 했대요.
황순규	경찰에 신고는 안 했고?
정이든	경찰서 갔었는데.. 접수가 안 된다고..
황순규	왜?
정이든	그 남자가 진짜 존재하는지 확실치 않아서요.. 증거도 없었고.. (말을 잇지 못하고 고개 숙이면)
황순규	이든이도.. 윤호가 헛걸 봤다고 생각하니?
정이든	(머뭇거리다) 솔직히 말씀드리면.. 형이 아웃팅 이후로 워낙 힘들어했으니까.. 그래서 그런 거라고 생각했어요.
황순규	...
정이든	근데요.. 형 말이 맞을지도 몰라요.
황순규	(보면) ..
정이든	형 동기 중에 하나가 윤호형 그렇게 되고 나서 형 나오는 동영상을 인스타에 올렸더라고요. 너무한 것 같아서 내려달라고 하려다 봤는데..

정이든, 자신의 핸드폰 속 영상을 플레이해 황순규에게 보여준다.
생일파티 동영상(1화, #12). 두 눈 부릅뜨고 영상을 보는 순규..
"으아아아악!!" 윤호의 비명 소리.. **"왜왜? 윤호 왜 저래?"** 소리 들리고..

INS.
생일파티 동영상. 흔들리는 화면 속 창밖.. 호프집 안을 응시하고 있는 캡모자 쓴 남자의 흐릿한 실루엣!!

황순규	(놀란다) !!!
정이튼	보셨어요?
황순규	(천천히 끄덕) ...
정이튼	그 사람이.. 형이 말했던 그 남자.. 아닐까요?

황순규, 화면을 조금 앞으로 돌려 다시 플레이하고 실루엣 남자 등장하는 데 서 PAUSE. 화면 속 남자를 노려보는데..

정이튼	형한테 너무 미안해요. 제가.. 형을 안 믿어줬거든요. (울먹) 형이 정말 그런 선택을 할 줄은.. 진짜 그럴 줄은.. 몰랐어요. 죄송해요..
황순규	이튼이 잘못 아니야.. 미안해하지 마..
정이튼	형은 살고 싶다고 했어요. 자기는 살고 싶은데 자꾸 그 남자가 죽으라고 한다고.. 그놈이.. 형 죽인 거예요.. 다 그놈 짓이었다고요.. 윤호형 불쌍해서 어떡해요.. 미안해서.. 어떡해요..
황순규	(눈물을 꾹 삼키고) 괜찮아. 아줌마가 이 남자 찾을 거야.. 꼭 찾아서 죗값 치르게 할 거야. 내가.. 끝까지 찾을 거야..

36. 서해안 고속도로 / N

고속도로 위 황순규, 굳은 표정으로 달려간다.
앞에서 승합차가 서행하며 가로막자 추월해 지나치고..
그런 순규 너머로 오택과 금혁수가 들렀던 화송 휴게소 간판 보이면,

37. 서해안 고속도로, 화송 휴게소, 주차장 / N

휴게소이용객이 주차장에서 사라진 개를 찾고 있다.

휴게소이용객 레오야! 레오!

이용객, 멀리서 킁킁거리고 있는 하얀 대형견 레오를 발견하고 달려가 껴안
는데.. 손에 느껴지는 끈적한 감촉에 보면.. 레오의 입 주위와 가슴팍이 빨갛
게 물들어 있다!
레오가 있는 곳은 주차된 캠핑카 문 앞..
문 사이에서 핏줄기가 **뚝- 뚝- 뚝-** 떨어지고..
이용객은 이상함 느끼고 다가가 문고리 잡는데.. 덜컹- 문 열리고.. 보면..
눈앞에 캠핑카운전자의 시체가!!

휴게소이용객 (뒷걸음질 치며 엉덩방아) 으아아아아아아악!!!

38. 서해안 고속도로 / N

삐요~ 사이렌 소리!
운전하던 오택과 금혁수 돌아보면.. 고속도로 순찰대 차량이다.

순찰대1E	(메가폰) 육칠오오 택시. 속도 줄이고 갓길에 정차합니다.
금혁수	(또 뭔 짓을 한 거냐는 눈빛으로 보면)
오택	저 아닙니다. (속도 줄이려 브레이크에 발 올리자)
금혁수	계속 가요.

오택   그냥요?

오택의 택시, 무시하고 그냥 주행하면..

순찰대1E   (메가폰) 육칠오오 택시. 속도 줄이고 갓길에 차 세우세요.
금혁수   지갑 줘보세요.
오택   네?
금혁수   (무섭게 보며) 들었잖아요.

오택이 주머니에서 지갑 꺼내 건네면, 금혁수 받아 들고..

39. 서해안 고속도로, 교량 구간 / N

오택 택시, 갓길 없는 교량 구간에 들어선다. 뒤따르는 순찰차.

순찰대1E   육칠오오 택시. 교량 지나서 갓길에 정차합니다.

오택이 건넨 지갑에서 오택의 주민증을 꺼내는 금혁수.

오택   뭐.. 하는 겁니까?
금혁수   (지갑 속 가족사진도 찾아 꺼내어 본다) 아내랑 딸 하나 아들 하나.
오택   지금.. 뭐 하냐고요?!
금혁수   (주민증과 가족사진 뺀 지갑 다시 오택에게 던지며) 잘 들어요. 난 기
               사님의 모든 걸 알아요. 기사님 폰도 나한테 있고요.
오택   ?

금혁수	여기서 잡히면 트렁크 저놈 때문에 감옥에 가겠죠. 근데 저 정신 질환 있는 건 아시죠? '심신미약' 받고 반성문 좀 쓰면.. 길어야 10년?
오택	.....?
금혁수	10년 후엔 기사님 가족들 찾아가서 하나씩.. 하나씩.. 다 죽일 거예요. 아들.. 딸.. 아내.. 자식들이 결혼했으면 며느리, 사위, 손자들까지 전부. 그리고 마지막에 기사님을 찾아갈게요. 고작 10년 행복하자고 무슨 짓을 했는지 후회해도, 그땐 이미 늦었어요.

공포가 엄습하며 침을 꿀걱 삼키는 오택.. 교량은 거의 끝나간다.

순찰대1E	육칠오오 택시. 교량 지나면 바로 갓길에 정차합니다.
오택	(다급해지고) 나보고 뭘 어쩌라고요?
금혁수	어떻게든 돌려보내요.
오택	내가 어떻게요?!
금혁수	알아서 하셔야죠. 가족들 목숨이 걸려 있는데.
오택	제발요.. 저는 못해요.. 이러지 말아요..
금혁수	할 수 있어요. 가족들 많이 사랑한다면서요? 가족들 지키려면 용기를 내야죠!

혼란에 빠져 눈빛 흔들리는 오택.. 택시는 교량을 빠져나가고..

순찰대1E	육칠오오 택시. 갓길에 정차합니다. 거부하면 강제 정차 진행합니다.

딜레마에 빠진 오택. 금혁수는 오택에게 알아서 선택하라는 듯 조수석 시트를 뒤로 젖히고 몸을 깊숙이 뉘어 자는 척 자세 잡는다.

계속 갈등하던 오택은 결국 비상등 켜고 택시를 갓길에 세우는데..

40. 서해안 고속도로, 갓길 / N

오택의 택시 뒤로 차를 세우는 순찰대. 2명의 대원이 차에서 내려 다가온다.

오택의 심장 소리가 터질 듯 들린다.. **두근.. 두근.. 두근..**

똑똑똑 딱딱한 인상의 순찰대1이 운전석 쪽 창문을 두드린다.

창문이 천천히 내려가면.. 오택, 웃는 얼굴로 순찰대1을 맞이한다.

오택	수고하십니다. 제가 뭘.. 잘못했나요?
순찰대1	아까 정차하란 소리 못 들었습니까?
오택	그게 라디오를 크게 틀어놔서..
순찰대1	(조수석 쪽 보고) 손님입니까?
오택	아! 과음하셨어요. 대화나 하면서 가자고 앞에 타더니 세상모르게 잠들었네요. 음악을 크게 틀어도 안 일어나더라고요.
순찰대1	서울택시가 어디 가십니까?
오택	목포 갑니다 목포. 근데 정말 무슨 일로 차를 세우신 건지?
순찰대1	음주운전 신고 들어왔습니다.

INS.

(2화) 안개 속.. 오택이 비상 방범등을 켜고 비틀- 차선을 넘자 놀랐던 등산객들..

"술 처먹은 거 아냐? 추월해버려.", "야. 누가 신고 좀 해라."

오택	저 술 안 마셨는데요.
순찰대1	신고 들어왔으니까 (측정기 내밀며) 불어주십시오.

오택	(측정기 불며) 후----
순찰대1	(측정기 확인 후) 음주는 아니네요. 면허증 주십시오.
오택	(지갑에서 면허증 꺼내 건네며) 여기요.

순찰대2, 순찰대1에게 오택 면허증 받아 무전으로 조회하는 사이..

순찰대1	운전을 왜 그렇게 하셨습니까?
오택	원래 운전 잘하는데.. 아까 핸드폰을 떨어뜨려서 주우려다 잠깐 비틀했거든요.. 그걸 누가 보셨나 보네요.
순찰대1	운전 중에 핸드폰 하면 안 되는 거 모르십니까?
오택	죄송합니다.

순찰대1, 오택 오른손 엄지의 피가 새어 나온 반창고를 본다.

오택	(제 발 저려) 아! 이.. 이거는.. 아침에 방문에 손을 찧어서.
순찰대1	아침에 찧었는데.. 아직도 피가 납니까?
오택	(꿀꺽-) 그..러게요..
순찰대1	(뭔가가 걸리는 듯 오택과 금혁수를 보는데..)
순찰대2	(순찰대1에게 면허증 건네주며) 문제없습니다.
순찰대1	손님은 술 많이 드셨나 봅니다. 이 와중에도 안 깨고.
오택	네? 하하. 아까 오바이트 막 하고 장난도 아니었습니다.

금혁수, 정말 깊게 잠든 사람처럼 슬쩍 뒤척이는 연기를 하는데..
면허증을 넘겨주지 않고 손바닥에 탁.. 탁.. 탁.. 치며 뭔가 마음에 걸리는지 뜸
들이는 순찰대1.. 긴장되는 오택도 식은땀이 주륵 흐르고..

순찰대1	(결국 오택에게 면허증 주며) 안전운전하십시오.

사이드미러로 차로 돌아가는 순찰대1, 2를 지켜보는 오택..
그런데 순찰대1이 갑자기 멈춰 선다.

순찰대1   이거 뭐야? 기사님! 잠깐 나와보십시오.
오택   네?!

당황하는 오택, 덜덜 떨리는 손을 뒤로 숨기고.. 차에서 내린다.
차 안의 금혁수.. 몰래 천천히 슬링백에서 칼을 꺼내고..

오택   왜.. 왜.. 왜 그러십니까?

오택, 천천히 순찰대1에게 다가가며 침을 꿀꺽.. 긴장이 고조되고..

순찰대1   트렁크 문 제대로 안 닫혔습니다.

오택.. 보면.. 트렁크 문 모서리에 정장남의 옷이 끼어 있는 것이 보인다.

INS.
(플래시백) 오택, 트렁크 문을 닫으며 금혁수 몰래 잠금장치에 정장남 옷가지를
끼워 넣으면서 정장남에게 조용히 말한다. **"내 말 들려요? 문고리 살짝 걸쳐놨
으니까 이따 속도 줄면 열고 도망쳐요. 알았죠?"** 오택, 트렁크 문 닫는다. 쿵-

순찰대1   뭐 하십니까?
오택   네?
순찰대1   주행 중에 열리면 사고 납니다. 다시 닫으십시오.
오택   아.. 네.. (트렁크 문을 꾹꾹 누르는데..)
순찰대1   열었다가 확실하게 다시 닫으십시오.

오택   네? 아.. 그러는 게 낫겠네요..

조수석의 금혁수.. 칼자루 쥐고 차 문을 열 준비..
순찰대1의 종용하는 눈빛.. 어찌할 바 모르는 오택, 우물쭈물하는데..

금혁수E   하나씩.. 하나씩.. 다 죽일 거예요. 아들.. 딸.. 아내.. 자식들이 결혼
           했으면 며느리, 사위, 손자들까지 전부.

오택, 침을 꿀꺽 삼키고 손을 뻗어 트렁크 개폐 버튼을 딸깍..
금혁수, 조수석 문 레버를 딸깍..
오택, 트렁크 문을 덜컹- 여는데..

무전기IF   지원 요청! 지원 요청! 목포 방면 화송 휴게소, 살인사건 발생!

무전 내용에 놀라 멈칫하는 오택.
열려 있는 트렁크 문 사이로 보이는 피 흘리는 정장남.. 그런데..
순찰대1은 무전 받는 바람에 트렁크 안을 못 봤다!

순찰대1E   여기 순3호. 지금 출동한다.

피투성이의 정장남이 슬며시 눈을 뜬다. 오택은 정장남과 눈 마주치고,
놀라 트렁크 문을 급하게 쾅- 닫으면..
뒤돌아보는 순찰대1, 쿵쿵- 트렁크 문을 손으로 쳐 잘 닫혔나 확인해본다.
오택은 트렁크의 정장남이 소리라도 낼까 계속 긴장하는데..

순찰대1   목포 잘 다녀오십시오.
오택   아.. 네.. 수고하십시오..

순찰차는 갓길을 떠나고..

금혁수가 택시에서 나와 오택에게 다가오더니 **풋–** 웃는다.

금혁수   기사님. 역시. 연기 잘하시네요.

오택   휴게소에서 그 캠핑카.. 진짜 죽였던 겁니까?

금혁수   예? 아~ 네. 죽였다고 했잖아요?

오택   (할 말을 잃고 금혁수를 보면) ......

금혁수   가시죠.

금혁수가 먼저 조수석으로 향하면, 오택은 트렁크 문 다시 열어본다.

정장남이 힘겹게 눈 뜬 채로 오택을 보고 있고..

힘없이 중얼거리는 정장남에 오택, 가까이 다가가면..

정장남   (귓속말) 믿지.. 마...요.. 다.. 죽일 거... 신고..해요...

먼저 택시에 탄 금혁수가 재촉하듯 **빵빵–** 경적을 울리자

오택은.. 트렁크 문을 닫는다. 쿵.

41. 서해안 고속도로 - 서강 IC, 톨게이트 / N

택시 운전석에 타는 오택.

오택   사진이랑 돌려주시죠.

금혁수   네.

금혁수가 주민증과 가족사진 건네면, 오택은 받아서 지갑에 넣는다. 택시 출발..

금혁수	진짜로 기사님이 제 말 들을 줄은 몰랐어요.
오택	...
금혁수	가족들 지키려고 그러신 거예요? 진짜?
오택	...
금혁수	그냥 기사님이 무서워서 신고 못하신 건 아니고요?
오택	?!
금혁수	(웃음 참으며) 아니 저는 솔직히 이해가 안 가서요.. 10년 후에나 벌어질 일이 두려워서 그런 선택을 한다는 게..
오택	(나지막이) 벌 받을 겁니다.
금혁수	뭐라고요?
오택	지금은 이렇게 넘어갔을지 몰라도.. 혁수씨처럼 죄지으면 결국엔 벌 받게 될 거라고요.
금혁수	글쎄요.
오택	착하게 살면 복 받고.. 죄지으면 벌 받는 겁니다.
금혁수	아... 그럼 지금껏 착하게 사신 기사님은 복 많이 받으셨나요?
오택	(말문 막히고) ...
금혁수	아니죠? 아니에요. 이 세상에선 능력 있는 사람이 복 받거든요.
오택	능력 있는 사람이 성공은 하겠죠. 그렇지만 능력이 있더라도 나쁜 사람이라면 결국 벌 받게 될 거라는 얘깁니다 제 말은.
금혁수	선과 악이 중요한 게 아니죠. 기사님이 사기당하고 이렇게 사는 게.. 기사님이 나쁜 사람이라서인가요?
오택	...
금혁수	빚쟁이들한테 시달리며 매일매일이 지옥이었을 기사님 가족들은 그만한 죄를 지었기 때문에 벌 받은 거예요?
오택	아니요!

금혁수	그러니까요.
오택	그렇지만.. 그렇지만.. 대부분의 사람들이 혁수씨처럼 살인 안 하고, 착하게 살려고 노력하는 건.. 그래도 언젠가 착하게 살아온 대가가 따라올 거라고 믿기 때문입니다.
금혁수	대가는 그런 게 아니에요. 저를 보세요. 살인을 해도 능력이 있으면 안 잡히잖아요. 기사님. 세상은 원래 불합리한 곳이라구요.
오택	아무리 그렇더라도 세상 살아가는 도리라는 게 있는 거 아닙니까?
금혁수	도리요? 죄짓는다고 벌 받는 세상이 아닌데 왜 도덕과 윤리 따위를 지키고 살아야 하죠?
오택	.....
금혁수	기사님한테 사기 친 후배는 그래서 결국 벌 받았나요?
오택	......언젠가는-
금혁수	언젠가는 벌 받을 거다? 기사님. 꿈속 세상 말고 진짜 세상을 보세요. 기사님이 사기 친 놈 진짜 벌 받게 하고 싶었다면 그놈을 잡아다 혀를 뽑고 눈을 지졌어야죠. 손가락 발가락을 잘라서라도 사기 친 돈 돌려받았어야죠.
오택	내가.. 그랬어야 한다는 겁니까?
금혁수	당연하죠. 기사님처럼 그렇게 비겁하고 나약하게 굴어서는 기사님이 그토록 사랑한다는 가족들 못 지켜요. 앞으로도 계속 그럴 거고요.
오택	내가 비겁하고 나약해서 가족들을 못 지켰다고요.. 내가..

택시, 커브 길을 돌면.. 서강면으로 빠지는 나들목(서강 IC) 부근,
오택의 시선에 저 멀리 언덕 아래로.. 앞서 출발했던 고속 순찰대 차량이 서강 IC를 이미 빠져나가 서강 톨게이트로 향하고 있는 것이 보인다!!
옆을 보면 금혁수는 순찰대 차량을 보지 못했고, 앞을 보면 '**목포 58km**' 이 정표..

갈등하던 오택, **끼이익**- 핸들을 튼다! 서강 IC를 빠져 톨게이트로 향하는 택시.

금혁수   어디 가세요?

오택   (액셀 밟는다)

금혁수   기사님?!!

금혁수, 톨게이트를 지나 회차로로 빠지려는 고속 순찰대 차량 발견하고.. 오택 보면,

오택   신고할 거야! 다 끝났어!!

빠아아아앙-!! 오택, 순찰대에 들릴 목적으로 경적을 있는 힘껏 누른다.
순간- 금혁수는 오택의 손목을 잡아채고,
경적을 누르려는 오택과 막으려는 금혁수의 몸싸움 벌어진다.
오택, 금혁수 밀쳐내고 다시 경적을 누르려는데..
이미 회차로를 빠져나갔는지 순찰차는 보이지 않는다!
동시에 오택과 금혁수의 시선에 들어오는 톨게이트 티켓 부스.
오택은 브레이크에 발을 올리는데-
금혁수, 자기 안전벨트 클립을 딸깍 풀고-
핸들 잡고 왼발을 운전석으로 집어넣어 액셀 페달을 확- 밟는다!
부앙- 급발진하며 달려 나가는 택시..
전속력으로 하이패스 차로를 통과- 택시 옆면이 통로를 긁으며 스파크가 튄다.
놀란 톨게이트 여직원이 토끼 눈으로 내다보는데 이미 저 멀리 가버린 택시.

42. 서강 IC 인근 국도 / N

부아앙- 과속하며 달리는 택시.

금혁수는 오택을 힘으로 누른 채 액셀 페달을 밟고..

오택 POV로 사이드미러에 반사되어 보이는 톨게이트는 점점 멀어진다.

오택은 있는 힘을 다해 발을 뻗어 브레이크를 밟아보지만.. 이내 눈치챈 금혁수는 오택에게 연속해서 주먹을 휘두르고.. 오택 나름대로 저항을 해보지만 고통을 모르는 금혁수를 이길 순 없고.. 계속 달려 나가는 택시..

계속된 공격에 코피 흘리며 정신을 못 차리던 오택은 핸들을 힘껏 잡아 돌린다.

순간.. 택시가 급좌회전하자 관성을 못 이긴 금혁수 몸이 뒤로 젖혀지고..

그사이 오택은 자리 잡고 핸들 잡아 다시 급우회전- 금혁수는 또 휘청이고-

다시 급좌회전- **끼이이익**-

오택.. 핸들을 마구 돌리며 금혁수를 잠시 휘청이게 만들지만..

이내 금혁수는 핸들을 한 손으로 꽉- 잡고 막아선다.

오택, 핸들 잡은 금혁수 손을 주먹으로 내리쳐보지만 금혁수는 꿈쩍도 하지 않고..

금혁수는 핸들을 잡지 않은 왼팔로 오택 목울대를 뒤로 확 찍어 누른다.

으윽.. 숨 막히는 오택, 사력을 다해 금혁수의 왼팔을 꽉 문다. **으드득** 힘을 주고..

고통은 못 느끼지만 화가 난 금혁수, 핸들 잡은 오른손 풀어 오택을 때리는데..

그 틈을 놓치지 않는 오택, 핸들 잡아 휘리릭- 돌려버리면-

산 중턱의 삼거리를 앞에 두고 택시가 좌측으로 **좌아악**- 관성에 의해 밀린다.

오택, 택시가 가드레일을 박을 것 같자 다시 핸들을 급히 반대로 돌려보지만..

펑- 전방 우측 타이어가 터지면서 택시가 퉁- 가드레일 너머로 날아오르며 뒤집히고..

택시는 뒤집힌 채 삼거리 너머 산 아래 위치한 비닐하우스촌으로 부웅 날아간다.

43. 서강면, 비닐하우스촌 / N

쿠구구 쾅쾅쾅-

추락과 함께 비닐하우스를 부수고 부딪치며 미끄러지는 뒤집힌 택시...
흙먼지가 비닐하우스를 가득 메우고... 택시가 화면 정면에 그대로 충돌-

CUT TO BLACK

44. 한국대병원, 휴게실 / N

김중민, 어둑한 병원 복도를 지나 음소거된 TV 켜 있는 휴게공간 쪽으로 가며 전화 건다.

중민아내F (놀리는 톤) 아이고~ 김형사님. 오~랜만입니다.
김중민 여보 미안. 전화 늦었지?

통화 중인 김중민 시선에 들어오는 휴게실 TV 화면. **'화송 휴게소 변사체 발견'** 헤드라인과 함께 **'서해안 고속도로'** 하행선에 위치한 화송 휴게소 이미지 나온다. 김중민은 뉴스 화면을 무의미하게 보면서 아내와 통화,

중민아내F 세상 바쁜 일은 혼자 다 하지?
김중민 윗사람들 예쁨 좀 받아보라며?
중민아내F 그래서 예쁨 받는 중?
김중민 아니. 하도 까여서 너덜너덜해지는 중.
중민아내F 늦겠네?

김중민	기다리지 말고 먼저 자.
중민아내F	나도 빨리는 못 자. 번역일 새로 받아와서.

김중민이 의미 없이 보는 TV 화면엔 화송 휴게소 캠핑카 주위로 폴리스 라인
치고 조사 중인 경찰들 이미지가 나오고..

김중민	요새 너무 무리하는 거 아냐?
중민아내F	자식 운동시키려면 어쩔 수 없어. 다~ 돈이야.
김중민	맞다. 오늘 아윤이 시합 있었지. 어떻게 됐어?
중민아내F	빨리도 물어본다. 지 아빠 닮아서 운동은 잘해. 은메달.
김중민	(진심으로 행복해하며 투정) 아이, 근데 왜 사진 안 보냈어~?
중민아내F	전화 올 때까지 기다렸다 왜? (웃으며) 지금 보내줄게.

김중민은 미소 지으며 전화 끊고, 사진 기다리는 사이 뉴스 화면을 보는데..
TV에선 캠핑카 살인사건 뉴스 계속되고.. 김중민은 알림음 울리자 메신저 앱
을 연다. '마눌님'에게 온 사진 보려는데, 그 아래.. '윤호어머님'에게 와 있는
메시지 19개. 김중민, 문득 황순규가 찾아와 했던 말들이 떠오른다.

INS.

(2화) 행사장 찾아온 황순규 **"증거 가져오라고 하셨죠? 찾았어요. 증거."**

INS.

(2화) 황순규가 폰을 꺼내 보여주려 하며, **"여기 보시면.. 그놈 집에서 찾았는데-"**

김중민, '윤호어머님' 채팅창을 열면 주르륵 뜨는 19개의 사진 이미지들..
황순규가 금혁수 집에서 찾아낸 폴라로이드 사진들을 찍어 보내놓은 것들이다.
어딘가 기이하고 묘하게 뒤틀린 시선의 사진들..

김중민, 사진을 눌러 하나씩 하나씩 넘겨본다.

노숙자들을 찍은 사진들이 보이다가..

등장하는 남윤호 사진에 중민의 눈빛 날카로워지는데-

때마침 등장한 환자 하나가 리모컨으로 TV 볼륨을 키운다.

앵커E　　변사체가 발견된 곳이 어디라구요?

기자E　　네. 화송 휴게소 묵포 방면 주차장입니다.

TV 보는 김중민 시선에 '**묵포 방면**' 이정표가 확 들어온다. 남윤호 사진과 뉴스 화면을 번갈아 보는 김중민..

INS.

(2화) 황순규. "**그놈 지금 택시 타고 묵포로 가고 있어요. 병원에 확인해보니까 휴가 쓴 것도 아니에요. 도망치는 거예요!**"

김중민　　!!!

45. 서해안 고속도로 / N

고속도로를 달리는 황순규. 라디오에서 나오는 휴게소 살인사건 뉴스를 듣고 있다.

라디오뉴스E ......주차된 캠핑카 안에서 수차례 자상을 입은 채 숨져 있는 것을
　　　　　　휴게소를 이용 중이던 한 시민이 발견해 경찰에 신고했는데요.
　　　　　　경찰은 타살 가능성이 높은 것으로 보고 수사에 나선 것으로 알

려졌습니다.

설마.. 황순규의 눈빛이 흔들리는데,
저 앞으로 순찰대원들과 시민들이 모여 있는 임시 졸음쉼터가 보인다.
그냥 지나치려다 마음에 걸리는지 사이드미러로 졸음쉼터를 다시 보는 순규.
결국 어떤 직감에 오른쪽으로 핸들 꺾어 갓길에 차 세우고..

46. 한국대병원, 복도 - 통제실 앞 / N

마음 급한 김중민, 병원 복도를 성큼성큼 걸어간다.
김중민, 한국대병원 통제실 문 확인하고 똑똑- **벌컥**- 열고 들어가면-

47. 서해안 고속도로, 임시 졸음쉼터 / N

딸깍- 차 문 열고 내리는 순규, 서둘러 임시 졸음쉼터로 향한다.

순찰대3 물러나세요. 물러나세요. 거기요! 사진 찍으시면 안 됩니다!

순찰대원들이 폴리스 라인을 치며 핸드폰으로 촬영하는 시민들을 뒤로 물리
고 있고,

48. 한국대병원, 통제실 / N

재생되는 중환자실 앞 복도 cctv 영상 위로.. 1화의 황순규 대사가 오버랩된다.

황순규E 이든이가 죽기 바로 전에 중환자실에서 금혁수라는 의사가 나오
면서 귀를 만지는데.. 그 남자였어요! 이런 우연이 어딨어요! 중
환자실 복도 앞 cctv 확인해보세요. 그럼 형사님도 제 말 믿으실
거예요.

cctv 속 중환자실로 향하는 황순규가 보이고..
반대편, 중환자실 문에서 의료용 마스크를 쓴 의사가 걸어 나온다.

영상을 보며 집중하는 김중민, 초조한 듯 다리를 떨고..

cctv 화면. 황순규와 의사가 스치는데.. 황순규 멈칫하고 돌아보면..
귀를 만지며 복도 코너를 돌아 사라지는 의사.
다리 떨던 김중민이 그대로 멈추고-

INS.
블랙박스 영상 속, 호프집 밖에서 귀를 만지며 사라지던 실루엣의 남자..

김중민도 여러 번 보았던 생일파티 날 영상 속 그놈이다!
특이하게 귀를 만지는 행동.. 어깨의 움직임.. 걸음걸이의 모양새..
현재 cctv 속 금혁수와 블랙박스 영상 속 그놈의 모습이 번갈아 보여지면,

김중민 맞네.. 그놈..

49. 서해안 고속도로, 임시 졸음쉼터 / N

폴리스 라인에 다다른 황순규, 정차된 경차를 둘러싼 몇몇의 사람들 사이로 보면.. 경차 운전석, 목과 복부에 엄청난 피를 흘리고 죽어 있는 안경남의 시체가 보인다!

CUT TO BLACK

50. 서강면, 비닐하우스촌 - 비닐하우스 안 / N

작물용 비닐하우스들이 정렬된 비닐하우스촌이 부감으로 보인다.
그 가운데.. 파괴되어 검은 구멍처럼 보이는 비닐하우스로 다가가면..

SLOW MOTION
비닐하우스 천장을 뚫고 찢어진 비닐 사이로 뒤집힌 채 추락한 오택의 택시..
주위로 난리가 나 있는 농작물들과 농기구들.. 나풀거리는 그늘막..

휙 휙 휙 휙 택시 바퀴가 여전히 돌아가고..

부서진 택시 갓등 틈 사이로 보이는 램프가 반짝이다 지지직-

잔금이 잔뜩 나 있는 택시 앞 유리.. 조수석 쪽 앞 유리엔 커다란 구멍이 나 있고.. 구멍 사이로 보이는 조수석.. 금혁수가 있던 자리가 비어 있다.

그리고 운전석.. 빵빵하게 차올랐던 에어백 가스가 피....... 빠지며 사그라들

면... 모습이 드러나는 오택은 안전벨트에 거꾸로 매달린 채 죽은 듯 기척이 없는데.. 순간,

오택   (번쩍 눈 뜨며) 헉!!!

4화

양과
늑대

1. (과거) 구치소, 접견실 / D

'합의서'와 함께 보이는 고급진 대형 로펌변호사 명함..
구치소 수의 차림의 오택이 건너편 고급 양복 차림의 로펌변호사를 본다.

오택   이..게 뭡니까?

로펌변호사   오택씨 회사 지분을 정광수씨가 받아주는 대신 오택씨가 정광수
             씨 고소를 취하한다는 합의서죠. 그렇게 되면 오택씨가 책임져야
             할 횡령액 중에서 40프로가 차감될 겁니다. 좋은 조건이죠 이 정
             도면?

오택   뭐라구요? (합의서 밀며) 내가 왜 이걸 합의합니까? 나는 그 투자금
             이랑 대출금에 손 하나 댄 적이 없는데. 말이 안 되잖아요 이게..

로펌변호사   말이 됩니다.

오택   네?

로펌변호사   법적으로 대표이사에다가 대주주이신 오택씨가 다 책임지는 게
             맞습니다. 아직도 상황 파악이 잘 안 되세요?

오택   저 공장에서 20년 근속하면서 잘 살던 놈입니다. 원래 사업 같은
             거 할 생각도 없었어요. 광수놈이 도와달라고 하도 부탁하니까
             어쩔 수 없이 대표도 맡았던 거라고요!

로펌변호사   대표이사 명함 팔 때는 좋았죠? 권리가 있으면 의무도 있다는 걸
             아셨어야죠. 쯧쯧.

오택   다 광수 그 자식이 빼돌린 건데.. 제가 왜.. 그 빚을 책임집니까?
             전.. 이거 합의 못합니다. 절대 못해요! (합의서 찢으면..)

로펌변호사   (가방에서 합의서 한 부 더 꺼내놓는다) 한 번 더 기회를 드리죠. 판
             단 잘하세요. 이 무의미하고 언제 끝날지 모를 소송을 계속 싸워
             보실 건지, 아니면 합의해서 빚도 무려 40프로나 탕감 받고, 변
             호사비도 아끼실 건지. 제가 보기엔 답은 정해져 있는데..

오택	이런 법이 어딨습니까...
로펌변호사	오택씨. 자꾸 법.법.거리시는데.. 법은 말이에요. 강한 사람 편이에요. 그러니까 세상일이라는 게.. 원래부터 양이 아니라 늑대한테 유리하다 이 말입니다.
오택	(노려본다) ....
로펌변호사	오택씨. 늑대랑 싸워서 이길 수 있겠어요?

4화
양과 늑대

2. 서강면, 비닐하우스촌 / N

작물용 비닐하우스들이 정렬된 비닐하우스촌이 부감으로 보인다.
그 가운데.. 파괴되어 검은 구멍처럼 보이는 비닐하우스로 다가가면,
거의 반파된 채 뒤집혀 추락해 있는 오택의 택시..

3. 서강면, 비닐하우스 안 / N

오택	헉!! (번쩍 눈을 뜨고-)

오택, 상황 파악이 되지 않아 눈동자를 굴려보면.. 세상이 뒤집혀 보인다.
뒤집힌 택시 안. 오택은 안전벨트에 매달린 채 옴짝달싹 못하는 상황..
조수석 쪽을 보면 금혁수는 보이지 않고.. 조수석 앞쪽 창문은 깨져 있다.

오택은 부서진 비닐하우스 구석구석을 살펴보고,

금혁수가 보이지 않자 안전벨트를 풀려고 시도하는데..

몸을 움직이자 사고의 충격에 의한 고통이 느껴지고, 신음 내뱉는다.

안전벨트 클립을 아무리 힘줘 눌러봐도 체중에 눌린 벨트는 꿈쩍도 하지 않고,

몸을 버둥거려보지만 벗어날 방법이 없는데..

방법을 찾으려 고개 돌려 운전석 창 쪽을 보는 순간....... 금혁수!!

픽- 픽- 금혁수의 주먹이 오택의 얼굴에 내리꽂힌다.

오택은 맞으면서 안전벨트 풀려고 안간힘 써보지만 벨트는 꿈쩍도 않고..

금혁수　　　뭐 해요 지금? 도망치게?! 그게 안 풀려? 풀어줘?

금혁수, 칼을 꺼내 벨트를 슥- 베어버리면 쿵- 떨어지는 오택.

도망치려 버둥거려보지만 금혁수는 그런 오택의 발목 잡고 택시 밖으로 확

끄집어내, 오택 머리채를 붙잡아 바닥에 마구 짓이긴다. 오택은 **어푸푸-** 정

신 못 차리고..

금혁수　　　기사님. 내가 이런 상황에서도 기사님을 살려줘야 돼요?

오택　　　　...

금혁수　　　말해봐요. 두 번이나 뒤통수친 기사님을 내가 살려줘야 되냐고?!

무력감.. 자괴감.. 공포가 뒤섞이는 오택.. 자기도 모르게 눈물이 난다.

금혁수　　　대답이 없네?

오택 머리채를 잡고 바닥에 짓눌러대던 금혁수는 분노를 이길 수 없는지

이번에는 돌부리에 오택의 머리를 내리찍으려는데-

정장남E   으아아아아악!!

피투성이 정장남이 힘겹게 기어와 지주대용 고무망치로 부웅- 금혁수의 오
금을 공격!
하지만 고통을 모르는 금혁수에게 타격은 없고.. 당황한 정장남.

금혁수   너는 또 뭔데..

금혁수, 정장남을 무섭게 노려보며 킥을 날리면.. 정장남 나가떨어진다.
정장남이 **쿨럭**- 피를 한 움큼 토해내면, 금혁수가 칼을 꺼내 쥐고 다가가는데..

오택   (겨우 일어서서) 하지 마!
금혁수   (돌아보고) 뭐라고요?
오택   하지 말라고! 그만 죽여.. 그만.. 사람 목숨이 그렇게 우스워!
금혁수   대단할 것도 없던데요?

금혁수는 다시 정장남에게 향하는데.. 뒤에서 날아온 농작물 잔해가 뒤통수
에 픽-

오택   죽이지 마.. 제발..
금혁수   부탁하는 사람 태도가 재밌네..

금혁수, 반항하는 오택을 거머쥐고 끌고 와 정장남 앞에 내던진다.

금혁수   죽여요!
오택   ?!!
금혁수   나 대신 이 사람 죽이라고요. 내 계획을 망친 대가를 치러야죠!

오택	싫어...
금혁수	강해지고 싶다면서요. 사람이 사람을 죽이면 강해져요. 죽여요!
오택	내가 왜 사람을.. 미쳤어.. 이건 미친 짓이야..

금혁수, 주위를 보더니.. 호스를 가져와 정장남의 목에다 감고..
오택의 두 손을 직접 끌어 정장남 목에 걸린 호스를 잡도록 만든다.

금혁수	용기 내보세요. 할 수 있어요! 착한 척하는 거 지겹잖아.
오택	(호스 잡은 손 놔버리고) 못해.. 절대 안 해!
금혁수	(바닥에 떨어진 호스 집어 다시 오택 손에 쥐여주며) 사람 몸에 피는 고작 4리터밖에 없거든요? 근데 이 사람 벌써 1리터도 넘게 흘렸어. 어차피 곧 죽어요. 그냥 편하게 보내준다고 생각해요.
오택	나한테 이러지 마..
금혁수	흠. 나약한 인간의 착한 가면을 벗기는 건 힘든 일이죠.

금혁수, 어느새 로프로 만든 올가미를 순식간에 오택 목에 걸더니..
발로 오택 등을 밀며 올가미를 당겨 목 조른다. 흡!!

금혁수	기사님은 죽이게 되어 있어요. 안 죽이면 내가 기사님 죽일 거니까.

숨 막히는 오택 얼굴에 피가 모여 벌개지고.. 충혈되는 눈..

금혁수	아내랑 자식들 다시 만나고 싶지 않아요? 만나야죠. 손에 힘만 주면 만날 수 있어요. 가족들 보고 싶죠?

눈알이 터져라 버티는 오택.. 숨이 가빠오고 산소가 부족해 정신이 혼미해진다.

금혁수	그냥 당기기만 하면 되잖아! 당겨요! 죽고 싶지 않으면 당기라고!

오택.. 결국 자신도 모르게.. 호스를 쥔 손에 힘을 주는데..
순간, 정장남.. **컥-** 기침하며 눈을 뜬다.
헉-! 오택, 정장남과 눈 마주치는 순간.. 힘 풀리는 손.. 잡았던 호스를 놔버리고,

오택	(정장남에게) 미안합니다! 미안합니다!
금혁수	정신 못 차렸네.. 그 정도 용기도 없으면서 나한테 도전한 거예요?!

금혁수, 잠깐 놔줬던 오택 목의 올가미를 확 잡아당긴다. 오택이 나뒹굴어 넘어지면,

금혁수	그럼 벌 받아야지!

금혁수, 올가미 줄을 어깨에 메고 걷자 목에 올가미 걸린 오택이 질질질 끌려가고..
금혁수, 택시에 무너져 드러난 비닐하우스 철골 파이프에 올가미 줄을 걸어 당긴다.
발끝이 겨우 땅에 닿고 허공으로 몸이 들썩이는 오택..
컥컥컥.. 올가미 줄 사이에 손 집어넣고 버티는 오택, 숨 막히며 버둥거리고...
홉-!!!!! 빨갛게 실핏줄이 다 터진 눈은 공포로 가득 찬다...
광기 가득한 눈빛의 금혁수는 한 번 더 당기고.. 또 한 번 더..
올가미는 목을 더욱 깊게 파고들고..
완전히 몸이 허공에 떠올라 버둥거리는 오택..
눈앞이 점점 희미해지는데.. 그 순간..

우지끈-- 오택을 매단 철골 파이프가 부러지며 오택이 떨어진다.

흐업---- **켁켁**-- **우웨엑**---- 숨 몰아쉬며 구토하는 오택..

오택을 바라보는 금혁수.. 서서히 눈의 푸른 광기가 정상으로 돌아오고..

금혁수	오늘 운 좋으시네..
오택	(올가미를 벗겨내며 헛구역질) 우웩-
금혁수	그러게 반항도 상대를 봐가면서 했어야죠. 이게 무슨 꼴이에요? (탁- 탁- 탁- 손가락 튕기며) 기사님. 여기 보세요. 여기!!

서서히 정신을 차리며 금혁수를 보는 오택..

전과 달리 금혁수의 눈을 피하지 않고 응시한다.. 어딘가 달라진 눈빛..

4. 서울, 한국대병원, 안치실 / N

'**정이든**'이라고 이름표 적힌 냉장고 문 열리고 안치실 직원이 시체를 꺼낸 뒤 나가면, 김중민이 정이든의 사체를 유심히 살펴본다. 잠시 후 들어오는 박형사.

박형사	알아봤는데요. 정이든 담당의는 화재 사고 후유증으로 인한 심정지로 보고 있고요. 해외 체류 중인 유가족들이 오는 중인데 그전에 부검 계획은 따로 없답니다.
김중민	금혁수 알리바이는?
박형사	고시원 화재 발생 전후로 휴식 시간이었어요. 여기서 고시원 안 머니까.. 충분히 범행 가능합니다. 이 자식 진짜 범인 맞는 거 같은데요?
김중민	맞는 거 같은 결론 안 돼.

박형사　　　화재 현장 조사 결과도 당장은 안 나올 텐데, 어쩌죠?

5. 서울, 한국대병원, 주차장 / N

주차된 박형사 차로 향하는 김중민과 박형사.

박형사　　　(삐빅 도어록 열며) 그냥 가도 돼요 진짜? 서장님이 대기하라고 했
　　　　　　　다면서요?

김중민　　　(조수석으로 향하며) 당대표한테 사과한다고 없던 일 되는 것도 아
　　　　　　　니고. 어차피 경위서는 픽스야. (조수석 문 열며) 얼마나 나와?

박형사　　　(폰 내비의 '화송 휴게소' 확인하고) 1시간요.

김중민　　　45분에 끊어.

김중민, 조수석에 타버리고 박형사는 쯧, 하더니 운전석에 탄다.
박형사 차가 한국대병원을 빠져나간다.

6. 서해안 고속도로, 임시 졸음쉼터 / N

경차 운전석.. 목과 복부에 엄청난 피를 흘리고 죽어 있는 안경남의 시체가 보
인다. 황순규, 놀란 표정으로 다가가면.. 그런 순규를 막는 순찰대4.

순찰대4　　　가까이 오시면 안 됩니다.

순찰대4는 폴리스 라인을 마무리하고, 저쪽에서 순찰대3은 첫 신고자를 심문 중.

신고자 신발이 끈적이더라고요. 느낌이 쎄-해서 보니까 바닥에 피가 여기저기 막 있고... 피 따라서 갔더니 차 안에 사람이 자고 있는데.. 아무리 창문을 두들겨도 깨질 않으니까..

심문하던 순찰대3, 전화가 울리자 양해 구하는 제스처 취하고 전화 받는다.
황순규는 폴리스 라인 밖에 서서 경차 안과 주변을 훑는다.
안경남의 시체 옆 전선만 대롱거리는 블랙박스.. 뒷좌석에 실린 고향 갈 선물들.. 그런 경차 주변으로 즐비한 핏자국들과 오택이 밟고 넘어졌던 캔까지 보이는데..
전화 끊은 순찰대3, 순찰대4에게 다가온다.

순찰대3 오늘 진짜 뭔 날인갑다.
순찰대4 또 뭔 일 났답니까?
순찰대3 서강 톨게이트에서 택시가 하이패스 라인 긁고 도망쳤대.
순찰대4 어? 근처잖아요. (안경남 시체 보며) 같은 놈 아닙니까?
순찰대3 그런가? 서울택시라던데..
황순규 !!!!

7. 서강면, 시골길 / N

오택이 금혁수의 캐리어를 끌며 앞장서 걷고.. 금혁수가 뒤따르고 있다.

8. 서울, 서문 경찰서, 회의실 / N

한쪽 벽에 황순규가 찍어온 폴라로이드 이미지 출력본들이 차례로 붙어 있고, 이형사, 벽에 붙은 몇몇 사진들 자세히 들여다보면 노숙자로 보이는 사진 속 인물들..

이형사 (사진 속 공통점을 분석하며) 대부분 남자야. 나이는.. 40에서 60대 사이. 취약 계층. 무연고자들로 보이는데.. 무연고자가 이렇게 많이 살해당했는데도 이슈가 안 됐다는 건.. 사고사나.. 실종으로 처리됐을 거야. 아니면.. 자살. 남윤호처럼.

이형사의 분석을 들으며 조건들을 하나씩 설정값에 넣는 최형사.

이형사 최근 5년간 리스트 띄워봐.
최형사 (화면에 리스트가 뜨면) 휴~ 너무 많은데요..
이형사 이런 일은 어차피 노가다야. 하나씩 보자.

9. 서강 IC, 톨게이트 / N

황순규의 차가 달려와 서자, 동료 직원과 닭힌 통로 보며 이야기하던 톨게이트 여직원이 황순규에게 통행권 받기 위해 손 내민다.

황순규 좀 전에 하이패스 통로 닭고 도망쳤다는 서울택시 어디로 갔습니까?
톨게이트직원 아! 그 미친 서울택시요? 저기 삼거리서... 근데.. (차를 앞뒤로 살피며) 순찰차도 아니고.. 누군디..

황순규 택시 번호, 육칠오오 맞죠?

톨게이트직원 어떻게 아셨데? 아, 형삽니까?

황순규 그게..

톨게이트직원 (지레 확신하고) 와~ 여자 형사는 처음 보네요. 멋져븜니다. 형사가 따라붙을 정도믄 그 택시에 승악한 놈이 탔나 보네요? 어쩐지 쎄~하더라니. 저기 삼거리서 좌회전했어요. 얼마 안 됐응게 언능 가보시면-

황순규, 여직원의 말이 끝나기도 전에 차를 출발시킨다.

10. 서강면, 시골길 / N

금혁수 차들이 없네.. 기사님 때문에 이게 무슨 고생이에요. 저쪽으로 가보죠. 한 대는 지나가겠지.

오택 ....또 죽일 겁니까?

금혁수 ....하..

오택 새 차 구하면.. 또 죽일 거죠?

금혁수 봐서요.

오택 나는 왜 안 죽입니까?

금혁수 운전 못한다고 말하지 않았나..

오택 (고작 그게 이유냐는 듯, 멈춰 서 보면)

금혁수 저는 기사님이랑 묵포까지 갈 거예요. 그러니까 쓸데없는 소리 그만하고 빨리 차나 찾죠.

금혁수의 재촉에 오택은 다시 캐리어를 끌며 걷는다.
그런 오택의 모습 위로 오버랩되는 과거 장미림과의 대화 소리...

오택E   어차피 못 이길 싸움이야.

11. (과거) 구치소, 접견실 / D

수의 차림 오택과 면회 온 장미림이 마주 앉아 있고,

장미림   못 이겨? 왜 못 이겨? 해보지도 않고 왜 못 이겨?!

오택   여보.. 당신이 그 변호사 안 봐서 그래. 완전히.. 프로야. 그런 큰
        로펌을 우리가 어떻게 이겨?

장미림   아무리 그래도 합의는 아니지! 그 빚을 우리가 다 떠안으면 어
        떡해?!

오택   다가 아니라 60프로야. 그리고, 합의 안 하면 다른 방법 있어?

장미림   다 정광수 그놈 짓이잖아. 그놈이 당신 만만하게 보고 처음부터
        계획해서 사기 친 거고! 돈도 다 빼돌린 거잖아! 근데 왜 우리가,
        왜 우리 애들이 고생해야 되는데 왜?!

오택   여보. 잘 생각해야 돼. 우리 변호사님도 그냥 합의하는 게 실리라
        도 챙기는 거라 그러더. 자기도 솔직히 이길 자신 없다고.

장미림   그건 지가 합의 보상금 챙기려고 한 소리겠지!

오택   아냐. 끝까지 가봤자 돈만 많이 들 거라고 나 생각해서 해준 소리야.

장미림   승미아빠.. 언제까지 그렇게 순진하게 굴 거야..

오택   내가 뭐?

장미림   당신.. 허허실실 사람 좋은 건 알겠는데.. 제발 좀 독해지고 강해

	지자! 계속 이렇게 당하기만 할 순 없잖아. 우리도 살아남아야지.
오택	나보고 뭘 어쩌라고?!
장미림	싸워야지! 끝까지 싸워야지!! 포기하지 말고 해봐야지!! 승미랑
	승현이 봐서라도 좀.. 제발!!! 자식들한테 쪽팔리게 계속 이렇게
	살 거야?!

12. 서강면, 시골길 / N

과거를 떠올린 오택, 캐리어 쥔 손을 꽉 쥐자 손톱 빠진 손가락에서 피가 새어 <u>흐르고</u>..

13. 서강면, 국도 / N

국도를 달리는 황순규의 차..
황순규는 백팩에 넣어뒀던 총을 꺼내 조수석에 놓은 옷가지 아래에 넣는다.

14. 서강면, 시골길 - 국도 / N

앞서 걷는 금혁수를 노려보는 오택, 뒤 허리춤에 손이 가는데..
언제 숨겼는지 모를 고무망치가 감춰져 있다.

INS.

(플래시백) 비닐하우스. 캐리어를 챙기는 오택, 정장남이 금혁수를 공격했던 고무망치가 바닥에 버려진 걸 보고 금혁수 눈치 살피다가 슥 집어 감춘다.

금혁수, 시골길과 연결된 국도에서 이쪽으로 달려오고 있는 차량의 불빛을 발견하고

금혁수   차 온다. 기사님. 저 차 잡아야 돼요!

금혁수, 앞으로 나서 국도 쪽으로 향하면.. 오택은 고무망치를 만지작..

차량 불빛의 주인공은 황순규다..
황순규의 시선에 어두운 시골길에서 국도변 쪽으로 나오는 금혁수는 보이지 않고..
황순규, 저 먼 곳을 보면.. 달리고 있는 택시!!!

금혁수, 황순규의 차 앞에 끼어들 듯 손 뻗으며 달려나가보지만-
황순규는 택시를 향해 그대로 액셀 밟고 가버린다!
촤악- 도로변 물웅덩이가 튀고-

금혁수   아이씨!!

오택, 그런 금혁수의 뒷모습을 노려보면서..
캐리어를 잡고 있던 손을 살며시 떼고..
허리춤의 고무망치를 조용히 꺼내 드는데..
캐리어 바퀴가 **드르르륵**- 굴러가면...
낌새에 돌아보는 금혁수!

오택.. 고무망치를 번쩍 치켜드는데-

금혁수, 순간적인 반응으로 오택이 내리치는 망치 든 손을 **퍽-** 쳐낸다!

망치는 날아가고... 당황하는 오택..

금혁수   (무서운 눈빛) 기사님.

오택.. 순간 굴러 내려가던 캐리어를 두 손으로 꽉 붙잡고 금혁수에게 **부웅-** 휘두른다!

퍽-!! 묵직한 캐리어에 맞은 금혁수, 캐리어와 함께 하천 교량 아래로 떨어지면-

후- 후- 후- 정신 차린 오택, 무작정 달려 도망치기 시작한다.

15. 서강면, 숲길 / N

헥헥- 죽을힘을 다해 달리는 오택의 가쁜 숨소리가 어둠을 가득 채우고..

무슨 소리를 들었는지 멈추고 휙 돌아보면..

칠흑 같은 어둠..

당장이라도 금혁수가 튀어나올 것 같아 두려운 오택의 눈동자..

두근.. 두근.. 두근.. 오택의 심장 소리만 화면을 채우는데..

아무 소리도 들리지 않자 오택은 다시 달리고-

16. 서강면, 시골길 - 개인 주택 앞 / N

황순규의 차, 멀리서 달리고 있는 택시 불빛을 따라 좁은 시골길로 들어선다.
앞서 달리던 택시가 어느 집 앞에서 멈춰 서자, 빠르게 쫓아가보는데..
택시의 정체는 서강면의 개인택시.. 멈춰 선 황순규의 낮은 탄식..
서강택시기사, 집 주차장에 택시를 주차하고 나오다 황순규 차량 불빛에 눈
찌푸리고,

서강택시기사 뭐여?

황순규 (차에서 내려) 혹시 이 주변에서 서울택시 못 보셨나요?

서강택시기사 서울택시? 이 깡촌서 뭔 놈의 서울택시를 찾는다요?

황순규, 낙담하며 주변을 둘러보면..

17. 서강면, 폐모텔 앞 / N

달려온 오택 등장.. 노란 가로등 불빛 아래.. 불 꺼진 모텔 건물 하나가 있다.
'유치권 행사 중, 출입 금지' 안내문이 붙어 있자 오택은 낙담하는데..
문득 보면, 박살 난 출입문을 가려둔 젖빛 롤 비닐 사이로 불빛이 번쩍- 번쩍-

오택 (반색하며) 안에 누구 계세요? 저기요?

오택, 출입 금지 라인 넘고 롤 비닐 걷어내 안으로 들어가면,

18. 서강면, 폐모텔 / N

모텔 카운터 룸. 커다란 디지털 벽시계가 지직- 지직- 점멸하며 LED 빛을 내고 있다.

하아.. 탄식하며 벽시계를 보는 오택.

모텔 카운터를 둘러보면.. 오래된 물건들은 어질러져 있고, 사람의 흔적은 없다.

그런 물건들 사이로 보이는 전화기!

오택, 달려가 수화기 들고 서둘러 1, 1, 2 누르는데..

띠리리리- 바로 근처에서 들리는 벨소리..

보면, '비품 창고'에서 들리는 벨소리다.

오택   뭐야? 인터폰이야?

오택, 그제야 '외부 전화 9번' 라벨을 보고 9번을 마구 눌러보지만.. 먹통..

수화기 끊김 버튼(후크 스위치)을 탁탁탁- 마구 눌러도 연결이 안 되자

수화기를 던져버리는 오택, 망연자실..

어쩔 수 없는 오택, 다시 모텔 밖으로 향하는데.. 목소리!!

금혁수E   기사님!!!!

화들짝 놀라는 오택, 흐릿한 비닐에 가로등 빛 스며드는 출입문을 보면,

CUT TO

스르륵- 롤 비닐을 걷으며 금혁수가 들어서고.. 모텔 안을 쓱- 둘러본다.

카운터 룸 전화기의 수화기 들고 9번 눌러 먹통임을 확인하고, 피식-

카운터 룸을 나와 1층에 있는 비품 창고 문을 열어보고..

오택이 안 보이자 2층을 향해 계단을 저벅저벅 오르면..

2층 도착. 길게 뻗은 복도 양옆으로 닫힌 모텔방 문들이 늘어서 있고..

금혁수는 조용히 귀를 기울이지만 아무 소리도 들리지 않는다.
창밖에서 스며든 가로등 불빛이 모텔방 문틈으로 새어 나온다..
금혁수, 숨죽인 채 지켜보아도 아무 움직임도 느껴지지 않자.. 3층을 향해 저벅저벅..

금혁수   기사님! 좀 놀랐어요. 기사님을 과소평가했나 봐요. 지렁이도 밟으면 꿈틀하는 게 당연한 건데.

금혁수, 3층 도착. 쓱- 보고.. 없다는 직감. 4층으로,

금혁수   그래도.. 처음보다 지금 기사님이 더 마음에 들어요. 좀 더 가까워진 것 같기도 하고.

4층 도착. 쓱- 보고 다시 5층으로 향하려다 멈칫.
4층 어느 방문 아래로.. 새어 나오는 가로등 빛 사이 그림자가 스윽- 움직이면!

금혁수   (씩 웃음)

모텔방 안.. 오택이 문 가까이 귀를 대고 바깥 상황에 귀 기울이고 있다.
오택의 뒷덜미에 사악 소름이 돋고..
오택은 두려움 느끼며 천천히 뒷걸음질 치는데..
그만 부서진 몰딩 잔해에서 삐져나온 쇠못을 밟아버린다!
흐으흡- 숨 틀어막고 소리를 삼키며 괴로워하는 오택..

금혁수는 문 아래 틈으로 움직이는 그림자가 보이는 모텔방 앞에 도착..

방 안. 오택은 숨죽이며 발바닥에 박힌 쇠못을 뽑아낸다. 식은땀이 주르륵-

끄으읍!!!! 발바닥을 부여잡고 소리 없는 비명.. 그런데..
밖에서 금혁수 소리 들리자 오택은 황급히 두리번거리고-

금혁수E   저 기사님 없이 혼자 안 가요. 그러니까 이제 그만하죠.

금혁수.. 문고리에 손을 올리고.. 끼익- 문을 열면,
그림자의 정체는 살짝 열린 창문 근처.. 바람에 흔들리는 옷걸이의 가운이다!

순간, 뒤쪽에서 **와장창!!** 소리 들린다.
소리가 들린 곳은 바로 옆방! 금혁수 달려가 방문을 벌컥 열면-
창문이 깨져 있고 완강기 로프가 깨진 창문 사이로 내려져 있다!

금혁수 급하게 창밖을 확인하는데.. 바닥에 오택이 안 보인다.
모텔 건물 벽에 매달린 실외기 받침대들을 훑어보던 그때,

방문 뒤에 숨어 있던 오택이 샥- 빠져나가 달린다.
휙 돌아보는 금혁수도 쫓아 달리고..
아픈 발바닥에도 불구하고 미친 듯이 계단을 달려 내려가는 오택과 뒤쫓는
금혁수.
바짝 쫓은 금혁수가 오택에게 손을 뻗는데..
달리는 오택, 1층 복도에 설치된 정수기를 넘어뜨리고-
나뒹구는 생수통 밟은 금혁수가 미끄러진 사이..
오택은 출입구 롤 비닐을 헤치며 뛰쳐나간다!

19. 서강면, 야산 / N

혁혁 숨이 턱까지 차오른 오택, 못에 찔린 발을 절뚝이며 허겁지겁 도망치다가 돌부리에 발이 걸리며 언덕 아래로 구른다. 나무와 돌에 부딪히며 구르던 오택, 썩은 낙엽이 산처럼 쌓인 부엽토 더미로 떨어지고.

오택　　　(아픈 허리를 부여잡고 신음) 으으....

그럼에도 오택은 일어나 도망치려는데..
오택의 시선에 저 멀리서 무섭게 쫓아오는 금혁수가 보인다.
반사적으로 썩은 낙엽 더미 속으로 몸을 파묻어 숨는 오택..
금혁수는 오택을 보지 못하고 그대로 달려가버리고-

숨죽이고 있던 오택은 금혁수가 사라지자 축축한 낙엽 더미를 비집고 나온다..
잠시 주저앉아 신발을 벗어 다친 발을 보는 오택..
피가 번져 있지만 심각한 상처는 아닌 듯 다시 신발 신고.. 허리 잡으며 일어서는데..
그런 오택의 시선에.. 저 멀리 언덕 아래로 불 켜진 외딴집 하나가 보인다!!

20. 서해안 고속도로 - 화송 휴게소, 주차장 +
　　서울, 서문 경찰서, 회의실 / N

달리는 박형사 차 안의 김승민, 서문 경찰서 회의실의 이형사와 스피커폰 통화한다. 회의실 벽면에 붙여둔 사진들 중 몇몇에는 확인된 인적 사항이 적혀 있고..

이형사　　　사고, 실족, 행방불명, 자살로 사건 종결된 무연고자 사망자들이 대부분이었고 어제 고시원 화재 사건 피해자들도 있었습니다. 그리고 말씀드릴 케이스가 하나 있는데.. (최형사에게 말하라고 눈짓하면)

최형사 (스크린에 띄워둔, 추락한 벽돌에 맞아 죽은 노숙자3의 사건 사진 보며 말을 잇는다) 파출소 동기 하나가 추락물 사고사로 종결된 노숙자 사건 담당이길래 연락해봤는데요. 사망자가 죽기 전에 자기를 쫓아다니는 사람이 있다면서, 무섭다고 경찰서에 신고하러 왔었답니다.

김중민 남윤호 케이스랑 같네?

최형사 네. 평소에도 이상한 민원 자주 넣던 분이라 신고 안 받아주고 돌려보냈었는데.. 생각해보니까 무서워하던 눈빛이 진짜였던 것 같다고..

박형사 근데 그냥 사고사로 끝?

이형사 무연고자 사건까지 미결로 끌고 가긴 부담스러웠겠지.

김중민 ......

이형사 이 사진들이 금혁수 집에서 나온 거라면. 우연일 가능성은 없습니다. 모두 금혁수가 죽인 겁니다.

박형사 피유~ 이놈 진짜 연쇄 살인범이 맞는 거네요.

김중민 일단 사진 속 사람들 리스트업해서 보내줘.

이형사 네. 휴게소는요? 도착하셨습니까?

김중민 지금 막.

박형사 차가 휴게소 주차장에 서고, 김중민과 박형사가 내린다.
저편에 폴리스 라인 치고 경찰들이 지키고 있는 캠핑카 보이면-

21. 서강면, 국도 / N

황순규가 멈춰 선 차 핸들에 머리를 박고 있다.

황순규   어디로 간 거야.. 어디야.. 어디야...

주먹으로 핸들을 내리치며 괴로워하던 순규..
대시보드 액자의 윤호와 찍은 사진을 잠시.. 본다.
얼굴 때리며 정신 차리고 힘을 내 다시 차를 출발시키는데..

잠시 후.. 뭔가를 발견하고 **끼이익**- 차를 세우는 순규.
반대 방면 차선 도로에 길게 나 있는 스키드 마크가 보인다!
차에서 내린 순규의 시선이 스키드 마크를 주욱 훑으면.. 부서진 가드레일 그
리고.. 그 너머 산 아래 보이는 비닐하우스촌..

22. 서강면, 비닐하우스 안 / N

총을 쥔 채 긴장한 순규가 조용히 내부로 들어온다.
황순규, 소리 죽여 택시로 접근하고.. 획- 총을 겨누는데- 아무도 없다.
잘려진 안전벨트 끈.. 깨진 앞 유리창..
주변을 둘러보는데.. 택시 반대편으로 돌자 보이는 정장남의 시체!!

황순규   (총 겨누며) 누구야!!

정장남이 움직이지 않자.. 순규는 계속 총 겨누며 천천히 다가간다.

황순규   금혁수? (반응 없자) 오기사님?!

기대와 달리 눈가의 화상.. 승모근의 칼자국.. 피투성이가 된 참혹한 정장남의 모습.. 헉! 놀란 순규는 들고 있던 총을 떨어뜨릴 뻔...
백팩 안에 총을 넣고, 손가락을 정장남 콧구멍 가까이 가져가보는 순규..
잘 느껴지지 않는지 갸우뚱하며 지푸라기를 집어 정장남 코에 대보는데..
스륵- 미세하게 떨리는 지푸라기!

황순규   살아 있어요? 정신 차려요! 정신 좀 차려봐요!

정장남이 실눈을 뜨자.. 다급하게 119에 전화를 거는 황순규..

황순규   여기 서강 IC 삼거리 아래쪽에 있는 비닐하우슨데요.. 심하게 다친 사람이 있어요.. 네.. 피를 많이 흘린 거 같아요.. 거의 의식이 없어요.

23. 서해안 고속도로, 화송 휴게소, 캠핑카 / N

과학 수사대가 조사를 마친 듯 여기저기 지문 검사용 파우더가 칠해져 있고, 혈흔에는 마킹이 되어 있는 캠핑카 내부.. 캠핑카운전자 사체는 아직 그대로인데.. 실리콘 장갑을 낀 김중민이 캠핑카 내부를 천천히 훑어보더니, 사체로 다가가 유심히 살핀다.
박형사가 열려 있는 캠핑카 문 너머로 등장해,

박형사   피해자가 주차 구역이 아닌 곳에 차를 대는 바람에 cctv는 없답니다.
김중민   (계속 시체 자상 살피며) 성대 먼저 갈라서 소리를 막았고.. 동맥을 그었어.

INS.

(1화) 금혁수가 캠핑카운전자의 성대를 찌르고- 겨드랑 동맥을 슥 긋는다.

박형사	(사체 옆에 넘어져 있는 피에 젖은 양동이 보고) 저건 뭐예요?
김중민	동맥 자르고 피 받은 거야. 돼지 잡을 때 그렇게들 하니까.
박형사	아.. 피해자를 짐승으로 본 거네요..
김중민	주저함도 없고, 한 번에 하나씩 정확하게 끝냈어. 해부학에 대한 이해 없인 불가능해.
박형사	금혁수가 외과 레지던트니까.. 가능하죠.
김중민	시반을 보면.. 대략 네다섯 시간 정도 된 거 같은데.. (손목시계 보고) 8시 무렵이면 금혁수 행적이랑도 맞아떨어져.

하는데, 뒤에서 들려오는 목소리.

화송형사E	뭡니까 당신들!!

24. 서해안 고속도로, 화송 휴게소, 캠핑카 인근 / N

화송형사	그쪽은 관할이고 뭐고 없어요? 다짜고짜 남의 현장 들이닥쳐서 뭐 하자는 겁니까?
김중민	거듭 말씀드리지만 저희가 쫓는 용의자가 관련된 사건이어서 와 본 거고, 먼저 양해 구하려고 했는데 담당 형사님이 잠시 자리 비웠다고 해서 현장 먼저 둘러본 겁니다. 미리 협조 못 구한 건 죄

송한데, 이렇게 감정적으로 얘기할 게 아니라-

화송형사	난 그런 거 모르겠고. 현장 어지럽히지 말고 가요 그냥.
박형사	(살짝 짜증) 아, 진짜 빡빡하시네.
김중민	(박형사 말리듯 물리며 나선다) 저희는 캠핑카에서 저희가 쫓는 용의자 지문이 나왔는지, 그것만 확인하면 됩니다. 지문 나온 거 있습니까?
화송형사	하, 진짜 상도덕이 없는 사람이네?
박형사	뭐요?
김중민	우리가 장사치도 아니고 상도덕이 왜 필요합니까.

김중민, 화송형사 눈을 똑바로 쳐다본다. 기싸움 벌어지고..

김중민	저 안에서 나온 지문 중에 금혁수란 놈 것 있었습니까?
화송형사	용의자 지문 나왔는지 알고 싶으면 제대로 절차 밟아서 요청해요. 그거 보고 자료 오픈할지 말지 판단할라니까.

화송형사가 김중민의 꿰뚫어 보는 눈빛을 슬쩍 피하자, 김중민은 한 발 더 다가가고-

김중민	나왔습니까?
화송형사	(흔들리는 눈빛) ......
김중민	(바짝 붙어 서서) 금혁수 지문. 나온 겁니까?
화송형사	(기에 눌리지만 애써 버티며) 하.. 뭐래는 거야.. 누구요? 김혁수?
박형사	나왔네.. 나왔어..

25. 서강면, 비닐하우스 안 / N

황순규, 정장남 입에 생수를 흘려 먹여준다. 정장남은 여전히 상태가 좋지 않고..

황순규   저기.. 하나만.. 물어볼게요.

정장남   (눈을 깜빡) ...

황순규   (가방에서 사진 하나를 꺼내 보여주며) 이놈이 그랬어요?

정장남   (힘들게 손을 들어 올리고..)

황순규   맞아요? 금혁수 이놈한테 당한 거 맞죠?

정장남   (피 묻은 손으로 사진을 짚는다)

황순규   어디로 갔는지 알아요? 금혁수 이놈 어디로 갔어요?

정장남   (쿨럭- 피 토하면..)

황순규   괜찮아요. 괜찮아.. 얘기 안 해도 돼요. 미안해요.

정장남의 손이 아주 조금씩.. 천천히 움직이더니.. 황순규의 손에 닿는다.

황순규   (손을 꼭 잡아주며) 내가 같이 있어줄게요. 좋은 생각만 해요. 좋은 기억.. 사랑하는 사람들.. 가족들을 떠올려봐요..

황순규의 말에 정장남의 입가에 희미한 미소가 지어지는 듯..

황순규   (정장남 턱의 피를 닦아주며) 우리 아들이랑 비슷한 나이겠네요. 나도 아들이 있어요. 이름은 남윤혼데.. 햇빛 윤에 하늘 호자.. 태몽으로 햇살 가득한 하늘을 날아다닌 꿈을 꿨거든요.. 윤호가 여섯 살 때 애아빠랑 헤어지고 그때부턴 둘이 살았어요. 애아빠가 좋은 사람은 아니었는데.. 윤호가 기억을 다 하더라고요. 부모가 자식 울타리가 돼줘야 하는데.. 반대로 자식한테 위로나 받고.. 그랬어요. 우리 아들은 주변 사람들을 항상 웃게 만들어주는 그런 애였거든요. 그런 윤호를 금혁수.. 그놈이 죽였어요.

26. 서강면, 야산 / N

오택이 언덕 아래 불 켜진 외딴집을 향해 수풀을 헤치며 걸어간다. 그 위로..

황순규E   내가 그놈을 조금 더 빨리 찾아냈었어야 했는데.. 그러질 못해서.. 또 이렇게 아무 죄 없는 사람들이 그놈한테 당해버렸네요..

27. 서강면, 비닐하우스 안 / N

황순규   내가.. 그놈을 찾아낼 수 있을까요? 금혁수 그놈을 꼭 잡아서 반드시 죗값을 치르게 하고 싶은데.. 할 수 있을까요?

정장남이.. 눈을 깜빡이며 황순규의 손을 꼭 잡아준다.

황순규   고마워요.
정장남   (피를 또 다시 쿨럭) ...
황순규   조금만 버텨요. 그놈이 벌 받는 거 봐야죠. 가지 마요..

하지만.... 흡- 최후의 경련이 찾아온 정장남..
후......... 마지막 숨을 길게 내뱉고...

허공을 바라보던 정장남의 동공에서 빛이 사라진다.

그 모습을 본 황순규.. 갑자기 왈칵- 울음을 터뜨린다.

강해 보이던 황순규지만.. 눈앞에서 죽음을 목도하자 감정이 주체되지 않고..

끝까지 정장남의 손을 놓지 않고 있는 황순규의 옆으로.. 황순규가 정장남에게 보여줬던 사진이 보인다... 사진 속 금혁수의 얼굴에 묻어 있는 정장남의 피...

28. 서강면, 외딴집 / N

불빛을 따라온 오택..

여성 취향으로 아기자기하게 꾸며놓은 정원엔 태양열 정원등 몇 개가 아늑한 노란 빛을 뿜어내고.. 불 켜진 아담한 단층집과 조립식 창고가 보인다.

가까이 다가가 보는데... 갑자기 **컹-** 소리. 오택, 깜짝 놀라 주저앉을 뻔하고, 보면.. 담장 안에서 똥개가 오택을 향해 미친 듯 짖어대기 시작한다.

오택   (낮게) 진정해! 쉿. 쉿. 너 때문에 나 여깄는 거 다 들키겠다. 쉿!!

똥개는 담장을 따라 걷는 오택을 향해 계속 으르렁대고..

오택이 담장 안 마당으로 들어서자 폭발할 듯 짖어대는데,

중년부인E   몽이. 왜 그래? 무슨 일이야?

집에서 나온 잠옷 차림의 중년부인(60대).. 흙투성이 처참한 몰골의 오택을 발견.

| 중년부인 | 으악!! (옆의 부삽을 치켜들고) 거기 가만히 있어! 가까이 오지 마!! |

중년부인의 소동에 똥개는 더 난리법석을 부리고..

오택	(다가가며) 전화 한 통만 쓰게 해주세요! 부탁드립니다!
중년부인	으아아악! 오지 마! 오지 마!!!
오택	진정하세요. 아주머니. 저 나쁜 사람 아니에요!
중년부인	나가! 나가!!!

중년부인, 부삽을 휘두르다 오택에게 던지고 도망치는데.. 부삽은 얼토당토
않은 곳으로 날아가고.. 급하게 움직이자 슬리퍼가 벗겨지며 넘어져버린다.

오택	괜찮으세요?!
중년부인	저리 가! 저리 가! 저리 가!!
오택	(조금 물러서며) 아주머니. 제가요.. 사람을 막 죽이는 놈을-
중년부인	으아아악!! 살려주세요!!!
오택	아뇨. 아뇨. 그게 저란 게 아니라-

중년부인.. 집으로 달려가는데 어쩌다 보니 오택이 문 쪽을 막고 서 있다.
공포에 질린 중년부인은 집을 포기하고, 뒤돌아 내달려 창고로 달려가고..

| 오택 | 제발 진정하시고 제 말 좀 들어보세요. 제가 지금 살인범한테 쫓
기고 있어요. 아주머니. |

중년부인, 창고 문을 잠그는데.. 오택이 달려가 문고리를 잡자 잠겼던 문고리
가 **덜컥**- 열린다! 화들짝 놀라 문고리를 두 손으로 꼭 붙잡는 중년부인.. 고장
난 문고리가 헐겁게 헛돌고.. 중년부인이 다시 힘들게 잠금 버튼을 누르자.. 겨

우 문이 잠긴다. 여전히 똥개는 **컹컹컹** 짖어대고..

중년부인	나가요!! 나가라고요!! 안 그러면 신고할 거예요!
오택	예! 예! 제발요!!
중년부인	우리 아들 경찰이에요. 저 지금 전화해요!
오택	정말요?! 잘됐네요! 너무 잘됐어요!! 제발. 당장. 전화하세요!
중년부인	진짜 지금 신고합니다!

29. 서울, 서문서장 집 앞 / N

서장의 차가 서고, 조수석의 팀장이 내려 상석 문 열면.. 불편한 기색 가득한 서장이 내려 집으로 들어간다. 인사하고 허리 펴는 팀장, 전화가 울려 보면 김중민이다.

팀장	너 임마 지금 어디야?! 갑자기 연락도 없이 사라지면 어떡해?

30. 서해안 고속도로 + 서울, 서문서장 집 앞 / N

화송 휴게소를 빠져나와 서해안 고속도로에 진입하는 박형사 차의 김중민, 서장 집 앞 벤치에 앉은 팀장과 통화한다.

팀장	확실해?
김중민	지문 나왔다니까요.

팀장	그래서 뭐가 필요한 건데?
김중민	관할 문제가 있어요. 범행 장소가 한두 군데가 아니라서 우리가 메인 잡으려면 라인을 좀 정리해야 합니다. 묵포서랑 해경 협조도 필요하고요.
팀장	야! 그 정도 문제는 내 선에서 안 돼. 서장님이 나서야 한다고.
김중민	압니다. 그래서 부탁드리는 거잖아요.
팀장	(서장집 올려다보며 고민하다 고개를 절레절레) 중민아. 이거 아니야. 너. 이성적으로 생각해봐라. 지금 분위기도 최악인데 연쇄 살인범 나타났다고 호들갑 떨었다 놓치면, 그 분위기 어쩔? 너 감당할 자신 있어?
김중민	그게 중요합니까?
팀장	중요하지! 그게 현실이야 임마! 묵포 어디로 간지도 모른다며?
김중민	추적할 수 있습니다. 잡을 거예요.
팀장	김중민. 너 왜 이렇게 오버해? 뭐 다른 이유라도 있는 거야?

INS.

(2화) 체포한 취객을 태운 형사들의 밴이 모여든 군중을 피해 행사장을 빠져나가던 그때.. 밴 안의 김중민, 군중들 사이로.. 기자와 시민들에 밀려 넘어져 있는 황순규를 본다.. 황망한 황순규는 허공을 보지만.. 선팅된 유리창 안 김중민은 황순규와 눈 마주친 것 같아 스륵 시선을 피하고..

김중민	......금혁수 그놈 잡으면 당대표가 경찰 때문에 음식물 쓰레기를 뒤집어썼건 뭐건, 기사들 쭉 들어갈 겁니다. 그럼 팀장님도 서장님도 좋은 거잖아요? 기회 놓치실 거예요?
팀장	하.. (고민) 금혁수란 놈이 진짜 연쇄 살인범 확실하단 거지?
김중민	네.
팀장	후우..... 그래. 해보자 한번.

팀장과 전화 마친 김중민, 곧장 '이지은형사'에게 전화 걸어-

김중민   팀장님 허락 받았어. 묵포서랑 해경에 협조 공문 띄우고, 수색영
          장 받아서 금혁수 집에 있는 사진부터 확보해.

31. 서강면, 외딴집 / N

오택과 중년부인이 창고 문을 사이로 여전히 대치 중이다.

오택   신고하고 계신 거죠?
중년부인   .....
오택   왜 전화하는 소리가 안 들려요? 안 하신 거예요?
중년부인   .....
오택   그놈이 여기로 올지도 몰라요. 얼른 신고하셔야 된다니까요.
중년부인   자꾸 누가 쫓아온다는 거예요!
오택   살인마놈이요! 제가 택시기산데.. 손님으로 살인마를 태웠어요.
              그놈이 여기 오면서 계속 사람들을 죽여가지고 겨우 도망쳤는데..
중년부인   저는 아저씨 얘기 하나도 못 믿겠다고요!

오택, 난감해하다가.. 주머니에서 지갑 꺼내 신분증을 끄집어내고 창고 문 아
래로 쏙 집어넣는다.

중년부인   뭐예요?
오택   제 신분증요. 저 믿으셔도 된다고-

다시 쏙 튕겨 나오는 신분증.

중년부인   이게 뭐요? 어디서 주워온 걸지도 모르는 신분증을 뭘 믿으라고!
오택   하.. 그럼 어떻게 해야..

오택과 중년부인, 창고 문을 사이로 침묵이 흐르는데..
창고 문틈 사이로 오택의 가족사진이 들어온다.
중년부인, 흘깃 보다가 한 손으로 조용히 가족사진 집어들면..

오택   제 가족사진이에요. 7년 전에 찍은 거라 좀 되기는 했는데.. 그래
도 거기 저 알아보시겠죠? 저는 오.택이라고 하고요, 제 아내는
장미림, 큰딸은 오승미. 아들놈은 오승현이에요. 애들 태어나고
처음으로 가족여행 가서 찍은 사진인데.. 그 뒤로 한 번도 같이 여
행을 못 갔네요..

중년부인   ....
오택   가족들이 저 때문에 고생을 많이 했거든요. 저.. 가족들이랑 꼭 다
시 한 번 여행 가고 싶어요.. 그때 그 바닷가로..

사진 속 오택과 문틈으로 보이는 얼굴을 비교해보는 중년부인.. 사진을 잠시
보곤..

중년부인   ...아들이 개구쟁이네요.. 우리 아들 어렸을 때랑 표정이 비슷해요.
오택   하.. 예. 그놈은 지금도 그래요. 지 누나 등록금도 다 날려먹고. 그
래도 애가 밝아서 구김은 없어요 다행히.
중년부인   (문틈으로 사진 넘겨주며) ... 제가 지금 핸드폰을 안 가지고 있어요.
오택   아...
중년부인   집 안에 두고 나왔어요.

오택	그럼 나오셔서.. 신고 좀 해주시면 안 될까요?
중년부인	아저씨 말 믿는다 해도.. 무서워서 나가지는 못하겠네요. 집에 들어가면 침대 옆에 충전기에 꽂혀 있어요.
오택	제가.. 집 안에 들어가도 괜찮으시겠어요?
중년부인	가서 신고 전화하세요.
오택	감사합니다! 정말 너무 감사합니다!! 복 받으실 거예요!!

오택, 집 안으로 달려 들어가고.. 중년부인은 창고 문을 빠끔히 열고 지켜본다.
그런데.. 갑자기 다시 **컹컹컹컹!** 난동을 부리기 시작하는 똥개..
오택, 싸한 느낌에 커텐 뒤로 몸 숨기고 창밖을 내다보면.. 마당에 금혁수가 들어섰다!! 오택, 저 안쪽 돌침대 옆 폴더폰을 보지만.. 그쪽으로 가려면 거실 통창으로 금혁수에게 노출될 위험이 있어 못 움직이는 상황.
창고 안 중년부인도 금혁수를 발견하고 살짝 열었던 창고 문을 후다닥 닫으면..

금혁수, 뭔가 느낌이 오는지 스윽 스캔하며 훑어보다가 집 쪽으로 향하는데..
컹컹대는 똥개가 경계를 늦추지 않으며 짖어대고..
금혁수, 그런 똥개를 지그시 응시한다. 으르르르 송곳니를 드러내는 똥개..
집 안에 숨죽인 채 숨은 오택도 똥개에게 다가가는 금혁수를 지켜보는데..
질끈 눈 감으며 입 틀어막는 중년부인.. 밖에서 **깨갱-** 들리는 소리..
중년부인, 두려움에 몸서리치며 조용히 창고 문 잠그는데..
문고리가 또 말썽을 일으키고.. 잠기지 않는다!!
잠금장치를 몇 번 누르자, **달그락- 달그락-** 소리가 들리고!!
금혁수, 창고 쪽을 노려본다! 그리고 그런 금혁수를 보는 오택..
금혁수.. 성큼성큼 창고로 향하면...

창고 안 중년부인.. 문틈 사이로 다가오는 금혁수 보이고..
덜덜덜 떨리는 손으로 잠금장치를 계속 눌러보지만 헐겁게 고장 나 잠기지 않

고... 중년부인이 포기한 듯 눈을 꼭 감고.. 두 손으로 고장 난 문고리를 잡은
채.. **오지 마.. 오지 마..** 혼잣말을 중얼거리던 그때!
금혁수의 뒤에서 들려오는 **끼익-** 문 열리는 소리! 돌아보면...

오택　　　나 여깄어! 여깄다고!! 이 미친 싸이코새끼야!!

오택, 괴성을 내지르며 달려가 담장 넘어 도망친다!

32. 서강면, 야산 일각 - 갈대밭 / N

전력 질주하는 오택.. 손에는 침대 옆에서 가져온 폴더폰이 들려 있다!
오택, 폰 열고 1..1..2... 번호를 누르는데..
뒤를 돌아보면 금혁수가 빠른 속도로 쫓아오고 있고..
어쩔 수 없이 전화 포기하고 다시 달리는 오택..

달리는 오택 앞에 어느샌가 갈대밭이 펼쳐진다.
오택.. 높은 갈대 사이를 달려 몸을 숨기면.. 금혁수, 칼을 꺼내 든다.

사사삭- 흔들리는 갈대를 보고 그쪽으로 달려가는 금혁수..
뒤에서 금혁수가 쫓아오는 소리에 오택은 긴장하며 멈춰 서고..
금혁수가 달려가 갈대를 젖히면 그곳에 오택은 없다!
몸을 포복 자세로 낮추고 숨은 오택은 금혁수의 움직임을 숨죽여 지켜보다가..
금혁수가 다른 쪽을 보는 순간 다시 엉금엉금 기어 몸을 이동시키고..
오택을 찾는 금혁수와 조금씩 움직여 도망치는 오택의 술래잡기가 이어진다.
바닥을 기어 움직이는 오택의 온몸은 흙투성이가 되어가고..

어느 순간.. 금혁수, 획 - 고개 돌리는데.. 찰나에 멈추지 못한 오택 때문에 **사삭**-
흔들리는 갈대가 눈에 띄고.. 금혁수는 방향 캐치해 달려온다.
가까이 다가온 금혁수에 오택은 두 눈 질끈 감고 몸을 움츠리는데..
어디선가 불어오는 강한 바람...!
사사사사삭- 모든 갈대들이 춤추듯 흔들리기 시작하자.. 금혁수는 당황하고..
오택은 엎드리고 사력을 다해 포복하며 빠른 속도로 도망친다.
다행히 바람의 도움으로 금혁수에게서 멀어진 오택, 안도의 한숨을 쉬고..
바람이 잦아들자 포복을 멈추는데.. 하필이면.. 물웅덩이다.
포복 자세의 오택.. 바지가 흠뻑 젖은 걸 발견. 주머니의 폰 꺼내보면.. 물에
젖었다!

오택   안 돼... 안 돼..

오택, 배터리를 분리해 옷에다 마구 닦고.. 호.. 입바람 불어 말린다.

오택   제발..

다시 배터리를 연결하고 폴더폰을 켜는데.. **띠리링**- 파워 알람..!!!!!
오택을 찾던 금혁수.. 소리 듣고 멈춰 서... 돌아보면..
빠르게 도망치는 이동 방향 따라 갈대가 마구 흔들리고 있다!
요동치는 갈대 따라 전속력으로 쫓기 시작하는 금혁수.
다다다다.. 금혁수를 앞서 도망치는 발소리.. 금혁수는 칼을 바짝 쥐고 뒤쫓고..
드디어 잡을 만큼 가까워진 순간..
갈대밭 끝나며.. 갈대 사이에서 튀어나오는 금혁수.. 소리의 주인공을 확인하
는데.. 오택이 아닌 고라니였다!!

금혁수   (열 받아) 아아아아악!!!

33. 서강면, 갈대밭 부근 / N

금혁수와는 다른 방향으로 달려 갈대밭을 빠져나오는 오택..
금혁수가 쫓아오지 않는 걸 확인하곤 드디어 폴더폰을 꺼내 112에 전화를 건다.

112콜센터F (물에 젖어선지 심한 잡음) 신고.. 11..입..

오택   여보세요? 들립니까? 여보세요?

112콜센터F 잘.. 립니다. 여..세요?

오택   여보세요?!

오택, 잡음이 심하자 폴더폰을 손바닥에 마구 내리쳐본다. 다시 통화-

오택   들리세요?

112콜센터F 예.. 들립..다.

오택   살인범한테 쫓기고 있습니다. 저는 오택이라는 서울택시기산데
          손님이 목포 가자고 타서는 자기가 살인범이라고 하더니.. 진짜
          로 사람을 죽였습니다. 저를 도와주려는 청년들이었는데.. 서해
          안 고속도로 졸음쉼터랑 서강 IC 톨게이트 나와서 삼거리 근처
          비닐하우스에 택시하고 죽은 사람 있습니다. 저는 겨우 도망쳤고
          요.. 저 좀 살려주세요.

112콜센터F 진정..시고.. 차근.. 말씀하세요.

오택   예예.

112콜센터F 지금... 위치.. 어디십니..

오택   저 여기 어딘지 모르는데.. 무작정 도망쳤거든요.

112콜센터F 그럼.. 휴대폰 위치 추적..... 위치 파악.. 어려워.. 시간. 걸릴 수..

오택   위치.. 위치.. 어쩌지.. 아! 잠시만요.

오택, 하늘 위를 가로지르는 송전선 발견한다.

34. 서강면, 송전탑 / N

송전선을 따라온 오택.. 조금 트인 곳에 설치된 소규모 송전탑을 발견한다.
송전탑에 붙어 있는 번호 확인!

오택　　　(계속 통화 중) 송전탑 찾았습니다. 서강 작대기 남천이라고 써 있
　　　　　　고, 23번입니다.

112콜센터F　서강.. 천.. 3번이요

오택　　　서강! 작대기! 남천! 23번!! 들려요?!

112콜센터F　서강.. 남천.. 23... 바로 출동..습니다.

오택, 두 손을 맞잡고 기뻐한다. 속상함에 울먹이다가.. 다시 안도의 한숨..

오택　　　감사합니다. 정말 감사합니다.

35. 서강면, 비닐하우스 안 / N

119 구급차와 순찰차가 도착한 비닐하우스 현장. 끔찍한 정장남의 시체 보이
고.. 비닐하우스 한쪽 구석에 앉아 있는 황순규에게 서강경찰1이 다가온다.

서강경찰1　아주머니가 최초 발견자시라고요?

황순규	네.
서강경찰1	어떻게 발견하셨습니까? 여가 대충 지나가다 올 데는 아닌데.
황순규	(구급대와 있는 서강경찰2 가리키며) 아까 저분한테 다 진술했는데요.
서강경찰1	아 그렇습니까?
황순규	제가 몇 번을 말씀드리는데요.. 저 청년을 죽인 범인이 지금 이 근처 어딘가에 있을 겁니다. 저한테 이러실 시간에 빨리 움직여서 그놈 잡아야 하지 않겠습니까?
서강경찰1	글죠.. 맞는 말씀입니다마는.. 이게 살인사건은 형사들이랑 과학수사대가 나와서 조사를 하는 게 순서거든요. 조금만 기다려주시면 제가 형사들 도착하자마자 잘 전달하것습니다.
황순규	형사들 오기 전에는 할 수 있는 게 없는 겁니까?
서강경찰1	절차라는 것이 있응게요.
황순규	(답답함에 한숨) 하아..

36. 서울, 도로 + 묵포 경찰서 / N

묵포 경찰서 전경 보이고,
도로를 달리는 차 안의 이형사, 묵포 경찰서의 묵포형사와 통화한다.

이형사	범인이 밀항하러 가는 것 같습니다. 밀항브로커, 점조직 싹 다 뒤져봐야 됩니다.
묵포형사	아니 뭐 우리가 뚝딱 나오는 자판기도 아니고. 당장 오늘 밀항할 배 찾아달라고 하면 그게 됩니까? 게다가 지금 서강면에서 무슨 연쇄 살인범인가 뭐가 떴다고 난리가 나서 병력이 없어요. 병력이.
이형사	연쇄 살인범이요?

37. 서해안 고속도로 / N

액셀을 밟는 박형사, 김중민과 박형사의 차는 빠르게 달려 나가고-

38. 서강면, 야산, 계곡 / N

송전탑 근처 계곡.. 오택, 폴더폰을 고이 바위 위에 올려놓고 세수를 한다.
핏자국과 흙탕물에 뒹군 흔적으로 엉망이 된 얼굴을 씻다가 미끄러지고-
아차 싶어 벌떡 일어나 바지 주머니에 넣어뒀던 물에 젖은 가족사진을 꺼내
는 오택.
그만 선금으로 받았던 50만원이 주머니에서 빠져나와 계곡물에 흘러가버린다.
놀란 오택은 떠내려가는 50만원을 잡겠다고 휘적휘적 나서지만 미끄러워 쉽
지 않고.. 어어어! 휘청거리다 자빠지면, 돈은 이미 시야에서 사라져 안 보인다.
물에서 휘적휘적 나와서 모래톱에 털썩 누워버리는 오택.
눈을 감았다가 뜨면..
졸졸졸 물소리와 함께 달과 별이 반짝이는 동화 속 풍경 같은 밤하늘이 보이
는데.. 샛노란 별빛이 스르륵 움직이면.. 반딧불이다.
마법처럼 둥둥 움직이는 반딧불이들이 어느새 불티로 변하고-

39. (과거) 몽타주

- 1화 오택의 돼지꿈에 나왔던 바닷가. 밤. 불꽃놀이 스파클러를 손에 든 오
  택과 장미림, 중학생 승미와 초등학생 승현.. 가족들 얼굴에 웃음과 행복

이 가득하고..

오택	아빠가 사장님 된 기념으로 소원 한 가지씩 들어줄까?
오승현	진짜? 그럼 나는 스마트폰!
장미림	그건 엄마가 안 된다고 했지?
오택	아냐아냐. 아빠 이제 돈 많이 벌 거니까 승현이 소원 들어줄 수 있어. (째려보는 미림 눈 피하며) 승미는? 승미는 뭐 갖고 싶은 거 없어?
오승미	음.. 나는 우리 가족이 내년에도 여기 또 놀러 왔으면 좋겠어. 되겠지?
오택	허! 내년뿐이야? 앞으로 여름마다 여기 오자!
장미림	오늘 아주 공수표를 남발하네~
오택	이제부터 우리 가족 좋은 일만 있을 거라니까~ 아빠만 믿어!

오택, 가족들의 미소 보며 환하게 웃는데..

― (2화, #15 다세대 주택, 옥상 연결) 자기도 모르게 짝, 승미의 뺨을 때려버린 오택, 순간적인 자신의 행동에 당황해..

| 오택 | 아... 미안.. 미안..하다.. |

오택.. 다가가지만.. 승미는 눈물 어린 눈으로 오택을 노려보고-

| 오승미 | 왜 때려 왜!! 이게 다 아빠 때문인데.. 아빠가 뭘 잘했다고 때리는데!! |

승미가 떠나고 혼자 남은 오택은 승미 뺨을 때린 손을 내려다본다..

믿기지가 않고.. 못난 자신이 비참하고 한심해 자기 뺨을 때리기 시작하는
오택. **짝- 짝- 짝- 짝-**

으흐흐.. 낮은 오열과 함께 눈물이 흐르고..

─ 세양대학교 정문에 붙어 있는 〔**새내기 입학을 축하합니다!**〕 플래카드.
추레한 몰골의 오택이 등장해서 서성인다.
오택, 폰으로 승현에게 온 문자 확인하면 '**아빠 오늘 누나 입학식 올 거지?**'
'**내 심장 오승현♡**'에게 전화가 걸려오지만.. 갈등하던 오택, 돌아서고..

─ 세양대학교 인근 중국집 앞. 통유리창으로 보이는 내부 창가 자리. 장미림
과 오승현, 그리고 오승미(뒷모습)가 탕수육과 맥주로 입학을 축하하고 있
다. 오택은 구석진 골목에 몸을 감추고 가족들의 모습을 지켜보다.. 폰으로
'**보물1호 오승미♡**'에게 '**승미야. 입학 축하한다.**' 문자 보내는데..

통창 너머 보이는 뒷모습의 오승미, 문자를 보고 어떤 직감이 들었는지 벌떡
일어나 중국집 밖으로 나와 아빠를 찾는다. 처음으로 성인 오승미의 얼굴이
보여지고.. 그 위로 들려오는 소리.

서강경찰3E   신고자분~ 어디 계세요~ 경찰입니다.

40. 시강면, 야산, 계곡 / N

오택   여기요! 여깄습니다!! 저 여깄어요!!!

서강경찰3, 4가 계곡 위에서 오택에게 플래시라이트를 비춘다.

빛에 눈이 부신 오택이 눈 감았다 뜨면.. 자신을 보고 있는 경찰들이 보이고..
이제 다 끝났다는 안도의 표정과 탄식.. 희미한 미소가 뒤섞여 바라보면,
경찰이 오택에게 손을 내민다.
그 손을 꽉- 붙잡고 계곡을 오르는 오택..

41. 서강면, 야산 부근 / N

경찰의 보호 아래 순찰차에 올라탄 오택은 바보처럼 실실 웃음이 배어 나온다.

FADE OUT

42. 서강면, 서강 파출소 / N

FADE IN

담요를 덮고 앉아 있는 오택에게 한 남자가 다가와 따뜻한 물을 건넨다.
오택, 고개 들어 보면.. 오택의 앞에 선 사람은 바로 김중민이다.

김중민	서문 경찰서 김중민형사입니다.
오택	(물 받고..)
김중민	따뜻한 물입니다. 마시면 좀 진정되실 겁니다.
오택	서문서면 서울.. 서울서부터 금혁수 쫓아오신 겁니까?
김중민	네. 자세한 말씀은 나중에 드리겠습니다. 지금은 그놈이 이 마을을 벗어나기 전에 체포하는 게 먼저니까요.

오택	예.. 잡아야죠.. 꼭 잡아야 됩니다 그놈..
김중민	시간이 없어서 바로 여쭤보겠습니다. (박형사가 큰 지도를 가져오면) 여기가 택시가 사고 난 비닐하우스고, 이쪽이 송전탑입니다. 마을 지도 대략적으로 눈에 들어오십니까?
오택	네. 네.
김중민	오기사님이 어느 쪽으로 도망치셨는지, 그리고 금혁수 그놈이 어디까지 오기사님을 쫓아온 건지 알려주십시오.

43. 서강면, 국도 / N

비닐하우스 부근, 주차해둔 자신의 차 안에 타는 황순규, '**묵포항**'을 내비에 치는데..

서강경찰1	(다가와 차창에 노크하고) 어디 가세요?
황순규	제가 좀 급해서요.
서강경찰1	형사들 보고 가야 한당게요?
황순규	하아.. 그냥 가면 안 되겠습니까?
서강경찰1	안 돼요. 지금 연락 왔는데 사고 난 그 택시기사가 112에 신고를 한 모양이에요. 일이 허벌나게 커져부렀당게요. 난리가 나부렀어요 난리가.
황순규	!!!!!!
서강경찰1	택시기사도 거시기 일단 파출소로 갔을랑게 아주머니도 파출소로 가시죠. 어디 가지 말고 꼭 저희 차 따라오세요!

서강경찰1, 순찰차에 타 앞장서고.. 놀란 표정의 황순규.. 순찰차를 따라 출발

하면-

44. 서강면, 서강 파출소 / N

오택, 지도 가리키며 김중민에게 설명 중.

오택   비닐하우스에서 나와서 이쪽으로 걸었고, 여기서 금혁수한테서
       도망쳤습니다. 그러니까 길 건너서. 여기요. 이 야산 방향으로 도
       망쳤어요. 그리고-

하는데.. 서강경찰3이 김중민을 부른다.

서강경찰3   형사님! 무안서에서 온 전환데 받아보셔야 할 것 같습니다.

45. 서강면, 외딴집 / N

2화에서 오택에게 보여줬던 피로 물든 잘린 손가락을 가방에서 꺼내는 금혁
수의 손이 보인다.. 금혁수가 꺼져 있던 스마트폰 전원을 켜고 잘린 손가락으
로 화면을 터치하자 잠금이 해제되고-

46. 서강면, 서강 파출소 / N

김중민, 무안 경찰서 담당자와 통화하며 큰소리 낸다.

김중민   기동대, 방범 순찰대 다 투입돼야 한다니까요?! 예. 저희 서장님
한테서 연락 갈 겁니다. 아니요. 시간이 없다구요!

통화 중인 김중민 옆으로 박형사도 어딘가와 급박하게 통화 중인 모습 보이고..

혼자 남겨진 오택, 따뜻한 물 마시는데.. 진동을 느낀다.
보면.. 주머니의 중년부인 폴더폰.. 흘깃 보고 다시 집어넣으려다가.. 문득..

오택   공팔..공칠..? 승미 번혼데..?

불길한 느낌.. 오택.. 전화를 받으면..

금혁수F   아빠?

47. 서강면, 외딴집 + 서강 파출소 / N

집 안. 죽은 듯 쓰러져 있는 중년부인이 보이고..
그 옆에서 금혁수가 잘린 손가락을 들고 까딱까딱 흔들며 통화 중이다.

금혁수   기사님. 저예요.
오택   니가...... 왜 승미 전화를 가지고 있어.. 니가 왜..

48. 서울, 승미 원룸 인근 파출소 / N

일상적인 파출소 풍경.. 문 열리고 정신없어 보이는 장미림이 들어온다!

장미림   저기요. 실종 신고.. 실종 신고 어디서 어떻게 해야 돼요?

접수경찰   일단 앉으세요. 누가 실종되셨는데요?

장미림   딸이요. 내 딸.. 오승미요!

49. 서강면, 외딴집 + 서강 파출소 / N

오택   너.... 내 딸한테 무슨 짓을 한 거야?!

금혁수   알고 싶으면 당장 그 전화 주인 아줌마 집으로 와요. 경찰 끌고 오면.. 오승미 죽어.

오택   !!!!!!!!!

50. 서울, 서문 경찰서, 회의실 / N

회의실 벽면에 쭉 붙어 있는 황순규가 찍어온 폴라로이드 사진들..
노숙자들을 지나.. 남윤호를 지나.. 고시원 피해자들을 지나..
마지막에 붙어 있는 사진.. 오승미다!!

5화

웃는
남자

1. (오늘 오후) 서울, 택시회사 앞 도로 / D

캡모자를 눌러쓴 금혁수가 택시를 잡으려는 듯 주위를 훑으며 길가에 서 있다.
그런 금혁수 앞으로 다가와 서는 택시. 지이잉- 창문 내려가고,

택시기사   어디 가세요?

금혁수   (대꾸하지 않는다) ...

택시기사   택시 안 타요?

무시하는 금혁수에 택시기사는 뻘쭘하게 창문 닫는다.
고개 돌려 빨간불에 서 있는 차들을 유심히 보는 금혁수.. 6755 택시를 발견
하면,

택시 안 오택, 수첩 보며 시름에 잠겨 있다.

오택   (시름에 잠겨) 하아.. 100은 더 있어야 되는데..

오택, 신호 바뀌자 기어 박스에 수첩 두고 다시 출발하는데..
끼익- 오택의 택시 앞으로 끼어들듯 손을 뻗어 택시를 잡는 남자.. 금혁수다!
금혁수, 뒷문 열고 올라타 인상 좋은 미소와 함께,

금혁수   화월동이요.

5화
웃는 남자

2. 서강 파출소 + 서강면, 외딴집 / N

김중민, 무안 경찰서 담당자와 통화하며 큰소리 낸다.

김중민　　기동대, 방범 순찰대 다 투입돼야 한다니까요?! 예. 저희 서장님
　　　　　　한테서 연락 갈 겁니다. 아니요. 시간이 없다구요!

통화 중인 김중민 옆으로 박형사도 어딘가와 급박하게 통화 중인 모습 보이고..

혼자 남겨진 오택, 따뜻한 물을 마시는데.. 진동을 느낀다.
보면.. 주머니의 중년부인 폴더폰.. 흘깃 보고 다시 집어넣으려다가.. 문득..

오택　　　공팔..공칠..? 승미 번혼데..?

불길한 느낌.. 오택.. 전화를 받으면..

금혁수F　　아빠?

외딴집 안. 죽은 듯 쓰러져 있는 중년부인이 보이고..
그 옆에서 금혁수가 잘린 손가락을 들고 까딱까딱 흔들며 통화 중이다.

금혁수　　　기사님. 저예요.
오택　　　니가...... 왜 승미 전화를 가지고 있어.. 니가 왜..
금혁수　　　그러게요.. 왜 가지고 있을까?

당황스러운 오택.. 김중민 쪽 보면.. 김중민은 여전히 통화 중이라 정신이 없다.

금혁수	지금 오승미는 말이에요, 아무도 모르는 곳에서 죽어가고 있어요.
오택	너.... 내 딸한테 무슨 짓을 한 거야?!
금혁수	알고 싶으면 당장 그 전화 주인 아줌마 집으로 와요. 약속대로 묵 포 가야죠. 묵포만 가면 오승미 살려줄게요.
오택	너 이미 끝났어.. 나 지금 파출소고 다 신고할 거야.
금혁수	해봐. 그럼 당신 딸은 죽는 거니까.
오택	!!!!!
금혁수	빨리 와요. 아! 경찰 끌고 오면.. 오승미 죽어.

전화 딸깍- 끊기고.. 오택 주변의 모든 소음이 사라진다.
충격에 정신을 차리지 못한 채.. 멍한 오택은 그대로 굳어버리고..

전화 끊은 김중민, 박형사를 찾는다.

김중민	검문소는?
박형사	설치 중입니다.
김중민	(고개 끄덕이고, 오택에게 다가가) 오기사님.
오택	(반응이 없다)
김중민	오기사님?
오택	(정신 차리고, 깜짝 놀라) 네?

오택, 당황한 표정으로 김중민 보면.. 떠오르는 금혁수의 목소리

금혁수E	경찰 끌고 오면.. 오승미 죽어.
김중민	계속 말씀해주시죠. (지도 가리키며) 아까 이쪽 방향으로 도망쳤 다고 하셨죠?

침을 꿀꺽- 삼키고 천천히 지도로 손 뻗는 오택..

2개의 야산 중 김중민이 처음 가리킨 야산과는 다른 야산을 가리킨다.

오택　　　아..아뇨. 이쪽입니다.

김중민　　(예상과 다른 방향에 의아하고) ?

오택　　　(거짓말하며 지도 가리킨다) 통화하시는 동안 다시 지도 찬찬히 봤
　　　　　　습니다. 제가 이 길 건너서 도망쳤거든요. 이쪽이 맞아요.

김중민　　여기가 아니라요?

오택　　　네..

김중민　　(잠시 오택 얼굴 보더니 고개 끄덕, 서강경찰3에게) 수색 인원들 송
　　　　　　전탑 앞으로 집결하라고 공지해주세요. 이쪽 야산 둘레로 저지선
　　　　　　만들고 바로 수색 시작할 겁니다.

서강경찰3　네.

김중민　　(박형사에게) 출발하자.

서둘러 출동하는 김중민과 박형사를 복잡한 표정으로 지켜보는 오택..

3. 서울, 승미 원룸 인근 파출소 앞 + 서강 파출소, 화장실 / N

파출소에서 실망한 표정으로 나오는 장미림, 울리는 전화에 보면 모르는 번
호다.

장미림　　여보세요?

오택, 아무도 없는 서강 파출소 화장실로 들어서며 중년부인 폴더폰으로 장미

림과 조용히 통화한다.

오택	나야. 혹시 지금 승미랑 같이 있어?
장미림	당신이야? 승미 없어. 승미가 연락이 안 돼. 당신.. 갑자기 왜 전화해서 승미 찾아? 승미랑 통화했어?
오택	승미 언제부터 연락 안 되는데?
장미림	오전에 서울 간다고 전화했을 때도 안 받더니 지금까지 연락이 없어.

오택, 승미가 연락이 안 된다는 소리에 인상을 구긴다. 금혁수의 말은 진짜다...

| 장미림 | 걱정되는 게.. 승미 집에 있는데 택배가 하나 오더라고. 열어봤는데 전기 충격기였어. 뭔 일이 있으니까 애가 그런 걸 시킨 거 아냐! |

INS.

(오늘 오후) 승미 원룸. 택배 박스를 열어본 장미림. 박스 안 전기 충격기. 그리고 광고 전단지 속 문구. **'밤길이 무서우십니까? 스토킹이 두려우신가요?'**

오택	(충격받고 입술 꽉 깨물면..)
장미림	경찰서 갔더니 연락 안 된 지 얼마 안 됐다고 일단 더 기다려보래. 범죄에 연루된 거 아니면 위치 추적 이런 것도 안 된다고..
오택	(괴롭지만 애써 아무렇지 않은 척) 별일 없을 거야. 젊은 친구들한테는 아직 초저녁이나 마찬가지잖아. 내가 택시 몰아서 잘 알아.
장미림	당신 승미 집으로 좀 와줄 수 없어?
오택	미안. 나 지금 장거리 뛰러 지방 가는 중이라..
장미림	알겠어. (끊으려다가) 근데 당신, 정말 갑자기 왜 전화한 거야? 이 번호는 또 뭐고?

| 오택 | 그냥.. 전화기 잃어버렸는데 혹시 당신이 전화할까 봐. 나 가봐야 겠다. 일 끝나면 다시 전화할게. |

아무 일 없는 듯 전화 끊는 오택, 하지만 이내 괴로움에 탄식을 쏟고.. **하아...**

4. 서강 파출소, 화장실 앞 복도 / N

오택, 화장실에서 나오다 보면.. 복도 끝.. 파출소 뒷문이 보인다.
다가가 문 열고 도망치려는데... 턱- 막히는 문.. 잠겨 있다!

5. 서강 파출소 / N

어쩔 수 없이 돌아오는 오택. 서강경찰3이 다가오며,

| 서강경찰3 | 오기사님. 이쪽은 금혁수 쫓아서 서울에서 오신 분입니다. 아들이 금혁수한테 당한 피해자라고.. |

오택, 보면... 황순규다.

| 황순규 | 안녕하세요. 황순규라고 합니다. 제 아들은 남윤호라고 하고요. 금혁수 그놈이 오기사님 택시 탄 거 알아내서 여기까지 쫓아왔어요. |
| 오택 | 아.. 남윤호..라면 혹시.. 학생회장 선거 나갔다던... |

황순규	(떨린다) 제 아들 얘기.. 들으셨어요? 금혁수한테?
오택	.......네.
황순규	그놈이 그래요? 우리 윤호 그렇게 만들었다고?
오택	.......네.

황순규.. 눈물이 주룩 흐른다.

황순규	아무도 안 믿어줬어요.. 우리 윤호 자살한 거라고.. 윤호 그렇게 만든 놈 같은 거 없는 거라고.. 다들 그랬어요.. 그랬는데.. 사실이 었네요.. 하.. 진짜였어요..

오택, 티슈 뽑아 건네며 안타깝게 황순규 보는데.. 그 뒤로 파출소 출입문 보이고..

CUT TO
파출소 한 켠. 꽤 진정된 모습의 황순규가 진술 중인 오택을 본다.
황순규의 시선에 보이는 오택은.. 서강경찰3과 대화하면서 중간중간 계속 파출소 출입문을 보다가 문득 황순규와 시선이 충돌하자 스륵 시선을 피하고..

서강경찰3	이쪽 길로 도망치셨으면 절이 하나 있었을 텐데.. 보셨나요?
오택	(정신은 출입문에 팔린 채) 아.....뇨.. (의아하단 표정의 서강경찰3 눈치 보곤) 제가 워낙 정신이 없었어서..
서강경찰3	절 쪽이 아니면 약수터 쪽인가..
오택	(다시 출입문 본다) ...
서강경찰3	정말 뭐라도 본 게 없으세요? 차근히 떠올려보시면-
오택	(말 끊으며) 죄송한데.. 담배 한 대 피고 와도 될까요?

6. 서강 파출소 앞 / N

파출소 밖으로 나온 오택, 담배를 입에 물며 주변을 둘러보면 아무도 보이지 않고-

7. 서강 파출소 / N

황순규, 한 컨에 앉아 파출소 출입문을 보고 있다. 서강경찰3은 통화 중이고, 황순규는 아무래도 오택이 너무 늦는 듯하자 나가보는데..

8. 서강 파출소 앞 - 뒤 / N

황순규   오기사님. 오기사님!

파출소 밖으로 나와 오택을 찾는 황순규. 어디에도 오택은 보이지 않고..

9. 서강면, 국도변 / N

오택은 외딴집을 향해 국도변을 달리고 있다.

10. 서강면, 외딴집, 집 안 / N

금혁수, 슬링백에서 승미 폰이 아닌 다른 폰을 꺼내 전원을 켜고.. 전화를 건다.

밀항브로커F 도착하셨나?

금혁수 아직.

밀항브로커F 미리 와 있으라니까.

금혁수 출발 전까진 도착해.

밀항브로커F 5시 출발이야. 늦지 마.

금혁수, 전화 끊고 현재 시간 보면 2시 58분. 손목시계에 2시간 타이머를 설정한다.

11. 서강면, 국도변 / N

헉..헉.. 턱끝까지 차오른 오택의 거친 숨소리..
계속해서 어두운 국도변을 달리던 오택, 뒤에서 헤드라이트 느껴져 돌아보면
끼익- 달려온 차가 오택 앞을 막으며 멈춰 선다. 황순규다!

황순규 (차에서 내려 다가오며) 오기사님. 어디 가세요?

오택 (당황) .....

황순규 혹시.. 그놈한테 가시는 건가요?

오택 네?

황순규 아까부터 파출소 빠져나갈 궁리만 하셨잖아요.

오택 경찰한테....

황순규	말 안 했어요. 이러시는 이유가 있을 거 같아서 저 혼자 왔어요.
오택	(안도의 한숨) 하아..
황순규	도대체 무슨 일이에요? 그놈한테 협박 받았나요?
오택	...
황순규	그래서 경찰 따돌리고 그놈한테 가는 거예요?
오택	(말을 해야 하나 갈등) ....
황순규	뭔데요? 말씀 좀 해보세요. 네?
오택	그놈이 제 딸 목숨을 쥐고 있습니다!
황순규	네?!!
오택	경찰 끌고 오면 우리 딸이 죽는대요. 목포 데려다줘야 살려주겠답니다!
황순규	그놈 말을... 믿으세요..?
오택	금혁수가 제 딸 핸드폰을 가지고 있어요!! 딸아인 하루 종일 연락이 안 되고요!! 처음부터 계획하고 제 택시에 탄 거란 말입니다!!!
황순규	기사님. 금혁수는 제 아들을 고립시켜서 죽게 만든 놈이에요. 아무도 윤호 말을 믿지 못하게 만들어서 죽였다고요. (손잡으러 다가간다) 그런 놈 믿지 마시고 차분하게 이성적으로 생각을-
오택	(황순규 손 날카롭게 뿌리치며) 제 딸은 살 수도 있는 것 아닙니까!!!
황순규	(예상 못한 반응에 할 말을 잃고) ......
오택	...미안합니다. 저로선 방법이 없습니다.
황순규	(정신 차리고) 아뇨. 따님 살리시려면 그놈을 잡아야죠! 경찰이 그놈을 잡게 도와야 기사님 딸을 구하지요!
오택	그러다 우리 승미.. 죽으면요?
황순규	......아무리 그래도 이렇게 대책 없이 가는 건 아니에요. 저랑 같이 돌아가서 경찰이랑 상의하시죠.

황순규, 오택에게 답이 없자 혼자라도 경찰에 알리겠다는 듯 차 운전석으로 향하는데,

오택   (황순규 잡는다) 경찰은 안 됩니다!!
황순규   (맞받아치듯) 저도 안 됩니다! 제가 알게 된 이상 그냥 보내드릴 순 없어요! 그놈 놓치면요? 제 아들을 죽인 놈이잖아요!!!
오택   그럼 저더러 어쩌라고요?!

딜레마에 빠진 두 사람 사이로 고통스런 침묵의 시간이 흐르고..

황순규   경찰이 안 된다면.. 저라도 같이 가게 해주세요.
오택   ...
황순규   그놈을 놓칠 순 없어요. 멀리서 지켜볼게요.

오택, 절실하게 바라보는 황순규를 잠시 바라보다가.. 고개를 끄덕인다.

오택   같이 가시죠.

황순규가 운전석에 오르면, 오택도 조수석에 올라탄다.

오택   저 언덕 너머로 직진하시면 됩니다.

12. 서강면, 송전탑 부근 / N

김중민과 박형사가 집결한 경찰들의 팀을 나누고 지시하는 모습이 스케치된다.

그사이로 경찰복 차림에 강단 있는 인상의 **손경사(30대)** 보인다.

13. 서강면, 숲길 / N

오택   저기서 우회전이요.

오택의 지시에 따라 좁은 숲길로 우회전하는 황순규.

오택   좌회전이요.

황순규의 차는 점점 어둡고 깊은 숲속으로 향하고-

14. 서강면, 송전탑 부근 / N

일선 경찰들과 함께 수색을 시작하는 김중민과 박형사.
수색조 사이의 손경사, 어딘가로 전화를 거는데 연결이 되지 않는지 인상을
구긴다.

15. 서강면, 숲길 / N

깊숙한 숲길 한가운데에서 길을 못 찾아 천천히 서행하고 있는 황순규의 차.

오택   여기 맞는데.. (갸웃하며) 핸드폰 있으시면 지도 좀 볼 수 있을까요?

핸드폰 비번 푸는 황순규의 모습 지켜보는 오택, 폰 받으면

오택   (지도 앱 보며) 잠깐 내려서 좀 보고 오겠습니다.

오택, 황순규의 핸드폰 가지고 차에서 내려 주변을 둘러본다.
황순규도 고개 돌려 주변을 보지만 아무것도 보이지 않는데..
똑똑- 다가와 차창 두들기는 오택, 황순규가 창문 내리면-

오택   길이 좀 헷갈려서요. 운전 제가 해도 되겠습니까?
황순규   네. 그러시죠.

황순규가 차에서 내리자 오택은 운전석에 타고.. 황순규는 조수석으로 향하는
데.. **딸깍**- 잠기는 차 문!

황순규   기사님?
오택   (외면하며) 미안합니다.

후진 기어 넣고 부앙- 좁은 숲길을 빠져나가는 오택.

황순규   (안타까움, 후회, 배신감) 기사님!! 이러면 안 돼요!! 오기사님!!!

황순규, 오택을 부르며 달려가보지만.. 차는 빠른 속도로 멀어진다..

16. 서강면, 국도 / N

황순규의 차를 몰고 속도를 높여 외딴집으로 달려가는 오택.

17. 서강면, 숲길 - 갈림길 / N

헉.. 헉.. 어둠 속을 달리는 황순규.. 갈림길이 나오자 멈춰 선다. 어디로 가야 할지 몰라 답답함에 가쁜 숨만 몰아쉬고-

18. 서강면, 외딴집, 부근 / N

경찰차가 서고, 손경사가 운전석에서 내린다.

19. 서강면, 외딴집, 마당 / N

손경사, 마당으로 들어서며 개집 쪽을 보면 그림자 속.. 굳은 채 쓰러져 있는 똥개..

20. 서강면, 외딴집, 집 안 / N

어두운 집 안으로 들어서는 손경사, 벽의 스위치를 올려보지만 차단기 내려
간 듯 조명은 들어오지 않고.. 손 뻗어 옆에 있는 거실 커튼 확- 열어젖히면-
달빛이 스며든 거실엔 피가 가득... 부엌 한쪽엔 누워 있는 중년부인의 시체!

손경사   ....(멍하니 시체로 다가가다 어느 순간) 엄마!!!!!!!! 으아아아악!!!!

엄마의 주검 앞에 주저앉아 어찌할 바를 몰라 하는 손경사.
분노를 주체 못해 짐승 같은 신음을 내뱉는데..
안방 쪽에서 빠직거리며 어떤 소리가 들려온다!

소리에 반응, 서늘한 표정으로 천천히 몸을 일으키는 손경사.
걸리적거리는 식탁 밀쳐버리고 저벅저벅 안방으로 향한다.
안방 안에 사람은 보이지 않고, 커다란 장롱 문들을 열어젖히며 안을 살피는데..
손경사의 뒤쪽. 돌침대 아래서 **스윽**- 모습을 드러내며 기어나오는 금혁수..
뒤에서 손경사의 발목을 잡고 그대로 당겨버린다.
손경사 고꾸라지면, 금혁수는 곧장 칼을 치켜들고 휘두르는데-
순간 몸을 뒤집고 금혁수를 넘겨버리는 손경사.
금혁수는 거실로 내동댕이쳐지며 칼을 놓치고..
서슬퍼런 눈빛의 손경사는 빠른 몸놀림으로 금혁수를 제압한다.
금혁수는 온 힘을 다해 저항해보지만 손경사에게서 빠져나오지 못하자
손경사 허리춤의 리볼버 발견하고 손을 뻗는데..
이내 눈치챈 손경사가 순간적으로 리볼버를 잡아챈 후
펑- 금혁수의 귀 옆 허공에 공포탄을 발사.
다시 금혁수의 미간 겨눈 후 곧장 **딸깍**- 해머를 당긴다.

금혁수   미친 새끼.. 너 경찰 맞아?
손경사   체포에 불응해서 발포했다면 그만이야 이 싸패새끼야.

방아쇠를 쥔 손경사의 손가락에 힘이 들어가는데-

오택E	안 됩니다!!!!!!!!
손경사	(보면) ...
오택	죽이면.. 안 돼요!!!
손경사	당신 누구야?

어느새 들어온 오택이 손경사 주의를 끈 사이, 금혁수는 떨어진 칼 주워 휘두르고- 손경사가 엉겁결에 리볼버로 막는데, 금혁수 칼과 손경사 리볼버가 동시에 날아간다.
그런데 날아간 리볼버가 미끄러져 멈춘 곳은.. 하필 오택 바로 앞...
오택이 당황하는 사이 금혁수와 손경사는 엎치락뒤치락 사투를 벌이고,

금혁수	(손 뻗으며) 총 줘!
오택	(어찌할 바 모르고) .....
금혁수	딸 살리고 싶으면 당장 총 달라고!!

딜레마에 빠진 오택이 얼어붙은 사이, 다시 손경사가 금혁수를 제압한다.
금혁수의 얼굴을 한 손으로 마구 누르며... 다른 손을 총 쪽으로 뻗는 손경사..
오택은 자신의 앞에 있는 총에 손끝이 닿으려는 손경사를 보며 갈등하고-

손경사	(총에 손이 닿을락 말락 닿지 않자) 이런 씨!

한편 손경사의 손아귀에서 벗어나려 고개를 마구 돌려대던 금혁수,
날아간 자신의 칼을 발견하고 손을 뻗지만 아슬아슬하게 닿지 않는다.
보면, 손경사의 손은 이제 총구 가까이 닿아가고...

금혁수   딸 죽일 거야?! 나 죽으면 오승미도 죽는 거야!!!!!

SLOW MOTION

금혁수의 목소리 울려퍼지자..

휙- 오택은 자기도 모르게 리볼버를 발로 차버린다.

총에 손 닿았던 손경사가 놀라 오택 보면,

오택 자신도 당황스러운 듯 손경사 보는데..

그사이.. 칼을 쥔 금혁수가 손경사 손아귀에서 벗어나 손경사의 등에 칼을 꽂는다!!

오택, 놀라 주저앉으며 탄식.

오택   안 돼...

손경사, 손으로 등 뒤에 꽂힌 칼을 찾는다.. 손에 닿자 뽑아내며 일어서는데..

어둠 속에서 스윽 나타나는 리볼버 총구.. 그림자 속 금혁수의 미소..

탕-!!! 오택의 얼굴에 손경사의 피가 촤악- 흩뿌려지고..

쿵- 쓰러지는 손경사.

얼굴에 손경사의 피가 튄 채 쓰러진 손경사를 보는 오택의 멍한 시선에..

손경사 시체 뒤로 자신을 믿고 도와줬던 중년부인의 시체가 보인다.

벽에 걸린 중년부인과 손경사가 함께 찍은 가족사진 눈에 들어오면..

차마 비명조차 지르지 못하는.. 죄책감에 사로잡힌 오택의 표정..

21. 서강면, 야산 / N

경찰들과 함께 수색 중이던 박형사, 어딘가를 보고 서 있는 김중민에게 다가간다.

김중민   오기사님 말이야. 어두운 산길로 도망쳤다고 했잖아. 근데 여기 너무 밝지 않아?

박형사, 주변을 보면 길을 환하게 밝히고 있는 노란 가로등 불빛들..

김중민   이 길은 아니야. 수색 범위 넓히자.
박형사   네.

박형사, 경찰들에게 달려가면.. 김중민은 가로등 다시 한 번 보고..

22. 서강면, 외딴집, 집 안 / N

얼빠진 오택의 시선에.. 손경사와 중년부인의 시체가 뿌옇게 보인다.

오택   (중얼중얼) 나 때문이야.. 나 때문에 죽은 거야..

오택에게 다가오는 금혁수.. 흐릿한 오택의 시야가 점차 돌아오면..
씨익 – 웃고 있는 금혁수의 미소.. 그걸 본 오택, 순간 이성 잃고 달려든다!!

오택   으아아아아아악!!!

금혁수 위로 올라타 목을 조르기 시작하는 오택.

오택	승미 지금 어딨어?!!!
금혁수	큭큭큭.
오택	승미 털끝 하나라도 건드렸다면 넌 내 손에 죽어!
금혁수	큭큭큭.
오택	승미 어딨는지 당장 말해!! 죽고 싶지 않으면 말하라고!! 말해!!
금혁수	큭큭. 기사님, 나 못 죽이잖아. 나 죽으면 오승미도 죽는다니까?
오택	(분노에 눈 돌아가며 더욱 강하게 목을 조른다) 승미 어떻게 했어!!!!!

문득 턱 아래로 금혁수가 들이댄 리볼버 총구가 느껴지는 오택.

금혁수	말해줄 테니까.. 손 떼요.

오택, 금혁수에게서 손을 떼면.. 금혁수는 천천히 몸을 일으키며 말한다.

금혁수	(목 만지며) 원래는 오승미, 오늘 아침에 죽이려고 했는데..

INS.

(오늘 아침) 어딘가. 묶인 오승미가 땀과 흙으로 범벅된 채 죽은 듯 축 처져 있는데.. 문 열리는 소리 들리자 천천히 고개 든다. 오승미는 지쳤지만 또렷한 눈으로 다가오는 금혁수를 노려보고,

금혁수	안 죽였어요.
오택	정말이야? 살아 있다는 증거는? 증거 있어?
금혁수	그런 건 없죠.. 근데 진짜 살아 있어요.
오택	그걸 어떻게 믿어?!
금혁수	죽이려는데 갑자기 그러더라고..

23. (오늘 오전) 어딘가 / D

오승미   나 여기 올 때 아빠랑 통화했어! 내가 연락 안 하면 여기로 오기
　　　　　로 했다고! 그러니까 이거 풀어 얼른!!

금혁수   (오승미 폰 속 '아빠'와 통화한 기록 확인) <u>ㅎㅎㅎㅎ.</u> 거짓말. 영상통
　　　　　화 3초 해놓고. 여기가 어딘 줄 알고 니 아빠가 널 구해?

금혁수는 피식 웃으며 승미 폰 속 '아빠' 연락처 프로필에 넣어둔 오택의 사
진을 잠시 들여다본다. 해맑게 웃고 있는 오택 보이면.. 그 위로 들려오는 오
승미의 목소리..

오승미   우리 아빠는 날 위해선 뭐든지 할 사람이니까.. 아빠한텐 나랑 내
　　　　　동생이 전부니까.. 우릴 위해서라면 자기 목숨도 바칠 사람이니
　　　　　까.. 그러니까 아빠는.. 반드시 나 찾을 거거든.

금혁수   (어이없다는 듯 보면)

오승미   너.. 진짜 나 잘못 건드렸어.

24. 서강면, 외딴집, 집 안 / N

금혁수   택시 모는 아빠가 무슨 슈퍼맨쯤 되는 줄 알았나 봐.

오택   승미야... (눈에 눈물이 고인다)

INS.

(과거) 옥상. 자기도 모르게 승미 뺨을 짝- 때렸던 오택.

승미와 서먹해졌던 그날 일이 떠오른 오택은 눈물이 흐르는데..

금혁수　　기사님이 자기 대신 목숨도 바칠 거라고 철석같이 믿는 거 같길래, 나도 궁금해졌어요.

25. (오늘 오전) 어딘가 / D

금혁수, 오승미를 잠시 보더니.. 작은 전지가위를 들고 다가간다.
금혁수의 몸에 가려진 승미가 버둥거리며 비명을 질러대자
금혁수, 덕트 테이프를 가져와 반항하는 승미의 입을 막는다.
승미에게 뭔가를 하는 금혁수의 뒷모습..
끄흡- 승미의 애처로운 비명이 새어 나오고..
무언가(잘린 손가락)를 천 조각으로 싸며 돌아서는 금혁수.

금혁수　　너랑 내기를 해볼까 하는데.

오승미　　(입이 막힌 채로 소리친다) 우우우우웁!!!

금혁수　　조용히 하고 들어. 난 널 여기다 두고 너네 아빠 택시를 탈 거야. 그리고 도착하면 물어보려고. "기사님, 승미가 그러던데 진짜 딸을 위해서 죽을 수도 있어요?"

오승미　　(사악함에 치를 떨며 바라본다)

금혁수　　니 말처럼 진짜로 너네 아빠가 너 살리겠다고 죽으면.. 배 타기 전에 여기 위치 경찰에 알려줄게. 어때?

오승미　　우우우우웁웁!!!

금혁수　　그러니까 니 목숨은.. 니가 믿는 너네 아빠한테 달린 거야.

금혁수, 피 흘리는 오승미를 그대로 그렇게 내버려둔 채 밖으로 향하면..

26. 서강면, 외딴집, 집 안 / N

오택　　　내가 죽어야.. 승미 살려주겠다는 거야?

금혁수　　(어깨를 으쓱) ..

오택, 금혁수가 든 리볼버 총신을 잡고 자기 미간에 가져다 댄다.

오택　　　그럼 죽여. 어서 당겨.. 쏴 개새끼야!!!! 쏘라고!!!!!!

금혁수는 표정 변화 없이 오택을 물끄러미 바라만 볼 뿐..
그런 금혁수의 눈을 노려보던 오택.. 안 되겠다 싶었는지 무릎을 꿇고 빌기 시작한다.

오택　　　제발.. 승미 살려줘.. 부탁한다.. 우리 승미.. 죽으면 안 돼.. 내가 이렇게 빌게..

차분하게 오택을 보던 금혁수, 총을 거두며 말한다.

금혁수　　그만해요. 애끓는 부정은 충분히 알겠으니까. 아쉽게도 게임은 끝났어요. 상황이 변했잖아요.

오택　　　무슨 소리야?

금혁수　　(짜증) 기사님이 도망치는 바람에 이 난리가 났잖아요!! 후우.. (타이머 본다) 88분 남았네요. 그 안에 나 밀항 성공시켜요. 이제는 그

게 오승미를 살릴 수 있는 유일한 방법이에요. 밀항선 타면.. 오승
미 있는 위치 알려줄게요.

오택   경찰이 마을 완전히 봉쇄했어. 너 못 빠져나가.

금혁수   그럼 오승미는 죽는 거지. 경찰은 오승미가 어딨는지 절대 못 찾
거든.

27. 서울, 승미 원룸 / N

승미 원룸의 장미림이 승미의 여러 친구들과 통화하는 모습이 점프 컷으로
보인다.

장미림   세양대학교 2학년 신방과 오승미라고.. 알지? 나 오승미엄만데..
늦은 시간에 전화해서 미안. 승미가 연락이 안 돼서..

- 다른 전화 **"승미랑 같이 알바하는 친구 맞지? 오늘 승미 봤니? 못 봤어?"**

- 또 다른 전화 **"여보세요? 세양대 오승미... 승미 모르니?"**

28. 서강면, 외딴집 / N

스며드는 달빛에.. 러닝셔츠 차림의 손경사 시체와 중년부인 시체가 보이면..
한쪽에서 오택이 손경사의 경찰복을 입고 있다.
셔츠 단추를 하나씩 잠그고 보면 옷소매에 묻어 있는 핏자국..

끔찍한 듯 눈을 질끈 감았다가 뜨고 싱크대로 가 씻어보지만 잘 지워지지 않는다.

29. 서강면, 외딴집, 부근 / N

손경사가 타고 왔던 경찰차 운전석에 올라타는 오택.
이미 뒷좌석에 앉아 있던 금혁수가 손경사의 리볼버 만지작거리며 말한다.

금혁수   잘 어울리네. 진짜 경찰이라고 해도 믿겠어요.

오택, 대꾸 없이 시동 켜는데.. 금혁수가 뭘 달라는 듯 손 내민다.

금혁수   전화기요. (못 알아듣자 답답하다는 듯) 이 집 아줌마 꺼.

폴더폰 건네는 오택. 금혁수는 전원 끈 뒤 창밖으로 던져버린다.
경찰차, 출발하고-

30. 서강면, 숲길 - 외딴집 부근 / N

황순규는 여전히 숲길을 헤매고 있는 중인데..
문득 저 멀리 숲속에서 반짝이는 무언가가 보인다.
자세히 보면, '반짝이는 무언가'는 외딴집 부근에 오택이 세워둔 황순규의 차!
황순규, 자신의 차 쪽으로 가려는데..

어디선가 들리는 차 소리- 숲 너머 국도를 달려가고 있는 경찰차가 보인다.

황순규   여기요!! 여기!!!

경찰차에 도움을 요청하기 위해 달려가는 황순규.
숲을 벗어나기도 전에 경찰차는 빠른 속도로 달려가버리는데-
황순규의 시선에 운전석, 경찰복을 입고 있는 오택의 얼굴이 스친다.
그리고 뒷좌석 금혁수의 실루엣!!

황순규, 빠르게 길로 달려 나가보지만 이미 경찰차는 멀어지고..
빛에 반사되어 잘 보이지 않는 번호판을 확인하려 두 눈 찌푸리고 보면,

황순규   칠.. 칠칠..

경찰차가 시야에서 사라지자 후다닥 자신의 차로 달려가 올라타는 황순규. 다
행히 차 키 꽂혀 있고, 뒷좌석 보면 백팩도 그대로다. 부릉- 시동 걸고 달려
나가면-

31. 서강면, 국도, 갈림길 / N

경찰차를 모는 오택. 갈림길 나오자 '묵포' 이정표 보고 직진하려는데..

금혁수   (불쑥 운전석 쪽으로 고개 내밀며) 캐리어 챙겨가야 돼요.
오택   이 상황에?
금혁수   개인적으로 중요하다고 했잖아요.

오택　　　　(어이없다는 듯 금혁수 보고)

오택의 차가 방향 꺾어 좌회전하면-

CUT TO
오택이 방향 튼 갈림길에 도착하는 황순규 차.
황순규, 고민하다 '묵포' 이정표 발견하고.. '묵포' 방향으로 직진한다.

32. 서강면, 국도 / N

국도를 달리는 경찰차.. 오택, 굳은 표정으로 금혁수에게 묻는다.

오택　　　　승미는 어떻게 안 거야?
금혁수　　　...
오택　　　　왜 승미였던 건데?
금혁수　　　(계속 반응 없고) ...
오택　　　　왜 내 딸이었냐고!
금혁수　　　.....마마보이 장례식장에서 처음 봤어요.

33. (과거) 장례식장 / D

남윤호의 영정 사진과 빈소 구석에 충격으로 우두커니 앉아 있는 황순규 보이고..

(3화, #30 이어서) 슬픈 조문객들 사이에 앉아 있는 금혁수,

비식- 웃음이 새어 나오자 감추려 고개를 푹 숙이는데..

어깨까지 들썩거리는 모습이 마치 우는 것처럼 보이자

어느 여성 조문객이 다가와 어깨를 다독여준다.

금혁수, 여성 조문객이 건넨 티슈를 받아 웃다가 흘린 눈물을 닦아내고...

고개 들어 조문객 보면... 눈물이 그렁그렁한 오승미다!

금혁수E   누구 딸 아니랄까 봐 지가 무슨 성모 마리안 줄 알아.

금혁수는 오승미에게 억지로 슬픈 표정을 만들어 보이고,

승미는 그런 금혁수의 거짓 슬픔에 전이되어 흑- 한바탕 눈물을 쏟는다.

슬피 우는 승미를 바라보는 금혁수의 눈에도 살짝 눈물이 맺히는가 싶은

데..........

금혁수E   오지랖도 적당해야지.. 처음엔 그게 혐오스러웠는데.. 어느 순간
               호기심으로 바뀌었어요.

이때, 빈소에서 황순규가 혼절하자 달려 들어가 부축하며 승미를 부르는 정
이든.

정이든   승미야!! 물 좀!!

금혁수, 급히 물 챙겨 빈소로 가 황순규를 보살피는 승미를 보며..

금혁수E   저 안에 뭐가 들었을까..

34. 서울, 승미 원룸 / N

장미림, 또 어딘가로 전화를 건다. 한참을 울리다 상대가 전화 받으면,

장미림　보라니? 나 승미엄만데.. 혹시 승미랑 같이 있니?

승미친구F　예? 아뇨. 저.. 요즘 승미랑 연락 안 하는데..

장미림　왜? 니가 제일 친한 친구라던데?

승미친구F　그랬는데요.. 승미가 남친 생기고 나서는 친구들을 좀 멀리해서..

장미림　남자친구? (배달 온 전기 충격기를 보며..) 그게 누군데?

승미친구F　저도 몰라요. 승미가 얘기 잘 안 했고, 사진도 본 적 없어서.. 남친
이 사진 찍는 거 싫어한다고 했거든요. 아, 근데.. 성이 좀 특이했
어요.

장미림　성? 성이 뭔데?

승미친구F　금씨요.. 금씨라고 했어요.

35. (과거) 유기견 보호소 / D

오승미, 겁먹은 표정의 유기견에게 손으로 먹이를 먹이는 핸드 피딩 시범을
보인다.

오승미　(유기견 겁먹지 않게 조용히) 사람들한테 상처받은 애들은 이렇게
손으로 사료를 먹이면서 사회화를 시켜주는 게 필요해요. 애들이
사람한테 다가갈 용기를 낼 수 있게요.

오승미, 사료를 잘 받아먹은 유기견을 쓰다듬어주고 일어서는데..

자원봉사자들 사이 금혁수를 알아본다. 빙긋 웃어 보이는 금혁수.

금혁수E   사람들은 우연이 반복되면 운명인 줄 알아요. 오승미도 그랬겠죠.

36. 서강면, 국도 / N

오택   니..니가.. 승미랑 사귀었다고.. 니가..

금혁수   네. 연애라는 거 꽤 재밌더라고요. 착한 척하는 오승미의 가면을 부숴버리려고 시작했던 건데.. 어느 순간 그런 생각이 들었어요.

37. (과거) 금혁수 집 / D

금혁수가 계단을 올라오면, 2층 거실. 햇살이 내리쬐는 창 아래 작은 소파에 기대 잠들었던 오승미가 잠결에 금혁수를 돌아보고 환하게 웃는다. 금혁수도 웃어 보이며..

금혁수E   죽이지 말고 평생 가지고 놀까..?

38. 서강면, 국도 / N

오택, 분노에 핸들을 꽉 잡자.. 손톱 뽑혔던 엄지에선 피가 흐른다.

39. (과거, #35에서 몇 달 후) 유기견 보호소 / D

유기견 밥그릇을 설거지하며 여느 연인들처럼 물장난을 치는 금혁수와 오승미.
구석 나무 그늘 아래서 공천석이 두 사람을 탐탁지 않은 시선으로 보고 있다.
금혁수 문득 공천석과 시선 마주치고..

금혁수E   오승미 대신 누구라도 죽여야 했어요.

40. (어젯밤) 어느 고시원 / N

INS.
허름한 고시원 건물 외관. 한밤중이라 인적 없이 고요하다.

금혁수E   그동안 못 죽인 만큼. 한꺼번에. 많이.

금혁수, 조용히 고시원 주방으로 가 냄비에 식용유를 가득 붓더니 가스레인
지를 켠다.
펄펄 끓는 기름에선 연기가 나기 시작하고,
금혁수는 고시원 출입구로 나와 복도에 널린 자전거로 입구 막고 돌아서는데-
그런 금혁수를 가로막고 서는 누군가... 정이든이다!

정이든   무슨 짓을 한 거야?!

정이든, 당황한 금혁수 밀어내고 자전거 치우며 고시원 안으로 들어가면,
긴 복도 안쪽 주방.. 커튼에 붙은 불이 타오르는 것이 보인다. 당황도 잠시..

뒤에서 정이든의 얼굴에 확- 뒤집어씌워지는 비닐봉지.

금혁수E   모두가 잠든 새벽에.. 그 고시원에 살지도 않는.. 아무 상관도 없
             는 정이든이.. 거기를 어떻게 알고 나타났을까요?

힘주는 금혁수의 손아귀.. 비닐에 숨 막힌 정이든은 정신을 잃어가고-

41. (과거) 금혁수 집 / D

(#37 연결) 오승미는 다시 소파에 파묻히며 잠을 청하고..
금혁수는 방으로 향하다가.. 멈칫- 거실에 놓인 책장의 뭔가가 이상한 듯 다
가가면..
책들이 색깔별, 크기별로 정렬 맞춰 정리된 책장에 두툼한 해부학 원서가 살
짝 튀어나와 있다. 금혁수, 해부학 원서를 손가락으로 슥- 밀어넣다가 아무래
도 마음에 걸리는지 해부학 원서 꺼내 열어보면.. 책 안에 넣어두었던 노숙자
들과 남윤호의 폴라로이드 사진들은 그대로.. 승미를 보면, 오승미는 아무 일
없는 듯 잠들어 있는데-

금혁수E   오승미였어요. 오승미가 눈치채고 정이든한테 날 미행시킨 거
             예요.

뒤돌아 모로 누운 오승미 가까이 카메라 다가가면, 승미는 두려움에 덜덜 떨
고 있다.

42. (어젯밤) 어느 고시원 건물 앞 / N

불길이 활활 타오르는 낡은 고시원 건물 잠시 바라보다 사라지는 금혁수..

금혁수E   나는 죽이지 않고 놓아줬는데..

43. (오늘 새벽) 어느 고시원 / D

화재 진압 후, 고시원 주방으로 진입한 소방관들이 주방 대형 세탁기를 열어보는데.. 웅크린 채 기절한 정이든.. 소방관이 확인해보면.. 살아 있다!

금혁수E   오승미는 날 무너뜨리려고 했어요.

44. (오늘 새벽) 한국대병원, 중환자실 / D

'정이든' 환자 이름표가 붙은 중환자실 병상에 누워 있는 정이든.
한 의사가 정이든에게 다가가 선다. 의사의 이름표가 클로즈업되면.. **'금혁수'!**

금혁수E   다행히 행운은 제 편이었지만.

45. 서강면, 국도 / N

금혁수 결국 오승미는 절 배신한 대가를 치른 거예요.

오택, 경찰차를 **끼익**- 세운다. 후.. 격앙되는 감정을 애써 누르고..

오택 니가 사람 죽여놓고 승미 탓하는 거야?

금혁수 아! 아직 대가를 치른 건 아니네요. 살지도 모르니까.

오택 닥치고 그 입 닫어!!!

금혁수 물어본 건 기사님 아닌가? 그만 가죠. 이럴 시간 없는 거 같은데.

46. 서강면, 야산 / N

박형사가 현지경찰1이 내민 손 붙잡고 산기슭에서 산길 쪽으로 올라온다.

박형사 이쪽도 허탕인 거 같죠?

현지경찰1 아따. 그 택시기사 양반, 진짜 이 산으로 도망친 게 맞대요? 여그서 송전탑 쪽으로 넘어갈라믄 낭떠러지 때문에 쉽지가 않았을 거인디..

박형사 (잠시 생각에 잠기는데)

김중민F (무전) (다급한 소리) 박형사!!

47. 서강면, 산길 / N

김중민이 세워둔 차로 달려오면, 박형사도 곧이어 달려오고 운전석에 탄다.

박형사   (시동 걸며) 오기사님이 사라져요?

김중민   금혁수 짓일 수 있어. 파출소로 돌아가자. 출발해.

48. 서울, 금혁수 집 + 서문 경찰서, 영상 분석실 / N

과학 수사대가 금혁수 집 구석구석을 뒤지며 증거 수색 중인 가운데..
이형사가 침대 아래에서 박스를 발견하고 끄집어낸다.
해부학 원서를 꺼내고, 폴라로이드 사진들을 순서대로 책상에 펼치는데 울리
는 전화.

영상 분석실의 최형사. #1에서 보여진 금혁수의 모습이 찍힌 cctv 영상 보며
이형사와 통화한다. 금혁수는 자기 앞에 선 택시를 그냥 보내버린 후 오택의
택시에 올라타고,

최형사   병원에서 1키로를 넘게 걸어가서 30분 가까이 서 있다가 육칠오
         오 택시 나타나니까 그제서야 기다렸다는 듯이 타더라고요.

노트북으로 cctv 확인하는 이형사, 화면 속 흐릿한 금혁수를 바라본다.

이형사   (혼잣말) 일부러 골랐다고? 왜?

49. 서울, 승미 원룸 + 금혁수 집 / N

전기 충격기를 앞에 둔 장미림, 얼빠진 채 있다가 전화벨 울리자 정신을 번뜩 차린다.

장미림   (전화 받으며) 여보세요? 승미니?
이형사   아.. 저는 서문 경찰서 형사2팀 이지은형사라고 합니다.
장미림   형사요? 형사가 왜요? 승미한테 무슨 일 생긴 건가요?
이형사   승미요..? 저는 오택기사님 때문에 전화드린 건데... 승미라면..
장미림   제 딸이요. 저희 딸 때문에 전화하신 게 아니에요?

순간, 이형사.. 금혁수 책상 위에 펼쳐둔 폴라로이드 중 마지막..
젊은 여성(오승미)의 사진이 눈에 들어온다.

50. 서강면, 교각 인근 시골길 / N

속도를 줄이는 경찰차.
운전석의 오택은 창밖으로 교각 아래 떨어져 있는 캐리어 발견하고 차 세운다.

51. 서울, 금혁수 집 / N

이형사   (김중민과 통화) 네. 제가 오기사님 부인 만나보겠습니다.

52. 서강면, 교각 인근 시골길 / N

김중민   (전화 끊고) 금혁수가 오기사님 딸 납치해놓고 일부러 그 택시 탄
거 같다.

박형사   예? 그럼 오기사님 협박 받은 거예요?

김중민   그래서 파출소에서 도망친 거야. 빨리 가자.

하는데.. 박형사, 앞을 보면 차 한 대 폭의 좁은 교각 위에 경찰차가 서 있다.
빵빵빵-!! 경적 누르는 박형사, 트렁크 열고 캐리어 넣던 오택....... 얼어붙는데-

김중민   (창문 밖으로 고개 빼고) 서울서 온 형삽니다! 차 좀 빨리 빼주시죠!

중민의 말에.. 금혁수, 귀 만지며 앞좌석 틈 사이로 김중민의 얼굴을 유심히
본다.
오택, 트렁크에 던져져 있는 경찰 캡모자 발견하고 깊게 눌러쓴 채 운전석으로
향하면.. 경찰복 입은 오택을 이상하다는 듯 보는 김중민과 박형사.

박형사   저 경찰은 금혁수 안 찾고 여기서 뭐 하는 거야..

김중민, 라이트에 눈부신 척 얼굴 가리며 경찰차에 올라타는 오택을 본다.
오택, 경찰차를 길게 나무 그늘 아래로 후진시키면.. 교각 지나가는 박형사.
스치며 얼핏 김중민의 시선에 경찰차 뒷좌석에 앉아 있는 금혁수의 실루엣
보이고..
급히 파출소 방면으로 사라지는 김중민의 차를 지켜보는 오택과 금혁수.

53. 서강면, 외곽 검문소1 / N

차를 몰아 묵포 방면으로 달리던 황순규, 금혁수를 잡기 위해 설치된 검문소를 발견한다. 경찰들이 차를 세우기도 전에 먼저 차를 세우고 다급하게 내리는 황순규.

황순규   좀 전에 경찰차 안 지나갔습니까?!

검문소경찰1 아뇨. 근데 누구신데..

황순규   (당황) 안 지나갔다고요? 그럴 리가 없는데... 여기밖에 없는데.

검문소경찰1 지나간 차 없습니다. 누구시냐고요?

황순규   연락 좀 해주세요! 지금 경찰차 타고 살인범이 도망치고 있어요!

54. 서강면, 국도 / N

김중민   (전화 받는다) 김중민입니다. 네?!

끼이익- 급히 유턴하고,

55. 서강면, 외곽 검문소1 / N

검문소에 도착하는 차에서 튀어나오는 김중민과 박형사.

검문소경찰1 오셨습니까. 여기 이분이 말입니다.

검문소 옆 대기 공간(버스 정류장)에서 나오는 황순규.. 김중민과 맞닥뜨린다!

김중민	윤호..어머니??
황순규	김형사님...!!
김중민	여기서 뭐 하세요?! 설마.. 여기까지 금혁수 쫓아온 거예요?!!
황순규	지금 그게 중요한 게 아니라요. 금혁수가 경찰차 타고 도망쳤어요. 칠칠로 시작하는 경찰차요!
김중민	!!! (무심코 스쳤던 단서들이 떠오르고)

INS.

교각에서 마주쳤던 경찰차의 차 번호.. '7725'

INS.

교각에서 마주쳤던 경찰이 입고 있던 옷에 묻어 있던 핏자국..

INS.

경찰차와 스칠 때 뒷좌석에 타고 있는 남자(금혁수)의 실루엣..

김중민	칠칠이오!! 아까 그 차야!!

56. 서강면, 외곽 검문소2 / N

좁고 외진 길목에 검문소가 뒤늦게 설치되고 있다. 바퀴가 부서진 낡은 바리케이드를 낑낑대며 힘으로 미는 경찰들. 그 옆으로 오택이 모는 7725 경찰차가 스륵 지나가고.. 바리케이드 밀던 경찰이 슥 보지만 경찰차임을 확인하고 다시 미는데..

57. 서강면, 외곽 검문소1 / N

김중민, 검문소 경찰의 무전기로 급히 전 대원에게 무전한다.

김중민   전 대원에게 알린다! 용의자가 칠칠이오 번 경찰차로 도주 중이
                 다! 남서 방면 검문소들은 특히 주의 바란다! 반복한다! 용의자
                 금혁수가 칠칠이오 번 경찰차로 도주 중이다!

58. 서강면, 외곽 검문소2 / N

검문소경찰2   (문득) 방금 지나간 경찰차 몇 번이었습니까?
검문소경찰3   칠칠.. 이오.. (!!)

59. 서강면, 외곽 검문소1 / N

검문소경찰3F (무전) 여기는 남서 아홉! 여기는 남서 아홉! 칠칠이오 경찰차가
                  지금 막 통과했다!

김중민과 황순규, 서로 눈 마주치고..

김중민   (박형사에게) 가자!!!

김중민과 박형사, 차에 올라타 경광등 올리고 달려가면.. 그 모습을 지켜보는 황순규.

60. 서강면, 외곽 검문소2 / N

검문소2의 경찰들도 오택의 경찰차 따라잡기 위해 출동하고-

61. 묵포행 국도, 몽타주 / N

- 국도를 달리는 오택의 경찰차. 뒤에서 사이렌 소리 가까워져 오는 것 느껴지면, 뒤돌아보는 오택과 금혁수. 검문소2에서 출발한 경찰차가 오택을 따라잡았다.

메가폰   칠칠이오. 차 세워요! 차 세우라고!

   오택, 금혁수 보면,

금혁수   왜 절 봐요? 알아서 하셔야죠. 오승미 살리려면.

   머리 굴리던 오택, 순간.. 급브레이크를 밟는다. **끼익-**

금혁수	벌써 포기한다고?
오택	(룸미러로 경찰들 주시하며 금혁수에게) 조용히 해!

따라온 경찰차가 오택 따라 차 세우고, 경찰들 차에서 내려 다가오면..
그 순간, 오택.. **부앙**- 액셀 밟고 달려나간다.
당황한, 경찰들.. 쫓아서 뛰다가 안 되겠는지 다시 자신들의 차로 달려가고,
차에 올라탄 검문소경찰3은 곧바로 무전 날린다.

검문소경찰3	(무전) 대흥 삼거리! 칠칠이오 용의 차량 도주! 용의 차량 도주!

- 달리는 김중민과 박형사 차 안의 무전기 울리면,
  김중민은 차량 내비를 확인하고 박형사에게,

김중민	저 앞에서 좌회전!

박형사, 휙- 차를 돌리면-

- 질주하는 오택, 옆길에서 나타난 경찰차가 빠르게 달려와 뒤따르기 시작하
  자 순간적으로 핸들 휘리릭- 돌려 농로로 접어들고-

  오택의 차 바로 뒤까지 따라붙었던 경찰차는 타이밍 놓치고 그대로 직진-
  뒤늦게 브레이크 밟고, 다시 후진하면-

  그 뒤를 따라오던 경찰차, 후진해오는 경찰차 때문에 급브레이크 밟는다. **빵!**
  끼익- 두 차 모두 멈춰 서고-

- 오택, 드넓은 논 사이 바둑판처럼 격자무늬로 펼쳐진 농로를 달리는데, 쫓

아온 또 다른 경찰차 한 대가 옆 라인에서 나란히 달리기 시작한다.

- 격자무늬 농로에 들어선 김중민과 박형사, 앞서 나란히 달리고 있는 두 대의 경찰차 보이자.. 어떤 차가 오택이 타고 있는 7725 경찰차인지 알 수가 없고-

김중민   차 번호 보여?

박형사   안 보입니다!

김중민, 2대의 경찰차 중 도망치듯 앞서 나서는 경찰차 보고 소리친다.

김중민   저 차 막아!!

끼익- 박형사가 경찰차 막고 보면.. 오택이 아니다!

- 그사이 농로를 빠져나가는 오택의 경찰차..

62. 묵포행 국도, 어느 사거리 / N

계속해서 쫓던 김중민과 박형사.. 앞쪽에 멈춰 선 경찰차들 보이자 차 세우고 내린다.

박형사   왜요?! 무슨 일입니까?

검문소경찰2   용의 차량이 사라졌습니다!

김중민   (경찰차 무전기를 집어들고 무전) 현재 용의 차량 보이는 팀은 응답 바람. 용의 차량 보이는 팀 응답 바람. 아무도 없습니까?!!

63. 서강면, 외곽 검문소1 / N

검문소경찰1의 무전기에서 무전 소리 흘러나온다.

무전1F　　대흥4팀. 안 보인다.
무전2F　　서강3팀. 안 보인다.
무전3F　　서강1팀입니다. ... 놓친 것 같습니다.

검문소 대기 장소에 있던 황순규.. 무전 소리 듣고 주저앉으면,

64. 묵포행 국도, 굴다리 / N

어느 어두운 굴다리 안.. 그림자 아래.. 경찰차 안..
오택과 금혁수가 시동을 끈 채 숨죽이고 있다.

65. 서강면, 외곽 검문소1 / N

검문소경찰1에게 다가가는 황순규.

황순규   전화기 좀 빌려주세요.

66. 묵포행 국도, 어느 사거리 + 서강면, 외곽 검문소1 / N

보닛 위에 지도 펼치고 지역 경찰들과 수색 논의하는 김중민, 전화 울리자 받는다.

김중민   김중민입니다.
황순규   저 윤호엄마예요.
김중민   (면목 없어 아무 말 못하면) ...
황순규   김형사님. 오기사님이 제 전화기 가져갔어요.
김중민   !!

67. 대흥 낚시터 / N

오택이 모는 경찰차가 낚시터에 조용히 정차하고.. 시동을 끈다.
물가에 드문드문 낚시꾼과 텐트 몇 개가 보이는 고요한 밤 낚시터.
뒷좌석의 금혁수, 공터에 주차된 차 몇 대를 보며 말한다.

금혁수   차가 많진 않네.. (40분 남은 타이머 확인하고) 5분 드릴게요.

오택, 굳은 표정으로 운전석에서 내리면..

68. 목포행 국도, 어느 사거리 + 서울, 서문 경찰서, 형사2팀 / N

김중민, 서울의 최형사와 통화한다.

김중민   위치 추적이 왜 안 되는데?!
최형사   윤호어머니 폰이 별정 통신사라 일과 시간에만 추적 가능하답
              니다.
김중민   아우!! 하필...

전화 끊고 답답함에 마른세수하는 김중민, 뭔가 마음을 정한 듯 폰을 집어든다.

69. 대흥 낚시터 / N

오택, 낚시꾼 텐트로 조용히 다가간다.
경찰차 안 금혁수 POV. 오택을 지켜보는데 아름드리나무에 더블되어 가려
지고,

오택, 경찰차에서 가려지자 양말에 넣어두었던 황순규 폰을 꺼낸다.
바탕 화면엔 김중민에게서 많은 부재중 전화와 문자가 와 있고..
**'오기사님. 김중민형사입니다. 따님 때문에 협박 받는 거 알고 있습니다. 반
드시 따님 찾겠습니다. 경찰에 협조해주십시오.'**
경찰차 안의 금혁수, 오택이 나무 뒤에서 나오지 않자 타닥타닥 손가락을 무
릎에 두들기며 바라보는데..

오택 손의 무음 설정한 황순규 폰이 반짝반짝 메시지 수신을 알린다.

또 김중민에게서 온 문자. **'밀항하면 끝입니다. 금혁수 잡아야 승미양도 삽니다!'**

오택, 핸드폰 주머니에 넣고 아름드리나무 밖으로 나오면..

손가락 두들기던 금혁수, 오택이 다시 모습을 드러내자 두들김을 멈추고..

텐트 가까이 다다른 오택, 텐트 입구 쪽으로 가보면 낚시꾼은 다행히 잠들어 있다.

금혁수, 오택이 텐트 입구로 이동하며 시야에서 또 사라지자 다시 손가락 두들기고,

INS.
김중민, 고민하다가 다시 '남윤호어머님'에게 전화를 거는데-

오택, 잠든 낚시꾼 옆에 놓여 있는 차 키를 본다. 조심스럽게 차 키로 손 뻗는데.. 오택 주머니에서 **툭**- 떨어지는 핸드폰.. 무음의 핸드폰이 번쩍번쩍하고..

타다다닥- 손 두들김을 멈추는 금혁수, 딸깍 경찰차 문을 열고 내린다.
텐트 쪽을 계속 보지만.. 오택이 나타나지 않자 금혁수, 텐트 쪽으로 향하는데-
오택이 모습을 드러낸다. 훔친 차 키를 금혁수에게 보여주는 오택.

CUT TO
오택이 경찰차 가까이 낚시꾼의 SUV를 세우고 내린다.
경찰차 트렁크에서 금혁수의 캐리어를 꺼내는 오택, 끙.. 무거운 무게에 버거워하자

금혁수	나와봐요. (캐리어를 번쩍 꺼내 들어 SUV로 옮긴다)
오택	대체 뭐가 들었길래 신줏단지 모시듯 하는 건데?
금혁수	궁금해요? (툭툭 캐리어를 치며) 비밀인데요.

금혁수, 먼저 조수석 쪽으로 움직이고 오택은 트렁크 문을 닫으려다가 문득..

INS.

(2화, 과거) 오택을 핀잔 주던 고주환. **"유영철이 시체 어떻게 옮긴 줄 알아?"**

멈칫.. 하는 오택.. 수상했던 금혁수의 말과 행동들이 떠오르고..

INS.

(1화, #30) 오택이 캐리어를 트렁크에 넣으려다 무게에 놓치자 받치던 금혁수.. **"아 뭐 그냥 이것저것.. 개인적으로 중요한 거요."**

INS.

(#31) 금혁수. **"캐리어 챙겨가야 돼요." "이 상황에?"**

INS.

(#26) 금혁수. **"경찰은 오승미가 어딨는지 절대 못 찾거든."**

오택, 끔찍한 상상이 밀려오는 듯.. 캐리어를 노려본다.
다짜고짜 캐리어를 트렁크 밖으로 끄집어내는 오택.
조수석의 금혁수, 의아해하며 트렁크 쪽으로 오면..
오택은 주위에 있던 바윗돌 찾아 들고 곧장 캐리어 잠금장치를 내려치는데!

금혁수	뭐 하는 거야?!

오택	(계속 돌로 친다) 여기 뭐 들었어? 개인적으로 중요한 게 뭐야?!
금혁수	(눈치채고) 왜요? 오승미라도 들었을까 봐?
오택	(안 열리자 돌 던져버리고) 비밀번호 뭐야? 당장 말해. 말 안 하면 묵포고 뭐고 여기서 끝이야!
금혁수	...
오택	너 나 아니면 묵포 못 가잖아!!
금혁수	그게 협박이 돼요? 여기 낚시터에 운전할 줄 아는 사람들 널렸는데?
오택	그래 그럼. 여기서 소리 지를게. 사람들 다 불러 모으지 뭐!!!
금혁수	하.. 적당히 해요! 원하는 게 뭔데? 저거 비밀번호?
오택	(빨리 말하라는 듯 노려본다) ..
금혁수	하.. 진짜.. 다 왔는데.. (체념하고) 알겠어요. 부를게요. 공. 팔.

금혁수가 불러주는 대로 비밀번호를 맞추는 오택.. 0..8..

금혁수	공.. 칠.. (씨익 사악한 미소)
오택	!!!!!

70. (과거) 바닷가 / N

4화. 불꽃놀이 스파클러를 가지고 놀던 #39의 오택 가족들 모습 이어진다.

어린 승미	아빠 진짜 약속하는 거지? 내년에 여기 또 오는 거?
오택	그~럼! 아, 앞으론 승미 생일날 올까? 매년 8월 7일 우리 딸 생일마다 다 같이 여기 오는 거야!

71. 대흥 낚시터 / N

오택, 맞춰놓은 캐리어 비밀번호를 보면... '0807'

오택   승미야...

오택, 떨리는 손으로 캐리어 잠금장치를 딸깍 열고.. 캐리어 활짝 열어젖히면-

CUT TO BLACK

6화

일어날 일은
일어난다

1. (오늘 아침) 어딘가, 시골 버스 정류장 - 터널 / D

인적 없는 어느 시골길 정류장에 버스가 섰다가 사라지면..
혼자 버스에서 내린 여자가 보이는데.. 오승미다.
승미, 앞을 보면 좁고 어두운 터널이 보인다.
뭔가 음산한 기운을 뿜는 터널을 바라보며 소름이 돋고..

2. (오늘 아침, 1화, #8) 상암동 / D

택시에 국민MC를 태우고 상암동 도착한 오택. 결제하며 국민MC에게,

오택   저기 혹시 폐가 안 된다면 제 딸이랑 영상통화 한번 부탁드려도
되겠습니까? 중학교 때부터 아주 팬이었거든요.

3. (오늘 아침) 어딘가, 시골 버스 정류장 - 터널 / D

터널로 향하는 승미.. 우웅- 전화가 울려 정적을 깬다.
보면 '아빠'에게 걸려온 영상통화.
승미, 영상통화를 받지 않고 터널 쪽으로 걸어간다.
우웅- 우웅- 울리던 진동음이 멈추고..
승미는 터널의 어둠 속으로 발을 내딛는데- 다시 울리는 우웅- 진동음.
멈춰 서 핸드폰 보는 승미.. 결국 전화 받으며 폰카 렌즈를 손으로 가린다.

오승미   전화 못 받아요. (뚝 끊어버리고-)

4. (오늘 아침, 1화, #8) 상암동 / D

오택   승미야.. 승미야..

5. (오늘 아침) 어딘가, 시골 버스 정류장 - 터널 / D

승미, 전원마저 꺼버린다. 그 앞으로 안이 안 보이는 어두운 터널..
승미, 후.. 심호흡하고 발을 내딛어 어둠 속으로 한 걸음 한 걸음 다가간다.
터널이 승미를 완전히 삼켜버리면-

6화
일어날 일은 일어난다

6. 서울, 서문 경찰서, 회의실 / N

경찰서 회의실에 장미림이 초조하고 불안한 표정으로 앉아 있다.
잠시 후 이형사가 들어와 맞은편에 앉으며,

이형사   전화 드렸던 이지은형삽니다.

장미림   (반쯤 얼이 나가) 네... 안녕하세요..

이형사, 금혁수 집에서 발견한 오승미의 폴라로이드 사진을 미림에게 보여
준다.

이형사   사진 먼저 확인 부탁드리겠습니다. 오승미양이.. 맞나요?

살짝 흐릿한 초점으로 멀리서 찍은 폴라로이드 사진이지만.. 승미가 확실하다.
불안은 현실이 되고.. 울먹이기 시작하더니.. 결국 폭발하듯 눈물을 쏟는 장
미림..

장미림   승미.. 우리 승미 어딨어요?

7. 대흥 낚시터 / N

오택, 떨리는 손으로 금혁수의 캐리어 잠금장치를 딸깍- 연다.
긴장되는 듯 두 눈을 꼭 감았다 뜨며 캐리어 활짝 열어젖히면.........

덜컹- 열린 금혁수 캐리어엔..
여느 여행 가방처럼 차곡차곡 개어진 옷가지와 포장된 짐들이 가득 차 있다.

금혁수   (오택 확- 밀쳐내고) 도대체 뭘 기대한 거예요?!

예상과 다르게 평범한 캐리어에 당혹스러움과 안도감이 교차하는 오택..
캐리어 닫는 금혁수 보며 거친 숨을 내쉰다. **하아.. 하아..**

CUT TO

오택과 금혁수가 SUV 짐칸에 캐리어를 싣는다.

오택은 깊은 생각에 빠진 듯 보이고..

8. (몇 분 전) 대흥 낚시터 + 목포행 국도, 어느 사거리 / N

조금 전, 키를 훔치러 간 오택이 텐트에 가려져 금혁수 시선에 안 보이던 상황..

'김중민형사님'에게 전화가 걸려오자 갈등하던 오택은.. 결국 전화를 받았었다.

김중민	오기사님?
오택	……
김중민	따님 상황 알고 있습니다. 따님 안전을 최우선으로 금혁수 검거 하겠습니다. 기사님. 협조해주십시오.
오택	……
김중민	승미양은 저희가 반드시 찾겠습니다.
오택	(주변 신경 쓰며 속삭이듯) 어떻게 찾겠다는 건데요?
김중민	오승미양 마지막 핸드폰 수신지 파주로 확인됐습니다. 수색 작업 바로 시작할 거고, 승미양어머니도 저희랑 같이 움직이기로 하셨 으니까-
오택	(조용히, 그럼에도 강하게) 그렇게 해서 못 찾으면요? 금혁수 그놈 이 입 닫아버리면 끝 아닙니까? 그놈이 자기 밀항만 시켜주면 승 미 위치 알려주겠다고 했습니다. 미안합니다. (끊으려는데-)
김중민	잠시만요! 그럼 금혁수가 기사님하고 헤어질 때까지 절대 나서 지 않겠습니다. 그놈이 밀항선 올라탄 후에 체포하겠다고 약속드 립니다.

오택	(갈등) ......
김중민	그럼 되는 거 아닙니까? 알려주십시오. 밀항지가 어딥니까? 기사님!

오택, 갈등하다 잠든 낚시꾼이 뒤척이자 전화 끊어버렸는데-

9. (현재) 대흥 낚시터 / N

오택, SUV 뒷좌석에 있던 낚시꾼의 점퍼를 경찰복 위에 걸친다.
금혁수, 트렁크 문 닫고 조수석으로 향하면..
생각에 잠겨 있는 오택.. 결심한 듯 바지 주머니에 넣어두었던 황순규의 휴대폰을 몰래 꺼내 비번 풀고 **'김중민형사님'** 통화 버튼 누르는데-

금혁수	(조수석에 타려다 꾸물거리는 오택 보고) 빨리 가죠! 시간 없는데.

놀란 오택은 후다닥 핸드폰을 주머니에 넣으며 운전석으로 향하고..

10. 묵포행 국도 / N

답답해하던 김중민.. 문득 폰이 울리는 걸 보면, **'남윤호어머님'!!**

김중민	(조용히 받으며) 오기사님?
금혁수F	안 가요?

오택F	어디로?
김중민	?

순간 상황을 눈치챈 김중민이 '**내소리차단**' 버튼과 '**녹음**' 버튼을 누르고,

김중민	박형사!!

김중민, 박형사의 차 조수석에 올라타며 스피커폰으로 바꿔 볼륨 키운다.

금혁수F	묵포 가야죠.
오택F	그러니까 묵포 어디?

11. 대흥 낚시터 / N

출발하지 않고 목적지를 묻는 오택을 의아하게 보는 금혁수.

오택	일단 묵포항 가자느니 그딴 소리 그만하고 정확한 목적지를 말해.
금혁수	내가 가란 대로 가면 돼요.
오택	너 경찰 죽인 살인범이야. 경찰들이 눈에 쌍심지 켜고 너만 찾고 있다고. 여유 부릴 시간 없다며. 진짜 목적지가 어디야?
금혁수	(뚫어져라 보며) 지금 뭐 하는 거예요?
오택	(시선 맞받아치며) 너는 밀항. 나는 승미. 그거 말고 뭐?

금혁수, 귀 만지며 오택을 보다가.. 결국 내비에 목적지를 찍고 '경로 안내' 누른다.

오택	(내비 보고) 만선항? 아니잖아?
금혁수	맞아요.
오택	아니면? 내기할 수 있어?
금혁수	기사님이 뭘 걸 게 있기나 해요?

오택, 이제야 신뢰가 가는 듯 기어를 D로 바꾸고 출발하면-

12. 묵포행 국도, 어느 사거리 / N

드륵- 기어 바꾸고 출발하는 박형사.

| 김중민 | (박형사 폰으로 묵포형사와 통화) 만선항입니다! |

13. 묵포 경찰서 / N

묵포형사를 필두로 밖으로 달려나가는 묵포경찰들..

14. 대흥 낚시터 - 만선항으로 향하는 국도 / N

오택이 운전하는 낚시꾼의 SUV는 낚시터를 빠져나와 국도에 올라탄다.

15. 서울, 중고 가전 매장 + 서강면, 외곽 검문소1 / N

휑뎅그렁한 중고 가전 매장 백사장 사무실. 백사장이 구석 테이블 작업등 아래서 오래된 로봇 장난감을 수리하는데.. 충전기에 연결된 폰 울린다. 모르는 번호의 전화.

백사장　　여보세요?

서강면, 외곽 검문소. 경찰들이 검문소를 철수하고 있는 가운데..
조급한 표정의 황순규가 검문소경찰1의 폰으로 백사장에게 전화하고 있다.

황순규　　저 윤호엄마예요. 아까 부탁드린 거 알아보셨나요? 목포 밀항선
　　　　　　이요.
백사장　　(벽에 붙은 전국 지도 보며) 지금 어디십니까?
황순규　　여기, 무안 옆에 서강면인데요.
백사장　　(시계 보고) 서두르면 시간 맞추겠네요.

CUT TO

자신의 차로 달려가는 황순규, 차 내비에 '만선항' 찍고 급하게 출발한다.

백사장F　　만선항에서 5시 정각에 출발하는 밀항선이 하나 있답니다.

16. 만선항으로 향하는 국도 / N

만선항을 향해 달려가는 낚시꾼의 SUV.

오택	승미는 어떻게 불러낸 거냐?
금혁수	(본다)
오택	네놈 정체 눈치챈 승미를 어떻게 불러낸 거냐고? 납치라도 한 거야?
금혁수	자기 발로 왔어요. 오승미는.
오택	그럴 리 없어. 우리 승미는-
금혁수	착해빠졌죠. 기사님처럼.. 나도 내 안의 괴물이 싫다고 했어요. 자수하고 싶은데 너무 무섭다고.. 그러니 같이 가달라고.

17. (오늘 아침) 어딘가, 시골 버스 정류장 / D

금혁수E	오승미한텐 착한 사람 콤플렉스 같은 게 있거든요.. 살인마를 구원한 구원자가 되고 싶었을 거예요. 오승미는.

버스에서 내리는 승미. 핸드폰 열어 금혁수와의 톡 화면 보면..
'나도 내 안의 괴물이 무서워. 벗어나고 싶어. 도와줘.' '자수할 거야. 그전에 마지막으로 한 번만 만나자.' '나 무서워. 니가 함께해줘야 자수할 수 있을 것 같애.' '거기로 와줘.' 등 금혁수가 오승미에게 보낸 톡이 가득한 가운데..

승미가 답한다. **'지금 버스 정류장 도착했어.'**

18. 만선항으로 향하는 국도 / N

오택	거기가 어딘데?
금혁수	(흘깃, 놀리듯) 에이~ 그건 배 탈 때 알려준다니까요.
오택	이 좁은 땅덩이에서 니가 말 안 해준다고 정말 못 찾을까?
금혁수	뭐.. 찾을 수도 있겠죠. 근데 제가 얘기 안 했던가? 승미 피를 꽤 흘렸는데.
오택	!!!
금혁수	얼마나 버틸까요? 오늘 내일만 버텨도 다행이려나.. 그 안에 찾겠죠? '좁은 땅덩이'니까?
오택	(분노에 이글거리며 금혁수 보면) ....

19. 만선항으로 향하는 국도 + 파주 경찰서 / N

거치대의 김중민 폰은 '남윤호어머님'과 연결되어 있고..
김중민, 박형사 폰으로 파주 경찰서의 최형사와 통화한다.

최형사	(#1의 터널 cctv 확인하며) 오승미가 파주에서 전화기 끄고 사라진 터널까지는 확인했는데요. 터널 이후로는 cctv가 없습니다.
김중민	피해자한테 부상이 있어. 시간 없어. 빨리 찾아야 돼!

20. 만선항으로 향하는 국도 / N

금혁수	너무 걱정 마세요. 곧 도착할 거잖아요. 승미 그때까지는 버텨요.
오택	아침에 승미랑 영상통화를 했다. 그때 같이 있었냐?

금혁수	도착하면 알려준다니까.. 왜 자꾸 떠보실까..?
오택	........아빠니까.. 아빠라면.. 누구라도 자식 목숨이 왔다 갔다 하는 상황에서 뭐라도 하려고 할 거야.
금혁수	우리 아빠는 안 그러던데..
오택	대답이나 해. 아침에 같이 있었던 거냐고.
금혁수	음.... 그렇게 궁금하면 스무고개 해요 우리. 딱 스무 번 기회드릴게요.
오택	진심이야?
금혁수	네. 첫 번째 질문의 답은, 아니요. 통화할 때 같이 안 있었어요.
오택	.....
금혁수	마음 바뀌기 전에 계속하죠?
오택	승미가 통화할 때 파주라고 했어. 지금 승미가 있는 곳도 파주야?
금혁수	(오택을 의심스럽게 본다) ...

21. 만선항으로 향하는 국도 + 파주 경찰서 / N

박형사	오기사님도 알고 있어요? 파주?
김중민	아까 내가 마지막 핸드폰 수신지 파주라고 얘기했잖아. 그거 기억하고 떠보는 거 같애. 오승미 위치 알아내려고. (박형사 폰 스피커에 대고) 최형사! 듣고 있지?
최형사	네!

22. 만선항으로 향하는 국도 / N

오택	(금혁수 눈 안 피하고 본다) ...
금혁수	네. 파주 맞아요. 시작이 좋네요. 열여덟 개 남았어요.
오택	나한테 말했던 니 과거 중에 등장했던 곳이냐?
금혁수	어... 아니오. 열일곱 개.
오택	승미랑도 가봤던 곳이고?
금혁수	네. 열여섯.
오택	언제?
금혁수	아... 스무고개 안 해봤어요? 패널티로 하나 뺄게요.
오택	승미랑 왜 갔는데?
금혁수	예 아니오로 대답할 수 있게 물어보는 거라고요.
오택	난 그런 거 몰라. 대답이나 해!
금혁수	(말이 안 통하자) 하아.. 오승미 죽여버릴까 해서 데려갔다가 그냥 온 적 있어요. 주관식 했으니까 두 개 빼요.

23. 만선항으로 향하는 국도 + 파주 경찰서 / N

김중민	(혼잣말) 오기사님.. 구체적인 특징이 필요해요..
오택F	건물 안에 있어?
최형사	(좋았어! 주먹 꽉 쥐고)

24. 만선항으로 향하는 국도 / N

금혁수	건물.. 음.. 그렇죠.

오택	(혼잣말) 밖은 아니라는 거네?
금혁수	네.
오택	질문 아니야!
금혁수	큭. 알았어요. 다시 열두 개요.
오택	건물이 산속에 있어?
금혁수	아뇨.
오택	그냥 평지라고.. 저수지나 강가는 아니고?
금혁수	네. 이제 열 개. (손가락 10개 편다)
오택	주변에 사는 사람들은? 있어?
금혁수	아....뇨. (손가락 하나 접고)
오택	버려진 건물?
금혁수	애매한데..
오택	버려진 곳인지 아닌지 그게 뭐가 애매한데? 지금 누가 쓰고 있는 건지, 아니면 방치된 건지 그걸 묻는 거잖아.
금혁수	방치됐지만 제가 쓰고 있어요. 동시에 두 개니까 (손가락 2개 접고)
오택	(어이없어하며 인상 구긴다) ...
금혁수	계속해요.

25. 만선항으로 향하는 국도 + 파주 경찰서 / N

오택F	1층 건물?
금혁수F	네.

스피커로 흘러나오는 목소리에 귀 기울이는 김중민과 박형사..
파주 경찰서의 최형사는 두 사람의 대화 들으며 노트에 메모 중이다. '**건물. 산**

X. 평지. 저수지X. 강가X. 주변 민가X. 방치된 곳. 1층 건물......'

오택F	지하도 있어?
금혁수F	아뇨.
오택F	벽돌 건물?
금혁수F	아뇨.
오택F	조립식?
금혁수F	아마도요. 근데...

26. 만선항으로 향하는 국도 / N

금혁수	(표정 굳으며) 질문들이 좀 이상하네? 누가 듣고 있어요?
오택	?!!!

오택, 침을 꿀꺽 삼키면.. 그런 오택을 지그시 보는 금혁수.

27. 만선항으로 향하는 국도 + 파주 경찰서 / N

듣고 있던 김중민과 박형사 긴장..

파주 경찰서의 최형사도 메모 쓰던 손 멈추고 긴장..

김중민, 최형사와 통화 중인 박형사 핸드폰에서 문자 수신음 울리자 확인한다.

'만선항 체포 준비 완료.'

28. 만선항으로 향하는 국도 - 만선항 인근, 국도변 / N

오택   (아무렇지 않은 척) 쓸데없는 소리 말고 계속하기나 해.

금혁수   (의심의 눈초리로 보지만 확신은 없고) ...

오택   그 장소는 어떻게 알게 된 거야? 스스로? 아니면 누가 소개해줘서?

금혁수   (답답) 기사님...

오택   그냥 대답해!!

금혁수   정도껏 해요. 룰을 이렇게 어기면 안 되지!

오택   (폭발하며) 대답하라고 그냥!!! 대답해!! 대답하란 말이야!! 어떻게 알았어? 가족? 친구? 누구야?!

금혁수, 소리치는 오택을 어이없어하는데.. 슬링백에서 벨소리! 띠리리리-

금혁수   (전화 꺼내 받는다) 거의 다 왔어. (내비 보고) 10분 안에 도착해.

금혁수와 통화하는 상대의 말소리는 들리지 않지만 무척 흥분된 어조다.
통화하며.. 슥- 고개 돌려 오택을 노려보는 금혁수.
오택도 고개 돌려 금혁수와 눈 마주치는데.. 순간, 금혁수 전화 끊더니..

금혁수   차 세워요.

오택   ?

금혁수, 사이드브레이크를 확 잡아당기면- 놀라서 급브레이크 밟는 오택.

끼익-!

차가 멈추면, 금혁수 조수석에서 내려 성큼성큼 운전석으로 걸어간다.

INS.

숨죽인 채 전화기를 통해 들리는 소리에 집중하는 김중민..

벌컥 운전석 문 열고, 놀라 바라보는 오택의 미간에 **철컥**- 겨눠지는 손경사 리볼버.

금혁수　　　만선항에 경찰이 왜 깔렸을까?

INS.

젠장.. 김중민, 일이 다 틀어졌음을 직감하고..

금혁수, 오택을 차 밖으로 끌어내 몸수색하고 왼쪽 바지 주머니에서 황순규 폰을 찾아낸다! **'김중민형사님'**과 통화 중인 화면 확인하고 조용히 귀에다 폰을 대는 금혁수..

29. 만선항으로 향하는 국도 + 만선항 인근, 국도변 / N

김중민도 긴장된 표정으로 핸드폰을 귀에다 댄다.

금혁수　　　(조용히 듣기만 한다) ......
김중민　　　(먼저 입을 연다) 금혁수. 다 끝났어. 그만 자수해라.
금혁수　　　...

김중민	너 한국 절대 못 떠.
금혁수	그럼 잡아보시던가.

금혁수, 폰을 바닥에 내동댕이치고 밟아 부순다! **콰직-**
김중민, 전화가 끊기자 다급하게 박형사에게,

김중민	만선항 10분 거리! 오기사님이 위험해!

박형사의 차 빠르게 달려 나가면-

30. 만선항 인근, 국도변 / N

살기 어린 표정의 금혁수.. 여전히 오택의 미간에 총 겨눈 채 말없이 노려본다.

금혁수	약속대로 밀항 실패했으니까 오승미는 이제.. 죽는 거예요.
오택	안 돼...
금혁수	그리고 기사님도.
오택	그래 날 죽여! 난 상관없어. 날 죽이면 되잖아! 승미는 안 돼!!
금혁수	(미동도 없이.. 여전히 노려보는 살기 어린 눈빛..)
오택	(무릎 꿇고 애원한다) 내가 잘못했어!!!! 이렇게 사정할게!! 내가 미쳤지!! 내가 잠시 미쳤던 거야!!! 부탁이야!!! 승미 살려줘!!! 제발!!!!!!!!!!

어둠 속에서 총소리가 울려 퍼진다. **탕-!!!!**

31. 만선항 인근 도로 / N

만선항을 향해 달려가는 황순규..

반대편에서 요란스럽게 사이렌을 울리며 달려가는 경찰차를 본다. 불안한 느낌..

32. 만선항 인근, 국도변 / N

박살 난 채 바닥에 떨어져 있는 황순규의 핸드폰이 울린다.

고장 난 화면은 보이지 않고, 소리도 깨지지만.. 전화는 수신되는 듯.

그런 황순규 폰을 보고 있는 사람은.. '**남윤호어머니**'에게 신호 가는 폰을 들고 있는 김중민이다. 오택과 금혁수가 있었던 그 자리엔 깨진 황순규의 폰만 남겨져 있을 뿐.. 두 사람도.. SUV도.. 보이지 않는데..

박형사   (통화 끊고 다가오며) 여기 경찰들도 못 찾았답니다. 사라졌어요.

김중민   밀항선은?

박형사   만선항에 나타난 배는 없었답니다.

김중민   (짜증) 아아악!!

33. 파주 일각 / N

오택이 스무고개를 통해 얻은 정보대로 '방치된 1층 조립식 건물'에서 오승미를 찾는 최형사와 경찰들의 모습이 몽타주로 보여진다. 잘 풀리지 않는 표정들이고...

34. 서울, 서문 경찰서, 회의실 / N

이형사와 장미림이 노트북에 저장된 오택과 금혁수 대화 녹음 파일을 듣고 있다.

김중민F   금혁수. 다 끝났어. 그만 자수해라. 너 한국 절대 못 떠.

금혁수F   그럼 잡아보시던가.

콰직- 폰 부서지는 소리와 함께 녹음 파일이 끝나면,

장미림   (끔찍한 듯 눈을 꼭 감는다)

이형사   괜찮으세요?

장미림   (애써 버티며) 애들아빠.. 괜찮을까요?

이형사   저희가 최선을 다해서 찾고 있으니까요.. 곧 연락 올 겁니다. 그보다.. 혹시 두 사람 대화 듣고 떠오르시는 건 없으셨나요?

장미림   모르겠어요..

이형사   (조심스럽게) 승미양이 파주나 이런 건물에 대해서 어머님께 얘기한 적은 없는 거죠?

장미림   네..

이형사, 힘들어하는 장미림을 안타깝게 바라보며 노트북을 정리한다.

이형사   나중에라도 생각나는 게 있으시면 연락 주십시오.

장미림   어디 가세요?

이형사   파주 수색 현장에 합류해야 할 것 같아서요.

장미림   승미 찾으려요? 저도 같이 갈게요.

이형사   어머니 지금 몸도 제대로 못 가누시잖아요. 여기서 기다리시면

	제가 수시로 연락을-
장미림	아뇨. 승미 다쳤다면서요? 시간 없잖아요.. 증거든 증언이든 뭐라도 나왔을 때 제가 옆에 있으면 도움이 될 거예요. 맞죠?
이형사	....

35. 만선항 / N

황순규의 차가 만선항에 서고, 황순규는 다급하게 차에서 내려 만선항을 보는데... 폐항된 지 꽤 된 듯 버려진 어구들과 쓰레기가 뒤섞여 방치되어 있는 만선항은 사람 하나 보이지 않고 조용하다. 바다 쪽으로 달려가보지만 배도 보이지 않고..

36. 동지항, 어업 창고 / N

정박한 몇몇 어선과 어구 정리 등 잡일하는 어부들 몇이 보이는 또 다른 항구. 조업용 물건들과 선원들이 쓰는 냉장고, 의자 등이 쌓인 창고형 건물(어업 창고)들이 바다를 향해 줄지어 위치한 동지항의 풍경이 보인다.

어업 창고 옆 노상 주차장에 등장하는 낚시꾼의 SUV..
차 안의 오택과 금혁수는 조용히 주변을 살피며, 건물 그림자 아래 SUV를 주차한다.

37. (몇 분 전, #30 연결) 만선항 인근, 국도변 / N

금혁수 총구 앞의 오택.

오택   승미 살려줘!!! 제발!!!!!!!!!!

금혁수   오승미는-

오택   (울부짖는다) 안 돼! 안 돼! 안 돼!!!!! (불현듯) 내가 밀항시켜줄
게!!! 내가 시켜줄 수 있어!! 진짜야!!

금혁수, 어이없어하며 헛웃음 치더니.. 오택 귀 옆으로 **탕-** 리볼버 발포해버린
다. **아악!** 충격파에 귀를 부여잡는 오택.

금혁수   (다시 총을 겨누며) 지금 장난쳐? 내가 우스워?!!!

오택   밀항만 하면 된다며?! 내가 너 밀항시켜준다고!!

38. (몇 분 전) 서울, 어느 원룸 + 만선항 인근, 국도변 / N

불 꺼진 원룸. 어둡지만 슬쩍 봐도 지저분하게 물건들이 마구 널려 있는 좁은
방이다. 전화기가 구석에서 진동음을 알리면.. 침대에 누워 잠들어 있는 전화
주인 뒤척인다. 슬쩍 덮은 이불 위로 보이는 등허리에는 잉어 문신이 강렬하
게 보이고...
계속되는 전화 진동음에 전화 주인은 결국 몸을 일으켜 전화 받는데... 양기
사다.

양기사   (잠결에) 오기사님?

오택	양기사. 묵포 조폭이었던 거 맞지?
양기사	지금 몇 신데..
오택	전에 술 마실 때 그랬잖아. 묵포에서 엄청 잘나갔다고. 맞냐고?!!
양기사	(어이없어) 아, 맞지 그럼.
오택	나 좀 도와줘..!!
양기사	(간절한 오택에 짐짓 심각해지며) 목소리가 왜 그래? 뭔 일 있어요?
오택	밀항을 해야 돼.
양기사	뜬금없이 뭔 소리야?
오택	돈이든 뭐든 필요한 거 말해! 다 해줄 테니까!! 제발! 제발 오늘 한국 뜨게만 해줘!
양기사	진심..이에요?

39. 동지항, 어업 창고 / N

(현재) 차 안의 금혁수, 슬링백에서 100g짜리 골드바 3개를 꺼내 건넨다.

오택	내가 성공하면, 승미 있는 곳 알려주는 거야. 약속 꼭 지켜.
금혁수	(고개를 끄덕)

오택, 골드바 받아 점퍼 속주머니에 넣고 굳은 표정으로 차에서 내린다.
차 안의 금혁수는 어업 창고 쪽으로 향하는 오택을 지켜보고...

오택은 어구들이 어지럽게 쌓인 창고들 사이사이를 지나 어딘가로 향한다.
외지인인 오택을 이상하게 보는 어부들의 시선 느껴지고..
널브러진 물건들이 가로막고 있는 좁은 길을 지나는데..

INS.

거친 화소의 cctv 화면이 오택을 비춘다.

40. 만선항 / N

황순규가 바다를 바라본 채 허탈하게 서 있다.
금혁수도.. 배도.. 사람도 보이지 않는 이곳에서 어찌해야 할지 모르는 황순규
의 눈빛은 흔들리고.. 결국 돌아서 다시 자신의 차로 향하는데..
어디선가 조그맣게 들려오는 핸드폰 벨소리. 황순규.. 발걸음을 멈춘다.

41. 만선항 인근, 어선 수리소 / N

바다로 연결된 녹슨 레일만 남아 있는 황폐한 어선 수리소..
한 남자(밀항브로커)가 통화 중이다.

밀항브로커   여기 있던 짭새놈들은 철수했습니다. 네. 우리 배 타려고 했던 놈
         잡겠다고 이 난리가 난 모양입니다. 그것까진 아직 파악을... 예.
         좀 더 알아보겠습니다.

전화 끊고 돌아서는 밀항브로커 앞에 총구!!
황순규가 두 손 모아 총 겨누고 있다.

황순규   금혁수, 배 못 탄 거야?

밀항브로커 (갑작스런 상황에 얼어붙어) ....

황순규 대답해!!

밀항브로커 (여전히 혼란스러워 입을 안 열면) ....

황순규 내가 못 쏠 거 같애?!!

순간, 밀항브로커 허벅지로 총구 방향 바꾸고 방아쇠에 힘주려는 황순규..

밀항브로커 (화들짝 놀라 소리친다) 잠깐잠깐잠깐만!!!

황순규, 다시 총구 올려 밀항브로커의 가슴 겨눈다.

42. 만선항 인근, 국도변 + 서울, 서문 경찰서, 형사2팀 / N

오택과 금혁수가 사라진 국도변.. 경찰들은 통제를 하고 있고..
김중민은 한 켠에서 팀장과 통화 중이다.

팀장 놓쳤다고? 안 돼 중민아.. 지금 우리 상황 몰라? 서장님한테는 뭐
라고 보고하니?

김중민 금혁수, 아직 이 근처에 있을 겁니다. 분명 또 밀항을 시도할 거
고, 정보 수집하면-

하는데.. 김중민, 조금 떨어진 곳에서 묵포형사와 대화 중이던 박형사가 자신
에게 달려오는 걸 본다. 뭔가 찾아낸 눈치다.

김중민 팀장님. 다시 전화드리겠습니다!

43. 만선항 인근, 어선 수리소 / N

황순규, 밀항브로커에게 계속 총을 겨눈 채 몰아붙인다.

황순규   그놈은 오늘 어떻게든 밀항하려고 할 거야. 그렇다면 방법이 뭘
까? 어디서 뭘 하고 있겠어? 너라면 어떻게 할 거야?!

밀항브로커   ....꼭 배를 타야 한다면, 우리 사장을 찾아가겠지.

황순규   거기가 어딘데?!

44. 동지항, 어업 창고 / N

동지항의 오택. 어업 창고 안쪽 구석진 곳.. 어느 문 앞에 선다.
똑똑 노크를 하면.. 반응이 없고..

45. 만선항 인근, 국도변 / N

박형사   여기 조직 생활 청산하고 서울 가서 택시 몬다는 양승택이라는
놈이 몇 년 만에 연락해서 동지항 밀항조직을 수소문했답니다.

김중민   !!

46. 동지항, 어업 창고 / N

오택, 다시 노크. 똑똑똑- 역시나 아무 반응이 없는데..

잠시 후.. **끼이익**- 문이 열린다.

문이 열리면 조직원으로 보이는 남자가 서 있고..

오택　　　　정사장님 계십니까..

밀항조직1　　(바라보기만 할 뿐) ....

오택　　　　밀항선 때문에 왔는데..

이때, 오택 너머 누군가에게 신호 보내는 조직원1. 오택, 휙 돌아보면-

뒤에서 등장한 조직원2가 대형 집어등 전구로 오택 머리를 내리친다! **퍽**-

쓰러지는 오택을 끌고 안으로 들어가는 조직원1, 2. 문이 닫힌다. **쿵**-

47. 서울, 강변북로 / N

운전 중인 이형사, 조수석에 장미림 태우고 파주로 향하는 중이다.

장미림　　　금혁수 같은 인간한테도... 가족이 있겠죠?

이형사　　　....엄마가 일찍 병으로 사망했고, 그 후로는 외조부모랑 같이 지

　　　　　　　냈더라고요. 죽은 외동딸이 낳은 하나뿐인 손자가 의대까지 갔으

　　　　　　　니 자랑스러웠을 겁니다. 진실도 모르고..

장미림　　　가족 중에 파주에 연고가 있는 사람은요?

이형사　　　안 그래도 외가 친척들 다 확인했는데 없었습니다.

장미림　　　친가 쪽도요?

이형사　　　금혁수는 아빠 없이 태어났어요. 성도 엄마 성을 따른 거고요.

장미림　　　(가웃) 아까 금혁수가 아빠 이야기하지 않았나요..?

이형사   (문득!)

INS.

(몇 분 전) 서문 경찰서, 회의실. 이형사와 장미림이 노트북으로 듣던 오택과 금혁수의 대화 녹음 파일 속 금혁수 목소리.. **"우리 아빠는 안 그러던데."**

이형사   금혁수 외할머니를 만나봐야겠어요.

이형사, 급하게 차 돌려 강변북로를 빠져나간다.

48. 동지항, 어업 창고, 밀항조직 아지트 / N

머리가 깨져 엉망인 오택, 아지트 가운데 의자에 앉혀진 채 정신을 차리고.. 뿌옇던 시선 또렷해지면.. 오택을 보고 있는 날카로운 인상의 밀항보스.

밀항보스   요새 짭새들은 성의가 없어. 잠바떼기 하나 걸치면 그게 가려질 줄 알았냐?

오택 보면. 자신의 점퍼 지퍼가 열려 있고.. 안쪽에 입고 있던 경찰복이 드러난 상황..

오택   이..이거는 그런 게 아닙니다.
밀항보스   미안한데.. 내가 짭새를 아주 싫어해.
오택   나 경찰 아니야! 믿어줘! 진짜 아니야!!
밀항보스   거짓말쟁이는 말이야. 혀를 뽑아버려야 돼. 잡아!!

오택 뒤에 있던 조직원1, 2가 양옆에서 붙잡으면, 오택의 혀를 확 손으로 잡는 보스. 오택이 몸부림치고 입에 힘주자 밀항보스는 오택 혀를 손에서 자꾸 놓친다.

밀항보스   꽉 잡아 새끼들아!

밀항보스, 두루마리 휴지를 손에 감은 뒤 오택 혀를 다시 잡고 끝이 휜 그물칼을 꺼내 쥔다. 조직원들은 움직일 수 없게 오택의 머리를 붙잡고..
오택.. 두려움에 온몸을 부들부들 떤다. 땀이 뚝뚝.. 공포에 휩싸인 눈빛..

그런데 어느 순간, 히죽거리는 웃음소리 들리며-

밀항보스   디게 겁나나 보네. 장난친 건데. 재밌다 야.

잡았던 오택의 혀를 놓고 손을 오택 옷에 닦는 밀항보스.
안도의 숨을 내쉬는 오택의 눈빛은 흔들리고..

밀항보스   이 짭새 진짜 어떻게 처리해야 되냐? 확 죽여버려?

고개 숙이고 괴로워하던 오택.. 밀항보스의 농담 들으며 서서히 눈빛이 변한다.

밀항보스   죽여서 바다에 던져버리지 뭐.
오택   죽여는 봤어? 진짜 사람?
밀항보스   ?

완전히 변한 서슬 퍼런 눈빛으로 말을 잇는 오택.

오택	사람 죽여본 놈은 눈빛부터 달라. 정말 강해지는 거니까. 넌 아냐.
밀항보스	뭔 개소리야..
오택	죽이고 싶어? 안 어려워. 10센치야. 성대 쪽으로 10센치만 꽂아 넣으면 소리를 못 지르거든. 그리고 대동맥을 그으면 끝.
밀항보스	....
오택	오늘 휴게소에서 만난 놈 하나가 공공예절을 모르길래 그렇게 죽였어. 졸음쉼터에서 만난 형제는, 멋도 모르고 쫓아오길래 죽였고.
밀항보스	(진짜인가 싶어 본다) ....
오택	도망친 택시기사놈 도와준 아줌마도 하나 죽였는데, 그 아줌마 아들이 경찰이더라고. 손대현. (자기가 입고 있는 경찰복 이름표 가리키며) 보여?

밀항보스와 조직원들 서로 시선만 주고받으며 말을 잇지 못한다.

밀항보스	너였어? 짭새들이 찾는다는 게?
오택	...
밀항보스	진짠갑네...?

밀항보스, 손에 든 그물칼을 만지작거리며 잠시 고민..

밀항보스	....그렇다고 내가 아저씨를 도와줄 이유가 뭔데?
오택	돈.
밀항보스	아니지. 푼돈 좀 벌겠다고 골치 아프고 싶지 않지 우리도.
오택	....
밀항보스	그냥 아저씨를 짭새한테 넘겨버리는 게 나을지도. 깔끔하게.

오택과 밀항보스.. 서로의 눈 피하지 않고 노려본다.

오택 ....니가 날 경찰에 넘기면, 난 감옥에 가겠지.

INS.

(3화, #39) 금혁수. **"여기서 잡히면 트렁크 저놈 때문에 감옥에 가겠죠."**

오택 근데 내가 정신질환이 있어.

INS.

(3화, #39) 금혁수. **"심신미약 받고 반성문 좀 쓰면.."**

오택 길어야 10년?

밀항보스 그게 뭐? 어쩌라고?

오택 10년 후에 찾아가서 (조직원들 보며) 하나씩.. 하나씩.. 다 죽여줄게.

INS.

(3화, #39) 금혁수. **"아들.. 딸.. 아내.."**

오택 니놈들 부모.. 형제.. 와이프.. 자식새끼들.. 핏줄까지 전부 다.

밀항보스 ...

오택 그리고 마지막에 (보스 노려본다) 널 찾아갈 거야. 고작 10년 행복
하자고 무슨 짓을 했는지 후회해도, 그땐 이미 늦었어.

밀항보스 완전 재밌는 또라이네?

오택 판단 잘해. 날 경찰에 넘기는 것과 배에 태워 보내는 것. 둘 중에
뭐가 너한테 더 이득일지.

밀항보스 (눈빛이 흔들리고..) ......

49. 김포, 요양병원, 복도 / N

닫힌 병실 문에 달린 작은 쪽창으로 금혁수 외조모를 설득하는 이형사의 모습이 보인다. 금외조모는 입을 앙다문 채 계속 나가라는 손짓만 하고 있고..
복도 벤치에 앉아 쪽창을 통해 그 모습을 보고 있는 장미림.
두 손을 꼭 모은 채 간절한 모습인데..
결국 문 열리고 이형사가 낭패당한 듯한 모습으로 병실에서 나온다.

이형사   금혁수 친부 얘기 꺼내니까 길길이 날뛰기만 하고 죽어도 입 안 여세요. 빨리 다른 방법 찾아보는 게 나을 것 같습니다. 가시죠.

이형사 앞장서는데..
머뭇거리던 장미림, 이형사 뒤따르지 않고 병실 안으로 들어간다.

50. 김포, 요양병원, 병실 / N

금외조모   (병실로 들어온 장미림 발견) 누구요?

장미림. 단호하게.. 그럼에도 차분하게 예의를 갖춰 묻는다.

장미림   따님이 금혁수 아빠한테 몹쓸 짓을 당했나요? 그래서 말 안 하시는 거예요?
금외조모   뭐가 어째?

뒤따라 들어온 이형사는 말리려다 멈춰서 지켜보고..

장미림	애지중지 키운 꽃 같은 내 딸 인생이 한순간에 망가진 게 억울하고 분해서 그러시죠?
금외조모	뭘 안다고 함부로 말해!

장미림은 뚜벅뚜벅 다가가 그런 금외조모의 손을 잡는다.

장미림	저도.. 지금.. 그렇습니다.

당황하며 손 빼내려는 금외조모.

금외조모	(결국 손 빼내며) 진짜 왜 이래?
장미림	(다시 손 덥석 잡는다) 할머니 손자가 납치한 게.. 제 딸이에요.
금외조모	(당황) 예?
장미림	알려주세요.. 뭐라도..

51. 동지항, 어업 창고 / N

김중민과 박형사의 차가 동지항 주차장에 도착한다.
뒤이어 묵포형사와 묵포경찰들 차도 조용히 뒤따라 도착하고...

52. 김포, 요양병원, 병실 / N

금외조모	(창밖 보며) 혁수애비가 궁금하다고?

장미림과 이형사.. 집중한다.

금외조모 영란이가 말 안 해줘서 애초에 없는 사람이다 생각하고 살았어. 그러다 영란이 죽고 우리 딸 인생 그렇게 망쳐놓은 인간 쌍판이나 보자 싶어서 주변에 물어물어 찾아가봤는데..

INS.
(과거) 어딘가, 뱀들이 통째로 담겨 있는 뱀술통, 말벌술통, 지네술통 등이 즐비하게 진열된 공간.. 금외조모가 창밖에서 슬쩍 들여다보는데.. 휙- 등장하는 사내(금친부, 40대)의 뱀처럼 사악한 눈빛..

금외조모 어이구.. 핏줄은 못 속인다더니.. 혁수놈이.. 지 애비 눈을 쏙 닮았더구만. 아주 똑같애.. 시커먼 속을 감추고 뱀처럼 반짝반짝하는 게..

53. 동지항, 어업 창고 / N

그림자 아래 SUV 조수석. 어업 창고 쪽으로 향하는 김중민과 형사들을 주시하는 금혁수의 눈빛이 금친부처럼 번득인다.

54. 김포, 요양병원, 병실 / N

이형사 어디였습니까? 그 집이 있던 곳이요?

금외조모   파주...

장미림, 이형사   !!!

55. 김포, 요양병원, 복도 + 파주 일각 / N

이형사, 파주에서 1층 조립식 건물을 수색 중이던 최형사와 통화한다.

이형사   이름은 이철상, 파주 집 주소 문자로 보냈어. 당장 가봐!

최형사   네!

빠르게 복도를 걷는 이형사와 뒤따르는 장미림의 모습 보이면..

56. 동지항, 어업 창고 / N

김중민과 경찰들. 어지러운 어업 창고를 조용히 살피기 시작한다.
당황한 어부들이 놀라 쳐다보자 쉿! 수신호하는 김중민.

주차장. 모자를 푹 눌러쓴 채 SUV에서 내리는 금혁수..
퍽- 퍽- 칼로 김중민의 차 타이어를 펑크 낸다.

57. 동지항, 어업 창고, 밀항조직 아지트 / N

오택이 골드바 3개를 건네면, 밀항보스는 쪽지와 작은 적외선 플래시라이트를 준다.

밀항보스   여기 좌표. 가서 바다 쪽으로 이걸 막 흔드쇼. 그러면 당신 밀항 시켜줄 배에서 고무보트 보내줄 거야. 20분 안에 가야 돼. 할 수 있겠어?

오택은 고개 끄덕이며 쪽지와 플래시 챙기는데..
조직원1이 cctv 모니터에서 뭔가를 발견하고 밀항보스를 부른다.

조직원1   형님!

밀항보스, 모니터 확인하면.. 총 들고 소리 죽여 가까이 다가오는 김중민과 박형사..

밀항보스   씨박새끼들이..

오택도 모니터로 아지트 쪽으로 다가오는 김중민을 보며 어찌할 바를 모르는데..

58. 동지항, 어업 창고 / N

으아아아악!!! 비명 소리.
김중민과 박형사가 소리 나는 쪽을 돌아보면-

어부E   시체다!! 시체!!

놀란 김중민과 박형사가 소리 나는 쪽으로 달려간다!

INS.
아지트. cctv 모니터. 아지트로 다가오던 김중민과 박형사가 다른 방향으로 달려가는 것이 보인다. 밀항보스와 조직원1, 2는 도망칠 준비.. 오택은 초조하고..

어부들이 모인 곳으로 달려온 김중민과 형사들.
순간, **펑-펑-** 어선의 집어등이 켜지면.. 바닷물에 둥둥 떠 있는 한 어부의 시체!!
김중민, 금혁수의 짓임을 직감하고 주변을 둘러보지만... 강렬한 집어등 불빛이 만들어낸 짙은 콘트라스트 때문에 암부가 잘 보이지 않고..
어둠 속에서 캠핑 나이프에 묻은 피를 버려진 어망에 닦고 슥- 몸을 숨기는 금혁수..

김중민은 시체 주변을 둘러싼 사람들 무리에서 빠져나와 금혁수를 찾는데..
벌컥- 밀항조직 아지트 문이 열리며 밀항보스와 조직원1, 2가 튀어나와 동서남북으로 도망치는 것이 보인다!

김중민   저기!!

그들을 발견하고 전속력으로 달려가는 김중민과 박형사.
김중민이 밀항보스를... 박형사가 조직원1을 각자 붙잡으며 구르고-

뒤늦게 조심히 아지트 밖으로 나온 오택.. 불안해하면..
어디선가 나타난 금혁수가 오택을 낚아채듯 붙잡아 데려간다. **헉..**

황순규의 차가 동지항 어업 창고 옆 주차장에 도착한다.
여기저기 어수선하게 난리가 난 상황을 놀란 표정으로 보는 황순규..
눈으로 금혁수를 찾지만 보이지 않고..

조직원1의 수갑을 채우는 박형사.. 보면 배에 칼을 맞았다.

박형사　　　(피 확인하곤) 아이씨..

김중민은 밀항보스를 제압한 채 주변을 보는데.. 달려가고 있는 오택의 얼굴
이 슬쩍!

김중민　　　오기사님!!!

김중민은 달려온 묵포형사에게 밀항보스를 맡기고 오택을 쫓아 뛴다.

주차장으로 달려와 차에 올라타는 오택과 금혁수...
차가 바로 출발하면-

그 모습을 본 황순규가 일단 따라서 출발하고-

뒤늦게 주차장으로 달려온 김중민.. 보면..
황순규가 차를 몰아 오택의 차를 뒤쫓아가는 것이 보인다!

김중민　　　윤호어머니!!!

김중민, 소리치며 차에 올라타 시동을 걸고 액셀을 꽉 밟는데..
드르르륵... 타이어가 펑크 난 김중민의 차가 돌며 경찰차 옆구리에 박힌다.

59. 이름 없는 방파제를 향하는 도로 / N

빠르게 달려나가는 SUV 안. 굳은 표정의 오택과 금혁수..

60. 파주, 금혁수 친부 집 / N

외진 곳. 차에서 내린 최형사가 마치 폐가와 같이 방치된..
'조립식 패널로 지어진 1층 건물'인 금혁수 친부 이철상의 집으로 향한다.
잠겨 있지 않은 문이 끼이익- 열리면..
각종 담금술이 포르말린 병처럼 진열된 집 안..
최형사는 먼지가 쌓여 있는 집 안 곳곳을 총 겨누며 훑어보기 시작하고-

61. 동지항, 어업 창고 / N

김중민, 묵포형사가 체포해 끌고 가던 밀항보스에게 저벅저벅 다가가

김중민   금혁수 어디로 갔어?
밀항보스   (썩은 미소) 미안한데.. 내가 짭새를 아주 싫어-
김중민   그 새끼 배 타는 데 어디냐고?!!!

62. 서해안, 이름 없는 방파제 / N

푸르스름한 어스름이 짙게 깔려 있고 파도가 철썩이는 스산한 풍광의 방파제..

스르륵 SUV가 와서 서고, 오택과 금혁수가 차에서 내린다.

주위를 둘러보는 오택과 금혁수.

금혁수가 밀항보스에게 받은 적외선 플래시를 켜서 바다에다가 흔들면..

잠시 후.. 저 멀리 아주 먼 바다에서 반짝반짝 플래시 불빛이 보인다.

금혁수	이제 진짜 기사님하고도 끝이네요.. 즐거웠는데..
오택	......
금혁수	짐 좀 챙길게요.

금혁수, SUV 트렁크 쪽으로 다가가 열려고 하는데-

쾅- 닫는 오택.. SUV 트렁크를 막아선 채 말한다.

오택	승미 있는 곳 말하는 게 먼저야.
금혁수	(보면) ...
오택	난 약속 지켰어. 말해.
금혁수	저 아직 배 탄 거 아니잖아요. 배 도착하면-
오택	배 저기 있잖아! 그냥 말해!!

63. 파주, 금혁수 친부 집 / N

금혁수 친부 집 앞에 이형사 차가 도착하고, 장미림과 이형사가 튀어나오듯 내려 집 안으로 들어가면.. 최형사가 이들을 맞는다.

이형사	없어? 여기가 아니라고?

| 최형사 | 예. 승미양.. 여기 없어요. |

그대로 무너져 주저앉아버리는 장미림..

64. 서해안, 이름 없는 방파제 / N

SUV 트렁크 문을 막아서고 있는 단호한 표정의 오택..

금혁수	(잠시 보다가) 그래, 맞아요. 기사님은 할 만큼 했죠.
오택	....
금혁수	오승미는요, 파주시 백산읍 청비로 112번지에 있어요.
오택	파주시 백산읍..
금혁수	청비로 112번지. 안 적어도 돼요?
오택	청비로 112번지. 승미 전화기 줘!
금혁수	(뜸 들이면) ...
오택	빨리!!!!

금혁수, 슬링백 열고 승미 폰을 꺼내 오택에게 준다.
오택, 폰을 받아 전원을 켜면..
바탕 화면의 환하게 웃는 승미 얼굴. 폰은 잠겨 있고,

| 금혁수 | 아! 이거요. |

금혁수, 태연하게 슬링백에서 승미의 잘린 손가락을 꺼내 건넨다.

오택　　　미친 새끼.. 또라이새끼..

오택, 울컥하며 승미 손가락을 조심스레 잡아 승미 폰 잠금 해제하고 주머니에 챙긴 뒤.. 통화 목록에서 '엄마' 찾아 전화 걸면..

65. 파주, 금혁수 친부 집 + 서해안, 이름 없는 방파제 / N

주저앉은 장미림... 울리는 전화 보고 놀란다. **'사랑하는 딸 승미'**

장미림　　　.........승미니?!!

미림의 반응에 이형사와 최형사가 쳐다보고-

오택　　　여보. 나야. 지금 경찰들이랑 같이 있는 거지?
장미림　　　당신이야? 괜찮아?!
오택　　　지금 어디야?
장미림　　　파주에 금혁수 그놈 아빠 집.. (왈칵-) 승미가 없어...
오택　　　내가 승미 있는 데 알아냈어. 파주시 백산읍 청비로 112번지! 들었어?
장미림　　　파주시 백산읍 청비로 112번지!
오택　　　지금 당장 가봐! 전화 끊지 말고!
최형사　　　(폰으로 지도 앱 확인하고) 바로 근처예요!

이형사와 최형사가 달려나간다. 전화기 귀에 댄 채 장미림도 쫓아나가면...
오택은 귀에 댄 승미 폰 너머에서 들려오는 소리에 집중한다.

그런 오택을 보던 금혁수, 고개 돌리면..

저 멀리 바다에.. 이제는 조금 식별될 정도로 다가오고 있는 고무보트가 보인다.

금혁수   곧 오겠네요.

오택 POV.. 바다 쪽 보는 금혁수 허리춤에 꽂혀 있는 손경사의 리볼버가 슬쩍 보이고..

66. 이름 없는 방파제를 향하는 도로 / N

김중민이 운전대를 잡고 구불구불한 도로를 질주한다.
경찰차들이 뒤따르지만 커브가 많아 뒤처지고.. 아랑곳없이 치고 나가는 중민..

67. 서해안, 이름 없는 방파제 / N

금혁수   (SUV 트렁크 보며) 이제 꺼내도 되죠?

SUV 트렁크를 가로막고 있던 오택, 금혁수에게 길을 내어준다.
오택의 시선은 계속 리볼버로 향해 있고..
금혁수는 SUV 트렁크 열고 캐리어를 끄집어내 바다 쪽으로 향하는데....
순간, 오택은 금혁수 허리춤의 리볼버를 확 잡아채 금혁수에게 겨누며 소리친다!

오택	멈춰!!!
금혁수	(어이없어하며 본다) 왜 이래요?
오택	승미 찾았단 말 없으면 너 저거 못 타!!
금혁수	찾을 거예요.
오택	무릎 꿇어!! 무릎 꿇으라고!! 얼른!!

어쩔 수 없다는 듯 무릎을 꿇는 금혁수의 알 수 없는 미소..

68. 파주, 사료 공장 앞 / N

달려온 장미림 보면, 폐쇄된 지 오래된 대형 1층 조립식 건물로 된 사료 공장.
최형사와 이형사도 달려오고.. 닫힌 문을 박차고 안으로 들어가면-

69. 서해안, 이름 없는 방파제 / N

오택의 귀에 댄 승미 폰에서 사료 공장에서 애타게 승미를 찾는 소리가 들려
온다.

장미림F	승미야!! 승미야!! 엄마야!!! 내 말 들려?!!
이, 최형사F	승미씨!!! 오승미씨!!!

70. 파주, 사료 공장 / N

녹슬고 부서지고 잡초가 무성한 내부를 뛰어다니며 승미를 찾는 장미림과 두 형사.

이형사　　잠시만요! 무슨 소리가 들려요!

귀를 기울이면.. 어디선가 들리는 소리. **팅.. 팅.. 팅..**
그쪽으로 달려가는 세 사람.

71. 서해안, 이름 없는 방파제 + 파주, 사료 공장 / N

승미 찾았다는 소식을 초조하게 기다리는 오택에게 금혁수가 넌지시 말을 건다.

금혁수　　사람이 다급하면 눈앞에 있는 것도 놓친다더니.. 정말 그래요. 그죠?
오택　　　(승미 폰에 온 신경을 집중하며) 좀 닥치고 있어!
금혁수　　승미.. 서울에서부터 같이 왔는데..

오택, 금혁수를 본다......

금혁수　　아까 걸리는 줄 알고 오랜만에 심장이 쿵쾅쿵쾅했어요. 큭.

순간, 금혁수 앞에 놓인 캐리어가 눈에 들어오는 오택, 공포의 직감이 엄습하고...

씨익 웃는 금혁수, 캐리어 비밀번호를 맞추고.. 벌컥 연다.
캐리어로 다가가는 오택.. 두려움에 한 발.. 한 발..

한편 소리를 따라온 장미림, 이형사, 최형사는 예전에 공장이었을 것으로 보이
는 낡은 공간 한 켠에 남아 있는 커다란 원형 기계를 조우한다.
(공장은 과거 사료 제조 공장이었으며, 남아 있는 기계는 액화 폐사축 처리기로 폐사 동
물을 액화시켜 영양 높은 사료 첨가제를 만들던 기계다.)
커다란 원형 기계가 우웅- 작동음을 내며 안에서 팅.. 팅.. 소리가 들려오고..
부들부들 떨려오는 몸을 가누기 어려운 장미림..
이형사는 기계 가운데 붙어 있는.. 오승미 학생증을 발견한다!

금혁수, 캐리어 안에서 버블 랩으로 싼 뭔가를 꺼내고..
버블 랩을 풀면.. 검은 비닐에 쌓인 무언가.. 오택 앞으로 툭- 던지면-

이형사 (기계에 다가가는 장미림 보고) 안 돼요! 손대지 마세요!!

기계의 밸브를 여는 장미림..

그리고.. 비닐 안 '무언가'를 보고 경악하는 오택!!!!!!!!!!!!

금혁수 가방에 다 담아오고 싶었는데.. 안 들어가잖아. 그래서 어쩔 수 없
이 머리만 가져왔어요. 방법이 없더라고..

오택 으아아아아아아아아아아아아아아악!!!!!!!!!!!!!!!!!!!!!!!!!!!!!!

장미림 POV. 기계에서 **쏴아**---- 타르 같은 검붉은 점액이 쏟아진다.

장미림 꺄아아아아아아아아아아아아아아악!!!!!!!!!!!!!!!!!!!!!!!!!!!!

72. 서해안, 이름 없는 방파제 / N

오택   승미야!!!! 승미!! 우리 딸!! 아아아악!!!!! 이건 아니야!! 이건 아니잖아!!!! 승미가 무슨 잘못을 했다고 이러는데!!!!!! 왜 승미야 왜!!!!!!!!!

천천히 몸을 일으키며 오택에게 다가가는 금혁수.

금혁수   보고 싶었거든. 자식 잃은 부모의 낯짝을. 지가 무슨 성모 마리아라도 되는 척 굴던 오승미 부모의 낯짝이라면 더더욱.

73. (오늘 오전) 파주, 사료 공장 / N

(5화, #25 이어서) 덕트 테이프로 입 막아둔 오승미에게..

금혁수   그러니까 니 목숨은.. 니가 믿는 너네 아빠한테 달린 거야.

하고, 피 흘리는 오승미를 내버려둔 채 공장을 나서던 금혁수.. 문득, 멈춰 선다. 잠시 생각하더니 다시 오승미에게 돌아오는 금혁수를 승미가 두려움에 올려다보면..

금혁수   내기는 내긴데.. 굳이 널 살려둘 필요는 없잖아?
오승미   (입 막힌 채) 우으으으으으읍!!!!!!

74. 서해안, 이름 없는 방파제 / N

오택   (실성한 톤으로) 안 죽였다며.. 안 죽였다고 했잖아!!!!

금혁수   그걸 믿었어요? 정말?

오택   이... 이 개만도 못한 새끼!!!! 죽여버릴 거야!!!!!!!!!!!!

오택, 리볼버를 금혁수 미간에 겨눈다.

금혁수   그걸 당기면, 세상 착한 척하던 기사님은 이제 세상에 없는 거예
          요. 나야 환영하는 바야. 당겨요!

분노가 차오르지만 막상 살인이라는 행위의 압박감에 결단을 못 내리는 오
택, 문득-

INS.
(과거) 바닷가. 스파클러의 불꽃을 튀기며 행복해하던 어린 승미..

오택은 결심을 내리고.. 금혁수는 지그시 눈을 감는다..
그리고 오택, 방아쇠를 당기는데....
철컥- 빈 총! **철컥 철컥**- 당겨보지만 총알이 없다!

천천히 눈을 뜨는 금혁수, 주머니에 넣어둔 총알을 꺼내 바닥에 떨어뜨리며
일어선다.

금혁수   난 아직 죽기 싫거든.

오택   (달려들며) 금혁수!!!!

금혁수는 어느새 쥔 칼을 오택의 복부에 박아 넣는다!

오택   (버티며) 넌 내 손에 죽는다!! 내가 반드시 죽여버릴 거야!!!

오택이 두 눈의 핏줄이 다 터져라 버티며 금혁수 멱살을 잡자
금혁수가 힘을 줘서 한 발 한 발 뒤로 밀고..
칼이 박힌 고통과 금혁수에 대한 분노 사이에서 버티던 오택은........
결국 뒤로 넘어지며 방파제 아래로 추락한다.
풍덩-

SLOW MOTION
부그르르... 기포가 퍼지며 물속으로 가라앉는 오택..
복부에 박힌 칼에서 핏줄기가 스르륵 피어오른다.
부릅뜨고 수면을 바라보던 오택의 눈이 천천히 감기고..
두 팔 벌린 채 서서히 어두운 심연으로 하강하면...

방파제 아래를 바라보고 있는 금혁수의 비릿한 미소..
모든 일을 마무리한 금혁수는 먼바다에서 달려오고 있는 고무보트를 본다.
리볼버를 열린 캐리어에 던져 넣고 덮으려 앉는데..

황순규E   금혁수!!!!!!!!!!!!!!!!!!!!!!!!!!!!!!!!!!

어느새 달려온 황순규가 금혁수 등 뒤에서 총 겨눈다!

황순규   꼼짝 마!!!!!!!

금혁수, 황순규의 소리에 서서히 일어나며 돌아보는데..

드러나는 금혁수의 얼굴을 보고 놀라는 황순규..................

황순규   너.. 누구야?!!!

75. 몽타주

- (4화) 황순규가 정장남에게 보여줬던 금혁수의 사진과....

- (현재) 해안 도로를 달리고 있는 김중민의 차 조수석에 놓여 있는 금혁수
  파일 속 금혁수의 증명사진은 모두..............

  오늘 밤 오택과 함께한.. 그놈의 얼굴이 아니다!!!

76. 서해안, 이름 없는 방파제 / N

이 상황이 너무 혼란스러워 흔들리는 황순규의 총구 앞에..
지금까지 우리가 '금혁수'로 알고 봐온 범인이 속을 알 수 없는 미소를 지어
보인다.

- Part 2에 계속

〈운수 오진 날〉을 만든 사람들

출연
이성민 유연석 이정은 정만식 우미화 최덕문
정찬비 홍사빈 기은수 태항호 한동희 주연우
이강지 박환석 윤상화 이화정 남윤호 김준식 오혜원 안현호
특별출연 전현무 오종혁 김재범

제공 TVING M
기획 스튜디오드래곤 STUDIO Dragon
제작 더그레이트쇼 SHOW 스튜디오앤 STUDIO n
기획 김제현 유상원 **제작** 오환민 김경태 권미경 **책임프로듀서** 장신애
기획프로듀서 김민 정혜원 **프로듀서** 최순규 허재무 **제작총괄** 강보현 강태주
촬영 이지훈 박준용 김영래 최영준 **조명** 류시문 홍기호 **미술** 김경호 **의상** 오상진 **분장** 조태희
그립 홍의수 강낙원 **동시녹음** 최지원 정종호 **무술** 이상하 **로케이션** 정종국 **특수효과** 전건익
편집 박경숙 **음악** 김태성
원작 네이버웹툰 〈운수 오진 날〉 **작가** 아포리아
극본 김민성 송한나
연출 필감성 이승훈

제작프로듀서 조영익 유진 이혜영 **라인프로듀서** 박규영 양석영 김진우
포커스풀러 김건용 임규도 이상민 신대균 **촬영팀** 최용민 김민영 신규민 방준혁 양유미 김호태 하태훈 김민수 박세혁 김경휘 김진우 남경태 조민수 김동주
현장편집 지형진 **DIT** [한유미디어] 박주현 이경민 한미정 김예주
조명1st 이태희 양기조 박선호 **조명팀** 신지용 홍수완 김우진 유성현 안유정 권민영 이은철 김영은 장서윤 김재은
발전차 김상봉 이병우 오성영 **그립팀** 이대우 류한얼 김태우 한예녹 이석찬 유승민
붐오퍼레이터 김지현 원근수 **붐어시스턴트** 김현우 우대호 **무술지도** 오태승
특수효과팀 정문권 **아트디렉터** 김새로미 **미술팀장** 정은별 고희정 신원진 **미술팀** 이지우 김경린
세트 [주식회사 디디에스] 김덕두 **세트팀장** 구용만 오유진 김준성 오미선
세트팀원 윤희환 정석환 최대윤 이춘 정재영
작화팀 김재환 최형우 서준영 **세트협력업체** 나무야놀자
소품 이덕상 **소품팀장** 김현순 **소품팀원** 최진주 **소품탑차** 강민규
의상팀장 한지은 **의상팀원** 이한나 오유정 **의상탑차** 오수련

분장팀장 윤혜빈 **헤어팀장** 윤지은 **분장팀원** 서혜림 신지영 한수정 지원 구유선 김려원 박채연 **특수분장**

[SKYFX] 조태희 **특분실장** 김병록

특분팀원 송유나 임지찬 서예진 신민서 임서현 정윤지 황은선

종합편집 [리더스] 배지범 정예은

타이포그래피 [CGSEAL] 진동욱 이지혜

DI [Westworld Magic] **Head of Studio** 손승현

DI Supervisor 김형석 **Colorists** 이혜민 최은석 김원학 장동원

DI Assistants 우석인 박용운 최겸 김제현 이지은 **DI Technician** 주영견

Digital Image Mastering 이호우 임유정 **DI Production Manager** 이성현

Managing Director 정고은 **Management Support** 김현지 이찬희

Mix [리더스] 김광수 **Sound design** 문성용 **Foley** 노효민 김상윤

Visual Effect [미디어트리 컴퍼니] **Visual Director** 길형우

VFX Supervisor 유희권

VFX Technical Manager 김재겸 **VFX Producer** 김수현

Comp Supervisor 정혜림 **Comp Lead** 박나민

Compositors 이수영 신재연 고현경 김경원 서경원 이송림 정승아 김주은 **Concept Editor** 임종현

타이틀제작 [미디어트리 컴퍼니]

3D Visual Effects [OASYS STUDIO] **CEO** 이지윤

Executive VFX Supervisor 정지형 **VFX Supervisor** 엄준호 **2D Department Chief** 박영진

3D Department Chief 이은내 **VFX Producer** 김헌재 강다비 **Asset Artist** 복진선 이지한

Lighting Lead 박성혁 **Lighing Arist** 이담 **FX Artist** 서윤진 **Mattepaint Lead** 최돈성 최지혜

Motion Grahics Artist 김한아

Compositing Artist 김수연 유지수 고은미 김동윤 박진아 안영은 연지윤 황예림

VFX Supervisor 김소민 **VFX Producer** 이계선 **Production Assistant** 신정원

음악조감독 최정인 조경희 **작곡** 최정인 박준하 **오퍼레이터** 홍가희

서브편집 고봉곤 **편집팀** 이동현 최선엽 우희진

마케팅대행 [호호호비치] 이채현 이나리 이혜주 최은록 채민경 장희연

온라인마케팅대행 [절찬상영중] 조수정 최정원 정미경 이유진 이기쁨 최지애 김현지 김은아

홍보대행 [피알제이] 박진희 표재민 이미송 최현지 현예희 유수현 정예인

예고편제작 [비디오 브라더스] 정상화 최용진 주하정 김현준

포스터디자인 [스테디] 안대호 서기웅 이창주 전민경 안연경 박지인 김민경

포스터사진 [Exoticshop] 김진영

메이킹편집 [비디오 브라더스] 정상화 최용진 주하정 김현준

현장스틸 [Exoticshop] 김진영 박종희

현장메이킹 [비디오 브라더스] 천성수 유혜선

스텝버스 [동백미디어] 허명범 김기진

진행차량 [텐미디어] 송남헌 유흥환 이재언 [유진네트고속관광] 김형규 이정국 조남철

소품차량 [인아트웍] 심대섭 박민철 허성도 [디바인] 황의선 김도현

분장버스 [무비익스프레스] 이일호 [노아무비] 박기섭 **렉카/특수차량** [인아트웍] [디바인]

대본 슈퍼북

에이전시 [에이치나인컴퍼니] 이영섭

캐스팅디렉터 [㈜더블유에이에이] 김우종 김주남 [코드공일컴퍼니] 김지인

아역캐스팅 정시유 **보조출연** [민들레E.N.T] 지용현 김정일 권용채

동물 [이글루동물영화연기학교] 황명호 [애니픽쳐스] 조형옥

콘티 박종하 박종원

연극자문 손현규 **의학자문** 전승배 임시연 허영준 **영어자문** [ARA어학원] 정아라

섭외팀 임동규 김정민 **SCR** 김지수 강연희

연출부 장현희 이재민 김준영 최상빈 오시은 김하은 오경민 **연출지원** 이용출

내부조연출 남오현 **조연출** 이승원 위진우 김재영

제작기획 최주희 **투자/기획책임** 양시권 **투자/기획진행** 전혜린 최아름 조형래 이종찬

마케팅진행 김해전 김아라야 김수영 이영주 조혜진 **SNS관리** 이어진 **홍보** 박종환 김정은 박현수

법무 심지영 신효진 박혜원 **자체등급분류** 박종환 조한구

콘텐츠전략 이상화 손상희 최민영 민지현 윤채희 **콘텐츠유통전략** 최보연 이주영

IP사업/제작관리총괄 유봉열 **콘텐츠IP사업** 전슬기

제작관리 윤성욱 안지현 신지혜 최민영 **재무총괄** 장성호 재무 조규희 구샛별 정원용

사업기획총괄 정선화 **사업전략** 박예은 양동민

사업관리 김송래 김은길 이힘찬 임재이

VFX 서현석 박훤 김보경 **홍보/마케팅** 윤인호 최경주 임수영 김준홍

법무 박지혜 오혜진 이창우 **안전관리** 이진형 박광희 **노무** 이하림 **심의** 김하이

콘텐츠유통총괄 서장호 **해외세일즈** 김도현 정혜윤 안유나 강서윤 정지인

해외마케팅&재제작 이남주 장세희 김상윤 임주희 조건호 오선민 이진희

Tech&Art총괄 서정필

Virtual Production

VP manager 정창익 **VP supervisor** 최현오 **VP Producer** 김창훈

VP Producer 안희수 **VP Artist** 윤아리 **VP Artist** 송재우 **VP Artist** 이성욱

Tech Creation3

VP Stage Manager 유재영 **VP Specialist** 김범규 **VP Specialist** 김명섭

VP Specialist 최재선 **VP Specialist** 고정호

제작회계 강필호 박송이 **마케팅PD** 차세리 **사업기획** 구소영 **사업관리** 김주현 김채린

운수 오진 날